真夜中のマリオネット

知念実希人

集英社文庫

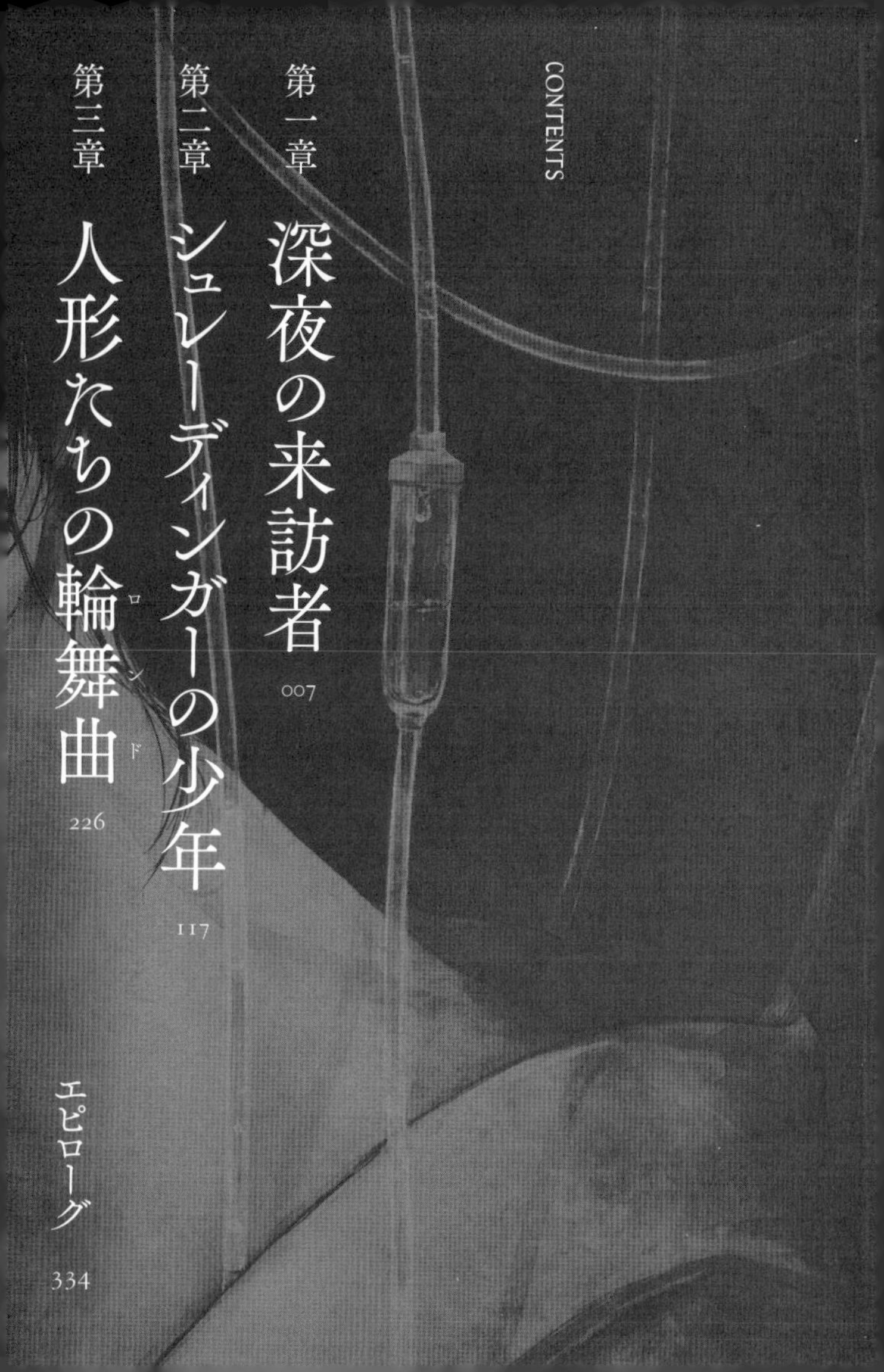

CONTENTS

真夜中のマリオネット

Midnight Marionette

CHINEN Mikito

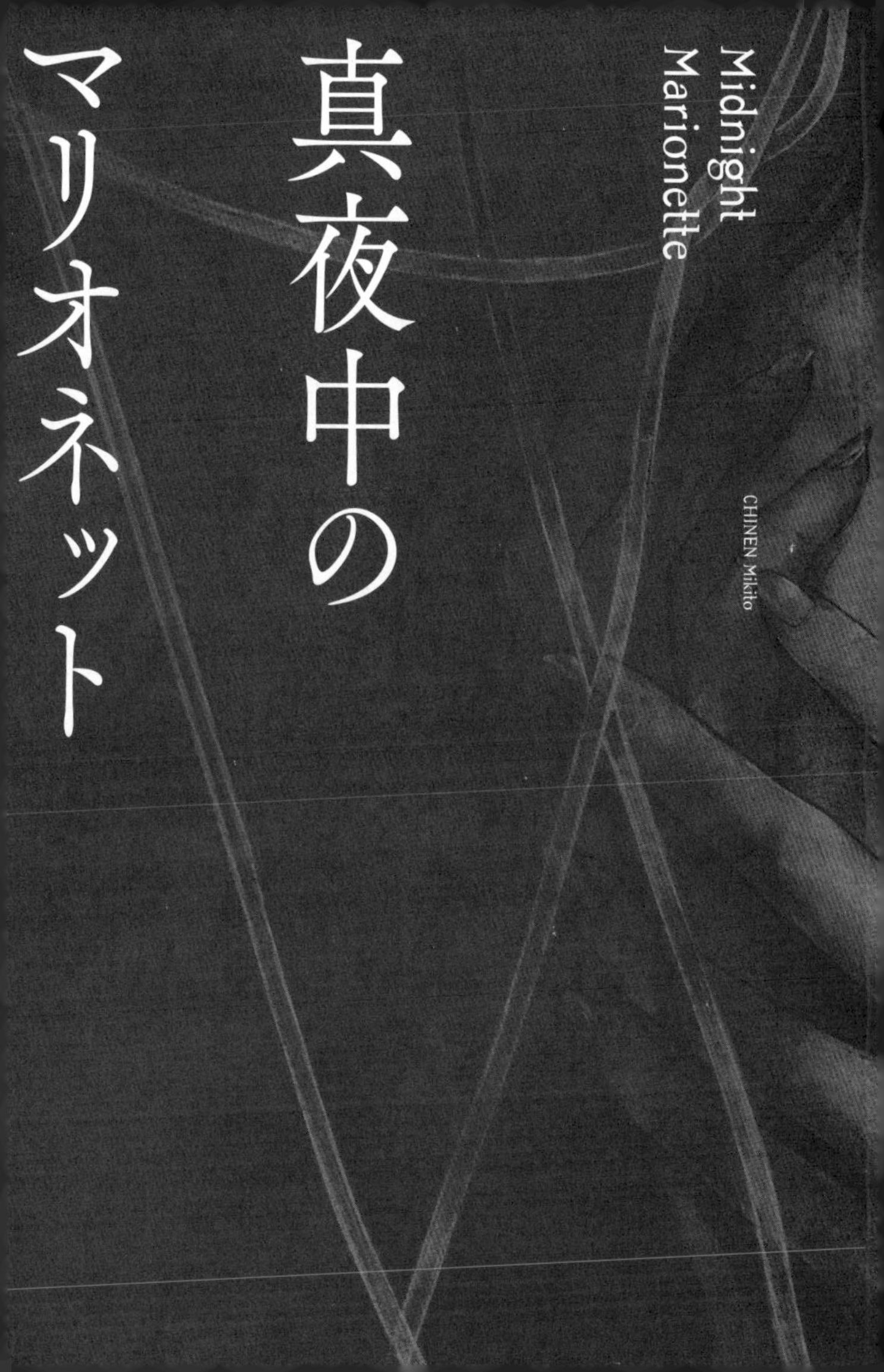

第一章　深夜の来訪者

1

けたたましいアラーム音が鼓膜を揺らす。氷のように冷たい汗が背中を伝っていく。目の前の処置用ベッドには、血まみれの患者が横たわっていた。おそらくまだ十代前半だろう。赤黒い血がべっとりとついた腫れ上がった顔、肋骨《ろっこつ》の輪郭が一本一本確認できるほどに痩せた上半身からは、性別すらはっきりしない。

「先生、ルート確保できました！　指示をお願いします！」

焦燥で飽和した看護師の声を聞きながら、ベッドサイドに置かれたモニターに視線を移す。そこに表示されている数値を見て、心臓が氷の手に鷲掴《わしづか》みにされた。

血中の酸素飽和度が極めて低く、血圧にいたっては『計測不能』の文字が点滅している。

どうして？　救急隊からの報告では、バイタルは安定しているはずだった。だからこそ、研修医である私がとりあえず診ることになったのに……。

「荒巻《あらまき》先生は!?」かすれ声で叫ぶ。

「先ほどの虫垂炎《ちゅうすいえん》の患者をオペルームに送っていっています。まだ連絡取れません」

奥にいる事務員の返答に、絶望と混乱の底に引きずり込まれる。

「先生、どうするんですか？　指示をお願いします」

看護師の催促に答えることすらできず、患者の首元に手を伸ばす。ラテックス製の手袋越しに血液の生温かい感触が伝わってくるが、頸動脈《けいどうみゃく》の拍動を触知できなかった。

「脈が……ない……」

「心停止ですか!?　心臓マッサージをしますか？　どうするんですか!?」

そうだ、心臓マッサージだ……。蘇生《そせい》させないと……。

現実感が薄くなっていく。何者かに操られているような感覚をおぼえながら、よじ登るようにしてベッドにあがると、脂肪も筋肉もほとんどついていない胸の上で両掌《てのひら》を重ねる。体重をかけて胸骨《きょうこつ》を押し込もうとした瞬間、患者の首元を見て息を呑《の》む。そこには、皮膚に小さな蛇が這《は》っているかのように、外頸静脈《がいけいじょうみゃく》がくっきりと浮き出ていた。

外頸静脈の怒張、血圧と酸素飽和度の低下……。そっと左手を患者の胸に置き、右手の人差し指と中指を鉤《かぎ》状に固めてそれを叩《たた》く。太鼓を鳴らしたような音が鼓膜を揺らした。

「緊張性気胸《ききょう》です！　トロッカーを！」

ベッドから降りると、処置台からメスを手に取り、浮き出た肋骨の上縁に刃を添わせる。

胸腔《きょうくう》内に空気が溜《た》まり、肺と心臓が押しつぶされている。チューブを挿入して排気しなければ。歯を食いしばりつつメスを走らせ、皮膚に切開を入れる。患者の口から、うめき声が漏れた。投げ捨てるようにメスを処置台に放ると同時に、看護師が数十センチの槍《やり》のような器具を手渡してくる。その尖《とが》った先端を、切開した部位に当てた。

できるだろうか？　失敗すれば、鋭利な先端が肺や心臓を貫きかねない。私がこの患者の命を奪ってしまうかもしれない。器具を持つ手が震え、呼吸が乱れる。

脳と筋肉を繋《つな》ぐ回路が断線したかのように、体がピクリとも動かなくなる。

ダメだ……。諦めかけたとき、患者の瞼《まぶた》がゆっくりと上がった。宝石のように澄んだ瞳。わずかに涙で濡《ぬ》れた眼球に映る自らの姿を見た瞬間、心臓が大きく跳ねた。

やらなければ、この子の命の灯《ともしび》は消えてしまう。現実感が戻ってくる。糸で四肢を操られているような錯覚に囚《とら》われていた全身に力が戻ってきた。

「大丈夫、心配しないで。私が絶対に助けてあげる」

柔らかく微笑《ほほえ》むと同時に、トロッカーカテーテルの後部に平手を叩きつける。肋間筋《ろっかんきん》、そして胸膜《きょうまく》を破る感触が手に伝わってきた。

成功だ。歓喜の声が喉を駆け上がるが、それは口の中で霧散《むさん》した。

確実にトロッカーを胸腔内に挿入したはずなのに、空気が排出されない。

どうして……。激しいめまいに襲われる。そのとき、背後から伸びてきた手が肩を叩いた。振り返ると、救急部のユニフォームを着た精悍《せいかん》な顔つきの男性が立っていた。

「荒巻……先生」

震え声で名を呼ぶと、救急部の指導医である荒巻一輝《かずき》はトロッカーの後部に手を伸ばし、そこについている突起を迷うことなく引いた。内腔に嵌《は》まっていた槍状の金属が引き抜かれ、笛のような音を立てながら、残されたチューブから空気が噴き出してくる。

「内筒を抜くまで、空気は排出されないんだ。ちょっと詰めが甘かったな」

あまりにも当然の指摘に、羞恥心が湧き上がってくる。

「すみません……」とうなだれると、荒巻はその大きな手で軽く背中を叩いてくる。

「そうしょげるなって。ほら、見ろよ」

荒巻がベッドを指さす。苦しげに喘《あえ》いでいた患者が、穏やかに呼吸をしていた。太く浮き出ていた外頸静脈も消えている。モニターに視線を送ると、『計測不能』と表示されていた血圧が正常の値を示していた。酸素飽和度もみるみる上がっている。

「荒巻先生のおかげです。本当にありがとうございます」

心からの礼を口にすると、荒巻は首を横に振った。

「いいや、礼を言うのは俺の方だ。俺の判断ミスで、この患者の初期治療を君に押し付けてしまった。研修医には重すぎる症例だ。にもかかわらず、君は逃げ出すことなく、必死に処置をした。君がこの子の命を救ったんだ」

「私が……」意識を失っているのか、再び瞼を閉じた患者の横顔を見つめる。

「君の判断力、胆力は救急医に向いているな。まだどの科に進むか決めていなかったら、救急部も選択肢に入れてみたらどうだ」

「救急医……」

呟《つぶや》きながら患者の頬に触れる。血で汚れた皮膚から体温が、命の温かさが伝わってくる。

「なります！　私、救急医になります！」

勢いよく振り返ると、なぜか荒巻はこちらに背中を向けて離れていくところだった。

「荒巻先生、待ってください！」

叫びながら床を蹴って走り出す。しかし、追いつくどころか、背中は遠ざかっていく。

「待って！　置いていかないで！」

声を嗄《か》らして叫びながら、必死に足を動かす。いつの間にか辺りは闇に侵食されていた。足元すら見えない漆黒の空間を、ただ全力で駆け続ける。

「私を一人にしないで！　お願い、……一輝さん！」

小さくなっていく背中に手を伸ばしたとき、レーザーのような赤い線が彼の全身を通過した。次の瞬間、積み木が崩れるように、十数個に切断された荒巻がその場に落下した。

小山のように積み重なったパーツの頂上には、口を半開きにした荒巻の頭部が載り、その周りに血の池が広がっていく。白く濁った虚《うつ》ろな目が、こちらを恨めしげに見つめていた。

「いやあああー！」

鼓膜に痛みをおぼえるほどに絶叫しながら、上体を跳ね上げる。

呼吸が速くなる。しゃっくりをするような音を立てながら必死に酸素をむさぼるのだが、息苦しさは強くなっていく。手が細かく震え出す。

過呼吸発作だ。反射的にそう判断すると、ズボンのポケットから折りたたまれた紙袋を取り出して口に当て、小松秋穂《こまつあきほ》は周囲を見回す。デスクと本棚が置かれた八畳ほどの殺風景な部屋。見慣れた救急部の医師控室のソファーに、横になっていた。

素早く対処できたせいか、それとも状況が確認できたためか、息苦しさがやわらいでいく。

「ああ、いつの間にか寝ていたのか……」

呟きが空気を揺らす。掛け時計を見ると、時刻は午前二時を過ぎたところだった。

今夜は午後六時から救急部の夜勤に当たっていた。日付が変わる頃まではひっきりなしに重症患者が運び込まれたが、ようやく一段落したので、ソファーで仮眠を取った。思いのほか、深く眠ってしまったようだ。数年前まではいかに夜勤中だろうと、こんなに熟睡することはなかった。今年で三十一歳、回復力が衰えているのかもしれない。

「それとも、ちゃんと休めていないせいか……」

この半年、睡眠が極端に浅くなっている。ベッドに入るたびに同じ悪夢を見て、心身ともにしっかりと休むことができなくなっていた。

秋穂はこめかみに手を当てる。指先がわずかに濡れた。眠っている間に涙を流していたらしい。秋穂はネックレスに人差し指を引っ掛け、救急部のユニフォームの胸元に隠しておいた部分を取り出した。そこには、プラチナ製の指輪が付けられていた。

本当はこの指輪は左手の薬指に嵌められるはずだった。指輪の内側に彫られた『Kazuki & Akiho』の文字が網膜《もうまく》に映し出された瞬間、鼻の奥が痛くなり、視界が滲《にじ》んだ。

あの人がいなくなってから、もう半年も経《た》つというのに、いまだに胸郭《きょうかく》の中身がごっそりと引き抜かれたかのような虚無感が消えることはない。仕事をすれば忘れられるかもと、先月復職し、豊洲《とよす》にある総合病院で救急医として忙しく働きはじめたが、胸の奥深く刻まれた傷は癒えるどころか、じゅくじゅくと化膿《かのう》して、心を腐らせ続けている。

「一輝さん……、寂しいよ……」

震え声を絞り出した瞬間、けたたましい電子音が響き渡る。秋穂は目を見開くと、わきのローテーブルに置いてある赤い院内携帯を手に取り、迷うことなく通話ボタンを押した。

「はい、臨海第一病院救急部」

『江東《こうとう》救急隊です。受け入れ可能ですか』

「可能です。どんな状態ですか」

秋穂はソファーから立ち上がり、早足で出入り口に向かう。この携帯電話は救急隊直通の特別なものだ。きわめて重症で、一刻も早く治療が必要な患者の搬送依頼のみ連絡が入る。

『患者は十代後半の男性。バイクでの自損事故。電柱に叩きつけられて胸部を強く打っている様子。現場には……』

情報を聞きつつ扉を開けて控室から救急部へと移動した秋穂は、デスクのメモ用紙に患者の情報を書き留めていく。研修医や看護師たちが情報を得ようと、素早く集まってきた。

「バイタルは？」

想定される病態とその対処を頭でまとめつつ、秋穂は訊《たず》ねる。

『血圧は六十四の三十八、脈拍は一一〇回、サチュレーション……』

血圧が低すぎる……。ショック状態だ。

「了解しました。到着は何分後ですか？」

『五分ほどでつくと思われます』

通話を終えた秋穂は、周りにいる看護師と研修医を見回す。

「十代男性のバイク事故。胸部を電柱に強打していて、ショック状態。胸腔内や腹腔内《ふくくう》の大量の出血、骨盤骨折などが考えられる。まずは生食《せいしょく》でルートを確保して全開で流して。採血して血算、生化学、血ガスを測定。輸血用のクロスマッチを臨床検査部に提出。当直の放射線技師に連絡してポータブルレントゲンの準備を」

指示を出すと、「はい！」という声とともに、職員たちが一斉に動き出す。

マスクをつけて救急処置室へと移動した秋穂の体温が上がっていく。患者が重傷なのは間違いない。自分のとっさの判断が、患者の命を左右する。この緊張感に浸っている間だけ、最愛の人を喪《うしな》ったつらさを忘れることができる。

「あの、小松先生、私はなにをすればいいですか？」

ためらいがちな声に秋穂は振り返る。小柄なショートカットの女性医師が、首をすくめるようにして立っていた。先週から救急部で研修をしている二年目の研修医だ。なかなか優秀なのだが、他科とはけた違いの救急部のスピード感にまだ馴染《なじ》めずにいるようだ。かつての自分の姿が重なり、マスクの下で思わず唇がほころんでしまう。

私が研修医として救急部を回ったときも、こんな感じだった。そこで突如、重症患者の初期治療を一人ですることになり、パニックになりながらも必死に処置をした。

そして、あの人と一緒に患者を救うことができた……。胸に鋭い痛みが走る。

「あなたはまずルート確保して、そこから採血をお願い。それが終わったら血ガスを測定して。そのあとの指示は、随時出していくから」

「はい、分かりました！」

研修医の返事に頷《うなず》いたとき、救急車のサイレン音が聞こえてきた。

研修医に「行くよ」と促した秋穂が、処置室の奥にある自動扉から外に出ると、すぐに救急車がやって来て目の前で停車する。後部扉が勢いよく開き、ガチャガチャと大きな音を立てながら、救急隊員たちがストレッチャーをおろしはじめた。患者の関係者なのか、スーツ姿の男二人が続いて車内から出てくる。

「現在、脈拍は微弱で、血圧は測定できません。意識はジャパンコーマスケールで一〇〇。サチュレーションは酸素十リットルで八十八%です」

救急隊員が声を張り上げる。搬送依頼の際に聞いた数値より悪化している。ストレッチャーに駆け寄った秋穂は、そこに横たわっている少年の姿を見て、わずかに動揺する。

苦しげに眉根を寄せ、目を固く閉じているものの、その顔は息を呑むほどに整っていた。すっと通った高い鼻梁《びりょう》、切れ長の瞳、ほっそりとしたあごのライン、薄い唇。それらが芸術的なまでに、絶妙のバランスで存在している。

精巧に作られた人形と見紛《みまが》うまでに端整な容姿に目を奪われるが、すぐに頭を振って診察をはじめた。口腔《こうくう》内を切ったのか、口元がわずかに汚れているものの、一見したところ大きな外傷は見つからない。出血性ショックだとしたら、体内で出血している。

まずは、生理食塩水の急速輸液と輸血で何とかしのいで、エコーで出血源を確認したら、当直の外科医とともに緊急手術を……。取るべき処置を脳内でシミュレートしつつ、秋穂は救急隊員たちとともにストレッチャーを引いて処置室へと向かった。

「慎重に移動させて。一、二の、三」

秋穂の合図で、少年が処置用のベッドへと移される。すぐに看護師たちが患者のTシャツをハサミで切っていく。露《あら》わになった胸部を見てざわめきがあがる。左の肩口から、右のわき腹にかけて、皮膚が赤黒く変色していた。電柱に叩きつけられた際についたものだろう。

看護師たちが心電図のパッド、パルスオキシメーター、血圧計などを患者に取り付けるのを確認しながら、秋穂は患者の頭側に移動する。

「この患者の名前は？」

救急隊員に訊ねると、背後から「石田《いしだ》ですよ。石田涼介《りようすけ》」と声が上がった。振り返ると、さっき救急車から降りてきた二人の男が立っていた。

「どうですか、先生。助かりそうですか？」

男の一人が無精ひげが生えたあごを撫《な》でながら言う。年齢は四十代半ばといったところだろう。固太りした体を、しわの寄った安物のスーツが覆っている。冴《さ》えない中年サラリーマンといった風体だが、その目だけは獲物を狙う猛禽《もうきん》のような危険な光を湛《たた》えていた。彼の後ろでは、眼鏡をかけた三十前後の男が、居心地悪そうに辺りを見回している。その男に見覚えがある気がして、秋穂は首を軽くひねる。

「患者さんのご家族ですか？」

「とんでもない」中年男は芝居じみた仕草で手を振った。「そんな奴《やつ》と家族なわけないじゃないですか。ちょっとした関係者といったところです」

「ご家族じゃないなら、外の廊下で待っていてください。お話なら後でします」

「はいはい。そいつは逃げられる状態じゃなさそうだし、とりあえず邪魔せず待ってますよ」

逃げられる？　秋穂が眉根を寄せると、おどけていた男の顔が一気に引き締まる。

「ただし、そいつを絶対に死なせないでくださいよ」

彼らが廊下へと続く扉に向かうのを確認した秋穂は、患者に向き直る。

「石田さん、石田さん、分かりますか？」

大声で話しかけると、患者の瞼がわずかに開いた。その口から「うう……」とか細い声が漏れる。意識は混濁。うめくことができるということは、気道は閉塞していない。

そう思った瞬間、脳裏に過去の光景が蘇《よみがえ》る。数年前、荒巻とともに患者を助けた記憶。

デジャヴにも似た感覚に戸惑いながら、秋穂は聴診器を耳に嵌め、集音部を患者の胸に当て聴診を行う。呼吸音は両胸ともにはっきりと聞こえる。

「挿管して人工呼吸をしますか？」

研修医が患者の手背《しゅはい》静脈に点滴針を刺しつつ、聴診を終えた秋穂に訊ねる。

「いいえ、呼吸音は正常。酸素投与だけで十分。血圧はどう？」

秋穂は看護師に向き直ると、若い看護師が「測定不能です！」と悲鳴のような声を上げた。

「なんで？　そんなに出血もしていないのに！」研修医が声を裏返す。

「冷静に。エコーで腹腔内の出血がないか確認して。私は胸腔内の出血の有無を調べる」

「わ、分かりました！」

研修医は器具台に置かれていたポータブルエコーを手にすると、患者の痩せた腹部にローションをかけてプローブを当てる。秋穂は聴診器で再度、慎重に呼吸音を聞きはじめる。血胸《けっきょう》、胸腔内に血液が溜まる状態になっていれば、聴診である程度は診断がつく。

聴覚に神経を集中させる。しかし、呼吸音に異常はなかった。

「腹腔内の様子は？」

聴診器を乱暴に外しながら訊ねると、研修医は首を横に振った。

「異常ありません。血液の貯留もありませんし、内臓の損傷は確認できません」

とすると、骨盤骨折からの出血か。秋穂は骨盤が折れていることを確認するため、患者の腰骨に両手を当て、軽く力を込める。予想に反して、腰骨がぐらぐらと揺動することはなく、しっかりとした手ごたえが伝わってくる。

骨盤骨折じゃない!?　頰を引きつらせると同時に、看護師が声を上げた。

「血圧、さらに低下しています。頸動脈、触《ふ》れなくなりました」

「心停止したんですか!?　心肺蘇生をはじめますか!?」研修医が甲高い声で訊ねる。

はじめて一輝さんと患者を助けたあの夜も、ナースが同じようなことを言ってたな。場違いなことを考えながら、秋穂は息を吐く。救急医になってから五年、数えきれないほど修羅場をくぐって来た。その経験が、心の重心を保つスタビライザーになっている。

焦れば焦るほど、患者の救命率は下がる。素早く、そして冷静に状況を確認しなくては。

「大丈夫、あなたは助かる。私が助けてあげる」

少年の耳元に囁《ささや》きながら、横目でモニターを確認する。心電図に波形が確認できた。心停止はしていない。にもかかわらず、脈が触れないほどに血圧が低下しているということは、体内で大量出血している可能性が高い。しかし、血胸にもなっていないし、骨盤骨折もしていない。残ったのは腹腔内出血だが、研修医がそれはないと言っている。数秒でそこまで思考を巡らせたとき、秋穂は目を大きく見開いた。患者の頸部《けいぶ》に浮き上がっている頸静脈に気づいて。

緊張性気胸？　いや、両胸で呼吸音が聴取できた。それはない。なら……。

「エコーを貸して！」

研修医からポータブルエコーを奪い取った秋穂は、迷うことなくプローブを患者の胸に当てる。液晶画面に拍動する心臓と、その周りを覆いつくしている白いものが見えた。

「心《しん》タンポナーデを起こしてる！」

心タンポナーデ。外傷などにより、心臓を包む膜の内部、心囊《しんのう》内に血液が溜まり、心臓を押しつぶす病態。

秋穂はポータブルエコーを研修医に渡すと、器具台の棚を開き、十八ゲージのカテラン針と五十ミリリットルのシリンジを取り出す。包装を破った秋穂は、十センチ近くあるカテラン注射針をシリンジに取り付け、患者の胸にイソジンをかけて消毒した。

「心タンポナーデを解除するんですか？」

研修医の問いに「そう」と頷きながら、秋穂は慎重に針先を患者の胸骨の下辺に当てた。

「でも、ブラインドでは危険じゃ。心臓とか肺を穿刺《せんし》しちゃう可能性があります。循環器内科の先生に、エコー下で穿刺をしてもらった方が……」

「それを待っていたら、この患者は死ぬ」

平板な声で答えると、研修医が息を呑んだ。

「救急では迅速で冷静な判断が何より大事。それが患者の命を救うの」

秋穂は胸骨の下辺から頭側に向けて、四十五度の角度で太く長いカテラン針を差し込み、奥へと進めた。息を止めながら、シリンジを持つ手の感覚に全神経を集中させる。

軽い抵抗のあと、薄いゴムの膜を突き刺したような感触が指先に伝わってきた。

心膜を貫いた。秋穂はさらに三センチほど針を押し込むと、ゆっくりとシリンジの押し子を引いていく。プラスチック製の透明な筒の中に、赤黒い液体が少しずつ引き込まれてきた。

「脈、触れました！」

患者の首筋の脈を探っていた研修医が、歓喜の声を上げる。秋穂は目だけわずかに動かして患者の様子を見る。その首筋に浮き出ていた頸静脈が、いつの間にか消えていた。押し子が引けなくなるまで心嚢内の血液を吸引した秋穂は、カテラン針を抜く。

「バイタル、安定していますよ。凄《すご》いです、小松先生」

全身から興奮を滲ませながら、研修医がモニターを指さす。そこに表示されている血圧、脈拍、酸素飽和度が、問題ないレベルまで回復していた。

血液で満たされたシリンジを膿盆《のうぼん》に置いた秋穂は、軽く肩をすくめる。

「まだ油断しちゃだめだよ。まずはポータブルレントゲンを撮影したうえで、問題がないようならCTを撮って頭蓋内に出血がないか確認しないと。それに、心嚢内にドレーンチューブを留置する必要もある。心嚢ドレーンはさすがに、循環器内科の当直にやってもらおう。あと、整形外科の当直医に骨折の確認もしてもらわないと。他には……」

これからするべきことをリストアップしていると、研修医が「あっ」と声を上げた。

「患者さん、意識戻ったみたいですよ」

患者の瞼が開いていた。眼球をせわしなく動かし、不安げに処置室内を見回している。

「石田さんですね」

秋穂はマスクを外して声をかける。患者、石田涼介は驚いたように切れ長の目を見開いた。

「ここは臨海第一病院の救急部です。あなたはバイク事故を起こして、ここに運び込まれたんです。分かりますか？」

涼介がかすかにあごを引くようなそぶりを見せる。意識はだいぶ清明になったようだ。この様子なら、頭蓋内出血を起こしている可能性は低いだろう。安堵《あんど》しつつ、秋穂は微笑む。

「大丈夫、心配しないで。あなたは助かりますよ」

「……あなたが僕を？」涼介は蚊の鳴くような声を絞り出す。

「ええ、そう。よく頑張りましたね」

秋穂は器具台から滅菌ガーゼを手に取ると、涼介の口元についている血を拭き取る。こわばっていた涼介の顔に、蕾《つぼみ》が開くように笑みが広がっていった。

現実離れしたほど整った中性的な顔に浮かぶ微笑に、心臓が大きく跳ねた。

「ありがとう、助けてくれて。本当にありがとうございます」

涼介は秋穂の手に頰をこすりつけた。ラテックス製の手袋越しに伝わってくる陶器のように滑らかな肌の質感に官能を刺激され、秋穂は思わず手を引いた。

涼介が不思議そうに見上げてくる。そのとき、重い音が響いてきた。振り返ると、当直の放射線技師がポータブルレントゲン装置を引いてやって来ていた。

秋穂は「レントゲンを撮りますね」と、逃げるように離れていく。放射線技師がポータブルレントゲンをベッドわきまで移動させ、アームを動かして撮影の準備をはじめた。

なんで私はこんなに動揺しているんだ。さっき、彼の脈がとれなくなったときでさえ、冷静に対処できたというのに……。ベッドに横たわる少年の横顔を見る。ただ顔が端整なだけではなく、彼の表情、声、そして態度には妖しいまでの艶が宿っていた。

最愛の人を喪ってから忘れていた本能が刺激され、へその辺りが温かくなっていく。涼介が横目で視線を送ってくる。その顔に、蕩《とろ》けるような笑みが浮かんだ。秋穂はとっさに目を伏せる。

思春期の少女のような自らの反応に、強い自己嫌悪が湧き上がってきた。


車輪の音を響かせ、ストレッチャーが引かれていく。

石田涼介が救急搬送されてから、一時間以上が経っていた。心タンポナーデの治療により全身状態が安定した涼介は、当直の循環器科医によって心囊内にドレーンを留置されたあと、救急救命部の病棟へと上がっていった。

朝になれば主治医が決まり、治療とリハビリの計画が立てられるだろう。

まだ現場復帰して一ヶ月の秋穂は、入院患者の担当は免除してもらっている。今後、あの少年にかかわる必要はなかった。

秋穂は乱暴に髪を掻《か》き上げる。石田涼介と言葉を交わしてからというもの、なにやら胸の奥のもやもやが消えない。年端もいかない少年に心が乱された自分が情けなかった。

秋穂は胸元に手を当てて、ユニフォームの内側に収まっている指輪の固さを掌で感じ取る。最愛の人の、精悍な顔と引き締まった体が脳裏に蘇り、深い哀《かな》しみが湧き上がってくる。

「一輝さん……」

その名を呼ぶと、丹田にわだかまっていたむず痒《がゆ》いような熱が消え去った。落ち着きを取り戻した秋穂は、電子カルテに診療記録を打ち込んでいる研修医に向き直った。

「カルテの記入お願いね。私は廊下にいる人たちと話をしてくる」

「あ、了解です。けど、あの人たち、誰だったんでしょうね？」

秋穂は「さあ？」と首をひねる。本来なら救急隊員から説明を受けるのだが、あまりにも涼介の状況が切羽詰まっていたため、詳しい話を聞く余裕がなかった。

「まあ、本人たちに聞いたら分かるでしょ。じゃあ、カルテはよろしく」

軽く手を挙げた秋穂は廊下に出る。長椅子に腰掛けていた二人の男が立ち上がった。

「石田は助かりましたか!?」

眼鏡をかけた若い男が近づいてくる。秋穂が答えようとすると、中年の男が若い男を無造作に押しのけて秋穂の前に立った。

「で、どうなんですか、先生。石田の野郎は死んでないんでしょうね」

地の底から響いてくるような声で男は言う。その目は血走り、爛々《らんらん》と輝いていた。襟のボタンが閉まらないほどに首が太く、筋肉と脂肪で固太りした体がシャツを隆起させている。その迫力に、秋穂は思わず一歩後ずさった。

「お、お二人は石田さんのご家族ではないんですよね」

「だから、違いますって。気味の悪いこと言わんでくださいよ」

「でしたら、説明するわけにはいきません。医師には守秘義務がありますので」

「先生、そんな場合じゃないんですよ。いいからさっさと教えてくれませんかね」

男は苛立《いらだ》たしげに、脂の浮いた髪を掻く。その威圧的な態度に秋穂はそっと、ユニフォームのポケットに手を入れ、院内携帯を握る。

救急部には多種多様な患者が搬送されてくる。中には、反社会的な組織に属している者もいる。目の前の男からは、これまでに対峙《たいじ》した暴力団関係者と同じ匂いを感じた。

「なんと言われようと、ご家族以外に患者さんの病状を教えるわけにはいきません。そもそもあなた方は誰なんですか？」

男が反社会組織に属していると名乗ったら、すぐに警備員に連絡をしなくては。

「ああ、そうか。まだ俺たちが誰だか分かってないのか」男はスーツの懐に手を忍ばせた。

武器？　身をこわばらせた秋穂の顔の前に、黒い手帳のようなものがかざされる。そこには金色の桜の代紋の上に、『巡査部長　美濃部竜太《みのべりゅうた》』と記されていた。

「警視庁捜査一課殺人班の美濃部ってもんだ。こっちは、深川署《ふかがわ》の倉敷学《くらしきまなぶ》。よろしく先生」

美濃部と名乗った男は後ろに立つ若い男を親指でさす。

「警視庁……」

救急部には交通事故や傷害事件の被害者、違法薬物の中毒患者などが搬送されてくることがある。そのときは、所轄署である深川署に通報し刑事を派遣してもらう。

そのとき、ふと眼鏡の男になぜ見覚えがあったかに気づいた。半年前、傷害事件の被害者の治療を行った際に、深川署からやって来た刑事だ。

しかし、所轄署ならまだしも、警視庁捜査一課の刑事がやって来るなんて……。

「さっきの患者さんが、事件の関係者だってことですか？」

秋穂が訊ねると、美濃部の目がすっと細くなった。

「関係者なんてもんじゃねえよ、先生。あいつは犯人、殺人犯だ」

「殺人……」

「俺たちがなんであいつについて聞きたいか分かってくれましたよね。……で、石田の奴は死んじゃいないんでしょうな」

思わず秋穂は「は、はい！」と答えてしまう。美濃部は分厚い唇の端を上げた。

「感謝しますよ、先生。で、いつごろ話せるようになります？」

「……ですから、患者さんの個人情報は洩《も》らせません。特に、病状についての情報は」

「まだ分かんないんですか、先生」美濃部はこれ見よがしにため息をつく。「あいつは人殺しなんですよ。そいつを守るつもりなんですか？」

「言ったじゃないですか、医師には守秘義務があるって。そもそも、本当にあの患者さんが人を殺したんですか？　逮捕状はあるんですか？」

「そんなものありませんよ」

秋穂が「じゃあ……」と言葉を継ごうとすると、美濃部が掌を突き出してきた。

「先生、逮捕状なんて必要ないんですよ。あいつは元恋人を殺した現場に踏み込まれ、窓から脱出してバイクで逃げたが、パトカーに追われて事故ったんですよ」

美濃部が顔を近づけてくる。

「これでご納得頂けましたかね。さて、そろそろ教えてもらいましょうか。あいつがいまどんな状態で、どこに行けば会えるのか」

「でも……、守秘義務……」

「こういう場合、守秘義務より公共の福祉の方が重視されるんですよ。あいつは人殺しなんだ。いいから、さっさとあいつに会わせろよ。あいつは中にいるのか!?」

怒鳴り声が廊下に響く。倉敷が「落ち着いてください」と美濃部の肩に手を置いた。

「も、もう二階の病棟に上がりました。入院治療が必要なので」秋穂は震える声で答える。

「二階ですね。よし、倉敷。行くぞ」

踵《きびす》を返した美濃部が大股で廊下を進んでいくのを見て、秋穂はとっさに「待ってください！」と声を上げる。

「石田さんに面会はできません」

美濃部が「ああっ？」といかつい顔をしかめる。

「め、面会謝絶です。会わせるわけにはいきません」

「あいつは殺人犯だって、何度言ったら……」

「石田さんが亡くなってもいいんですか！」

美濃部の言葉を遮って、秋穂は声を張り上げる。

「血液が心臓を押しつぶして、危険な状態だったんです。あなたたちの尋問で、興奮して暴れたりしたら、命を落とすかもしれない。それでも会わせろって言うんですか！」

救急医として、必死に救った命が危険に晒《さら》されることだけは許せなかった。美濃部が睨《ね》めつけてくるが、秋穂は目を逸《そ》らすことなくその視線を受け止める。

十数秒、秋穂と美濃部は視線をぶつけ続ける。先に目を逸らしたのは美濃部だった。

「たしかに、あいつに死なれちゃ困るな。分かりました、今夜の尋問は諦めますよ」

秋穂が安堵の息を吐くと、美濃部は「ただし」と続ける。

「病室の前には警官を置かせてもらいますよ。石田に逃げられないように」

「逃げられないようにって、相手は重症患者ですよ。動けるわけがありません」

「それでもだ！」

内臓を揺らすような美濃部の声に、秋穂は身を震わせる。

「警官は置かせてもらう。万が一にもあいつに逃げられるわけにはいかないんだ。……絶対にな。すぐに捜査本部に連絡して、警官を手配させてもらいますよ」

外に続く自動扉へと向かう美濃部の背中に、秋穂は「待ってください」と声をかける。足を止めた美濃部は「なんですか？」と面倒くさそうに、顔だけ振り返った。

「あの患者さんは……どうして人を殺したんですか？」

そんなことを知ってどうする？　治療は終わった。もう、かかわるべきじゃない。理性がそう告げるのだが、どうしても訊ねずにはいられなかった。

「そんなこと誰にも分かりませんよ。あの怪物がなんで何人もぶっ殺したのか……」

「何人も……？」不吉な予感が血流にのって全身の細胞を冒していく。

「あの男は三人、いや今晩のガイシャを合わせて四人もの人間を惨殺して、その遺体を解体しているんですよ」

「解……体……」

激しいめまいが襲ってくる。廊下が傾いたような錯覚に陥り、秋穂は大きくよろめいた。激しい嘔気《おうき》とともに、食道を熱いものが駆け上がってくる。口元を押さえ、こみあげてきた胃酸を必死に飲み下す。痛みにも似た苦みが口腔内に広がった。

「ええ、そうです。東京都内でこの一年起きているバラバラ殺人事件。ニュースで聞いたことがあるでしょ。ワイドショーで、『真夜中の解体魔』とかいうふざけた二つ名で呼ばれているその犯人こそ、あなたが助けた石田涼介なんですよ」

美濃部は「行くぞ」と倉敷を促して、自動ドアの向こう側へと消えていく。

秋穂の手から零《こぼ》れ落ちた院内携帯が、床で跳ねて乾いた音を立てた。

2

救急部のユニフォームの上に白衣を羽織った秋穂は、白く磨き上げられた廊下を進んでいく。救急部で石田涼介の治療をしてから、すでに半日以上が過ぎていた。時刻は午後六時前。夕食の配膳の準備をしている看護師たちが、忙しそうに行き交っている。

秋穂はそっと白衣のポケットに手を忍ばせた。指先にガラスの固く冷たい感触をおぼえる。心臓の鼓動が加速し、氷のような冷たい汗が背中を伝っていった。

本当にやるつもり？　本当にできるの？

息苦しさをおぼえながら自問する。しかし、脳神経が焼き切れたかのように熱を持った頭は、思考がまとまらなかった。

まるで誰かに体を操作されているような、マリオネットになったような錯覚に襲われながら、秋穂は廊下の突き当たりにある個室病室の入り口に近づいた。引き戸のわきにはパイプ椅子が置かれ、若い制服警官が座っている。秋穂に気づいた警官が視線を上げる。

「なにかご用ですか？」警官の瞳に警戒の色が浮かんだ。

秋穂はからからに乾燥した口腔内を舐《な》めて湿らせると、ゆっくりと口を開いた。

「主治医の小松です。石田さんの回診に来ました」

今朝、夜勤が終わった秋穂は救急部の部長に、涼介の主治医になりたいと直談判《じかだんぱん》した。最初は、まだ復帰して十分に時間が経っていないのに、負担が大きいのではないかと部長は難色を示した。しかし、「自分が助けた患者の病態が、警察に不当に扱われて悪化しないよう責任をもちたいんです」と訴えると、主治医になることを了解してくれた。

秋穂が引き戸に手をかけると、警官が「あの」と声をかけてきた。全身に震えが走る。

「石田の意識が戻ったら教えてくださいね。報告しないといけないから」

愛想笑いを浮かべて「分かりました」と答えると、秋穂は病室の中に入る。広い部屋だった。ゆうに十二畳はある空間に、シャワールームやトイレ、デスクに応接セットまでそろっている高級病室だ。目立つところに警官がいると、患者や面会に来る家族が不安になるということで、最も奥にあるここに無料で涼介を入院させることになっていた。

部屋の奥のベッドに少年が横たわっている。目を閉じているその横顔は、息を呑むほどに整っている。しかし、芸術作品のような美を湛えるその姿を眺める秋穂の胸には、ヘドロのようにどす黒い感情が湧き上がっていた。握りしめた拳がぶるぶると震え出す。

落ち着け、落ち着くんだ。ベッドに近づいた秋穂は、そっと毛布をめくる。入院着の襟元からのぞく鎖骨と、うっすら浮き出た肋骨が妖しい色気を醸し出している。裾からは透明のチューブがベッドの柵まで伸びていた。心嚢内に留置されているドレーンチューブ。

秋穂は視線を下げて、チューブが接続されているプラスチック容器を確認する。中には、赤黒い血液が溜まっていた。まだ心嚢内の出血は完全には止まっていないらしい。

出血が止まらなければ、本来は開胸手術を検討しないとならない。

「……けど、そんな必要ない。あなたを絶対に赦《ゆる》さない」

口から冷え切った言葉が零れる。あの日、人生最悪のあの日からの記憶が、走馬灯のように脳裏をかすめていくにつれ、体の、そして心の温度が急速に奪われていった。

秋穂は白衣のポケットから注射用のシリンジと針、そして『希釈用　禁　静注《じょうちゅう》』と赤い文字で大きく記されたガラス製のアンプルを一つ取り出した。

塩化カリウムの溶液。カリウムは生命維持に必要なミネラルだが、高濃度のカリウム溶液を一気に静脈注射すると、心臓の電気信号を激しく乱し、心停止を引き起こす。

秋穂はアンプルの先を摘《つ》まんで、軽く力を込める。先端部のガラスがパリンと軽い音を立てて割れた。いつの間にか手の震えはおさまっていた。

これは私の権利、そして……義務。あの人の仇《かたき》を討つまで、私は悪夢に囚われ続ける。

アンプルに注射針を差し込むと、押し子を引いて溶液を一気にシリンジ内に引き込む。

塩化カリウム溶液で満たされたシリンジを点滴ラインの側管に接続した秋穂は、ベッドで目を閉じている石田涼介を見下ろす。

警察なんかに渡さない。裁判で死刑判決を受け、執行まで何年も待つなんて耐えられるわけがない。私が自分の手で、この少年の命にピリオドを打つ。

逮捕されるかもという不安が頭をよぎるが、秋穂は大きくかぶりを振った。

この少年は救命できたのが不思議なほどに重症だった。急変して死亡しても、誰も不思議には思わないだろう。それに、カリウムは血液中に含まれる物質だ。たとえ司法解剖されたところで、死因は分からないはずだ。

だから……、やれ！　あの人のために！　秋穂は奥歯を食いしばると、シリンジの押し子に指をかける。しかしなぜか、指はピクリとも動かなかった。

唇を思いきり嚙《か》む。八重歯が唇の薄皮を突き破った。口の中に鉄の味が広がり、脳髄まで駆け上がった鋭い痛みが、一瞬、金縛りを解いてくれる。

いまだ。目を固く閉じて、指を動かそうとした瞬間、瞼の裏に男性の姿が映った。精悍な顔に慈愛に満ちた笑みを浮かべた、愛《いと》しい人の姿が。

秋穂はその場から飛びすさる。拍子に側管からシリンジが抜け落ちた。入っていた塩化カリウム溶液が、床を濡らす。

「……できない」ひび割れた声が零れる。

愛しいあの人は、医師としての強い使命感を持っていた。苦しむ人、死に瀕《ひん》している人を救うことを生きがいとし、それをいつも熱く語ってくれた。

この少年を殺せば、私はあの人との幸せな日々の記憶を反芻《はんすう》する資格がなくなる。

けれど……、仇を討たない限り、私は前を向くことはできない。

「どうすればいいの……」瞳から溢《あふ》れた涙が、床へと落ちていった。

「大丈夫ですか？」

秋穂は全身をこわばらせて顔を跳ね上げる。ベッドの上に横たわった涼介が、首を回して心配そうにこちらを見ていた。見られていた？　どこから？

「い、意識が戻ったんですね。よかった。はじめまして、主治医の小松秋穂です」

内心の動揺を必死に押し殺しながら秋穂は自己紹介をする。

「石田涼介です。はじめまして、秋穂先生。できれば涼介君って呼んでください」

妖艶な微笑を浮かべた涼介に名前で呼ばれ、動揺がさらに強くなる。

「昨夜、助けてくれた先生ですよね」

「覚えているの？」

「はい、かすかに。先生が必死にはげましてくれたのを。すごく痛くて、すごく怖かったんですけど、先生のおかげで安心できました。ありがとうございます」

あのとき必死に治療しなければ、この少年は死んでいたはずだ……。

私は間違っていたのだろうか？　これから、どうするべきなのだろうか？

自分自身の手で、この少年の息の根を止めなくてはと思っていた。しかし、愛しい人との大切な思い出を穢《けが》すことはできない。なら、医師として治療をして、この男を警察に引き渡すのか？　だが、それでは悪夢が消えることはない。

頭痛をおぼえた秋穂がこめかみを押さえていると、涼介が「それ……」と床を指さす。

「その注射器、そのままにしていていいんですか？」

「あ、いや……」

シリンジを拾い上げ、隠すかのように左のポケットへ押し込んだ瞬間、鋭い痛みが走った。反射的にポケットから手を引き抜く。左手薬指の先にわずかに赤い血が滲んでいた。ガラスアンプルの割断面で切ってしまったのだろう。

左手の薬指……。哀しみの発作に襲われた秋穂は、慌ててユニフォームの胸元に手を当てる。生地を通して伝わってくる指輪の感触が、負の感情をわずかに癒してくれた。

「毒……ですか？」

ぼそりと発せられた涼介の言葉に、体が震える。

「な、なんのこと？」

「ごまかさなくても大丈夫ですよ。それって、毒薬かなにかですよね？」

「そんなわけないでしょ。あなたに必要な薬……、そう、抗生物質よ」

「なら、どうして打つかどうか悩んだんですか？　どうして泣いたんですか？」

涼介の口調はあくまで穏やかで、責めるような色は微塵《みじん》も感じなかった。

「あ、あなた、どこから……」

「どこから気づいていたか、ですか？　先生が『絶対に赦さない』って呟いた頃からです」

全て見られていた……。絶望が心を黒く染めていく。

「心配しないでください。警察に言ったりしませんから」

涼介が柔らかく語り掛ける。秋穂の口から「……え？」という呆《ほう》けた声が漏れた。

「当然じゃないですか。命の恩人を警察なんかに売るなんて、そんなことできませんよ」

涼介は上体を起こすようなそぶりを見せる。痛みが走ったのか、端整な顔が歪《ゆが》んだ。

「だめよ、横になっていないと。肋骨が何本も折れているんだから」

とっさに秋穂は、涼介の両肩に手を当てる。体の力を抜いた涼介は、秋穂の手に自分の手を重ねながら、いたずらっぽく口角を上げた。

「ありがとうございます。さっき殺そうとした相手の体を心配してくれるなんて。先生は本当に優しい人なんですね」

我に返った秋穂は、素早く両手を引いた。

「あなた、さっき私が……薬を打とうとしたとき、気づいていたのよね。なのに、なんで止めようとしなかったの？」

涼介は「んー」と形のよい鼻の付け根にしわを寄せた。

「先生にならば、殺されてもいいような気がしたから、ですかね」

絶句する秋穂の前で、涼介は天井を眺める。その目から、焦点が失われていった。

「僕、別に生きたいとかないんですよ。昨夜、ミスってバイクでこけたときも、『ああ、これでようやく解放されるんだ』って思ったくらいですから。こんな腐った世の中に未練なんかないんです。それに昨日、……唯一の大切な人を喪ってしまったから」

涼介が首を回してこちらを見てくる。いつの間にか、彼の瞳は昏《くら》く染まっていた。底なし沼のようなその瞳孔に吸い込まれていく錯覚をおぼえる。

やはり、この男は人殺しに違いない。得体のしれない怪物と対峙しているような恐怖に襲われていると、涼介が「けど」と明るく言う。その双眸《そうぼう》に光が戻ってきた。

「事故のあとなんにも感じなくなっていたんですけど、遠くから声が聞こえたんですよ。『大丈夫、あなたは助かる。私が助けてあげる』っていう声が。それがすごくあったかくて……、そんな声を聞いたの、久しぶりで……。本当に数年ぶりで、すごく嬉《うれ》しくて少しだけ目を開けたんです。そうしたら、かすむ視界のなかに、うっすらと先生の顔が見えました」

涼介は切れ長の目を細める。

「僕には先生が天使に見えました。本当に綺麗《きれい》でした」

涼介の恍惚《こうこつ》の表情に、体温が上がってくる。それが、怒りのためなのか、それとも他の理由からなのか、秋穂自身にも分からなかった。

「だから、さっきも全然怖くはありませんでした。あなたに殺してもらえるなら、それはとっても素晴らしいことだ。そんな気がしたんです」

傷に痛みが走ったのか、涼介は顔をしかめる。医師としての本能で、「大丈夫？」と伸ばした手を、涼介は包み込むように両手で握った。細い指の感触が心地よかった。

嫌悪も恐怖もおぼえないことに戸惑う秋穂に、涼介は蕩けるような微笑を浮かべる。

「だから先生、やってください。どうか、そこに落ちている毒を僕に打ってください」

「なにを言って……」

秋穂がかすれ声を絞り出すと、涼介の笑みに痛々しいまでの悲哀がかすめた。

「ずっと、苦しかった……。特に、小学生のときにママが死んでからは、生まれてきたことを後悔し続けた。何度、首を吊《つ》ろうと思ったか分からない。けど、自分ではできなかった。僕にはその勇気がなかった。だから……どうか先生の手で、僕のことを楽にしてください。掃き溜めのような世界から、僕を解放してください」

涼介の両手に力がこもる。痛みをおぼえた秋穂が小さくうめくと、涼介は「ああ、すみません」と慌てた様子で両手を離した。

「本気で……言っているの？」

「ええ、本気です。安心してください。化けて出たりはしませんから」

おどけて言うと、涼介は「ただ……」と続けた。

「できれば、どうして僕を殺したいのかだけでも教えてもらえませんか？」

脳裏に、愛しい人の姿がよぎる。その瞬間、凪《な》いでいた感情の嵐が一気に吹き荒れた。

「あなたが……、あなたが、あの人を殺したから」

必死に声を押し殺しながら、秋穂は言う。涼介は「あの人？」と小首をかしげた。

「荒巻一輝、私の恋人……、私の婚約者よ！」

「先生の婚約者を僕が殺したって言うんですか!?」

目を大きくする涼介を見て、秋穂は震えるほどに強く両拳を握りしめた。

「そう……。私の婚約者は半年前に殺された、『真夜中の解体魔』の三人目の犠牲者」

秋穂の頭に、半年前の出来事が蘇る。まるで、昨日のことのように鮮明に。

あの日、夜勤を終えて疲れて自宅マンションで寝ていると、スマートフォンに着信があった。寝不足で重い頭を振りながら電話に出ると、それは警察からの連絡だった。なんの用事か不審がる秋穂に、刑事は淡々と告げた。

『今朝、荒巻一輝さんが遺体で発見されたのですが、なにか心当たりはございませんか？』

その瞬間、幸せな未来が崩れ去る音を秋穂は聞いた。

荒巻が勤務時間になっても病院に現れず、連絡も取れないことを不審に思った同僚医師が彼の自宅マンションへと向かい、管理人と部屋を訪れて事件は発覚した。その遺体はバラバラに切断されていて、あまりにも凄惨な光景に、管理人はその場で嘔吐したらしい。

荒巻のスマートフォンを調べたところ、頻繁に秋穂に電話をかけていたことが分かり、警察はなにか情報を持っていないかと連絡をしてきたということだった。

『荒巻さんとはどのような関係ですか？』

刑事にそう問われた秋穂はとっさに、「研修医時代の指導医です」と答えていた。秋穂とはじめて会ったとき、荒巻には研修医時代に結婚した妻がいた。しかし、四年前に彼女が不貞を働いたことにより別居し、三年前に離婚していた。

秋穂と荒巻が交際をはじめたのは、離婚が成立してから一年以上経ってからだ。しかし、それでもあらぬ疑いを招かぬように、二人は慎重に周囲に隠しながら交際し、それを知るのは親しい、ごく限られた人々だけだった。籍を入れるときに公にするつもりだった。

結局、警察は秋穂と荒巻の関係に気づくことはなかった。社交的な荒巻は、秋穂以外にも多くの人々と日常的に連絡を取っていたし、初期臨床研修を終えたあと、市中病院で救急医としてのキャリアを積むことを選んだ秋穂とは、職場も違っていた。秋穂のもとにも刑事が訪れて、話を聞いてきたが、荒巻が殺害されたと思われる時間帯に夜勤に当たっていたという鉄壁のアリバイがあったせいか、当たり障りのない質問をされただけで終わった。

ただ、おそらく普通の殺人事件であれば、もっと荒巻の社交関係が捜査され、秋穂との交際も明らかになっていただろう。しかし現実は、そうはならなかった。

なぜなら、荒巻の殺害は単一の犯行ではなく、連続バラバラ殺人事件の一つだったから。

『真夜中の解体魔事件』、一部のマスコミが使いだした禍々《まがまが》しくも妖しいその名称で事件は呼ばれていた。

被害者を自宅で殺害し、一晩かけて遺体を解体したのち、体の一部を奪っていく。そのあまりにも猟奇的な犯行に、世間は怯《おび》えるとともに、激しく興味を掻き立てられていた。

荒巻の遺体で消えた部分は、薬指だった。左手の薬指が根元から切り取られていた。

秋穂は無意識に、ユニフォームの胸元に隠してある指輪に触れる。事件の一週間ほど前に届いた結婚指輪。入籍を発表するまでは外ではつけないが、家にいるときはお互いに嵌めておこう。そう約束していた。

荒巻の結婚指輪は、左手の薬指ごと奪い去られ、いまも発見されていない。

事件の衝撃で、秋穂の心は完全に壊れてしまった。ほとんど思考が回らず、常に体が重く、そして自分と世界の間に濁った膜が張っているかのように現実感がなくなった。消耗している秋穂の様子に気づいた救急部長に、なかば無理やり精神科を受診させられ、重度のうつ病と診断されて休職を言い渡された。それから投薬治療を受け、静岡の実家で療養することで精神症状が改善していき、先月にはなんとか復職することができた。

仕事が原因でうつ病になったと思っている部長には、「無理ない範囲で仕事をしていきながら、完治を目指すんだぞ」と言われている。しかし、秋穂には分かっていた。いかに抗うつ薬を内服しようが、体を休めようが、それだけでは決して完治などしないことを。

『真夜中の解体魔』が逮捕され、消えた結婚指輪と婚約者の指を取り戻す。それが、再び前を向いて歩けるようになる唯一の方法だと思っていた。しかし昨夜、涼介こそ『真夜中の解体魔』だと知らされたとき、もっと確実に悪夢から逃れる方法があることに気づいた。

自らの手で愛した男性の仇を討つこと。

きっと、石田涼介が搬送されてきたことは運命だ。この男を殺すことこそ、自らに課せられた使命なのだ。そう覚悟を決めていたにもかかわらず、土壇場でためらってしまった。

「なんで、私は殺せなかったの……？　なんで、あの人の仇が取れないのよ……」

つらい記憶に、瞳から涙が溢れだす。

「泣かないでください」

涼介が上体を起こす。折れている肋骨に痛みが走ったのか、一瞬その表情は険しくなるが、すぐに笑顔に戻って手を伸ばしてくる。

細い指がそっと涙をすくう。なぜか、その手を振り払うことができなかった。

「先生は間違ってなんていません。僕を殺さないで正解だったんですよ」

「どういう意味？」秋穂は一歩後ずさると、白衣の袖で乱暴に目元を拭う。

「僕は先生の婚約者を殺していません。僕は『真夜中の解体魔』じゃありません」

「なに言っているの。間違いなくあなたが『真夜中の解体魔』だって刑事たちが言ってた。殺害現場に踏み込んだら、あなたがいたって」

「はい、そうです」なんの気負いもなく涼介は頷いた。「たしかに僕は殺害現場にいるところを警察に見つかりました。それで慌ててバイクで逃げたら、間抜けにも転んじゃいました」

秋穂が「なら……」と反論しかけると、涼介は掌を突き出してきた。

「でも、僕は誰も殺してなんていない。罠《わな》にかけられたんです」

「罠？」

「先生は、被害者が誰だか聞きましたか？」

「あなたの、恋人だって聞いたけど」

「正確には元恋人。二年以上前に別れていますから。でも、僕にとってすごく大事な女性だった。高校時代、孤立していた僕を唯一支えてくれていた先輩だったんです」

涼介の顔に暗い影が差す。

「そんな子を、どうして殺したの？」

「だから、僕は殺してなんかいない。お願いだから信じてください」

涼介は潤んだ目で見上げてくる。庇護《ひご》欲《よく》を掻き立てられた秋穂は、軽く頭を振った。

「じゃあ、なんであなたは殺害現場にいたのよ」

「呼び出されたからです」

秋穂が「呼び出された？」と聞き返すと、涼介は大きく頷いた。

「はい。安里雪絵《あさとゆきえ》っていう女性なんですけど、別れてからずっと没交渉だったんです。なのに昨日の夜、急に会いたい、助けて欲しいって連絡があって、これはただごとじゃないって不安になって、慌てて彼女の住んでいるマンションに行ったんです」

「急に連絡があったら驚くかもしれないけど、だからって深夜に押し掛けたりする？」

疑念を込めて訊ねると、涼介の眉間にしわが寄る。

「普通ならしないでしょうね。けど、内容が不穏なものだったんですよ。どう読んでも、これから命を絶とうとしているかのような……」

「だから、自殺するかもしれないと思って、部屋に押し掛けたってことね」

「はい。何度もインターホンを鳴らしたんだけど、応答がなかったから中に入った。鍵はかかってなかったから。室内は明かりはついていなくて、真っ暗でした」

涼介の眉間のしわが深くなった。

「リビングのドアを開けた瞬間、すごい臭いが襲い掛かってきました。血の臭い……。それで部屋の明かりをつけたら、部屋の真ん中で……、雪絵先輩がバラバラに……」

そのときのことを思い出したのか、涼介の体が細かく震え出す。

「落ち着いて。ゆっくりと深呼吸をして」

秋穂が背中に手を添えると、涼介は「ありがとうございます」と弱々しく微笑んだ。

「それで、どうしたの？」

秋穂は静かに訊ねる。涼介は深呼吸を数回くり返したあとに、青白い唇を開いた。

「頭が真っ白になって、これが現実だって信じられなくて、ずっと立ち尽くしていました」

「そこに警察が来たってこと?」

「そうです」涼介は小さくあごを引く。「パトカーのサイレン音が聞こえてきて我に返りました。このままじゃ、僕が犯人にされるって思っていると、玄関扉から刑事たちがやって来たんです。それで窓から脱出して、バイクに乗って逃げ出したんです」

話の筋は通っていなくもない。しかし、秋穂の胸には疑念が渦巻いていた。

「逃げないで、ちゃんと説明すればよかったじゃない。呼び出されたって」

「そうするべきでしたよね。けど、そんなことを考える余裕がなかったんです。雪絵先輩のあんな姿を見て、本当にわけが分からなくなって……。なんで、彼女……」

涼介は両手で頭を抱える。その姿が、最愛の人を喪って苦しんだかつての自分と重なり、秋穂はそれ以上、追及できなくなる。

「それじゃあ、あなたのスマホには、雪絵さんからのメールが残っているってことね」

「いいえ、メールじゃありませんでした」

「メールじゃないとしたら、電話? でもあなた、連絡を受けてからすぐに元恋人の家に向かったんでしょ。それならおかしいじゃない。メールと違って、電話なら本当に彼女からのものか分かる。だとしたら、そこにつくまでの間に、遺体をバラバラに……」

ぐむ。

興奮気味にまくし立てていた秋穂は、涼介の顔がつらそうに歪んだのを見て、口をつぐむ。

いや、騙《だま》されるな。これは演技だ。この少年自身が、元恋人を殺害して、切り刻んだんだ。

「どうなの？　どうやって、元恋人はあなたを呼び出したっていうの？」

秋穂の詰問に、涼介は蚊の鳴くような声で答えた。

「手紙……、手紙が郵便受けに入っていたんです」

「手紙？」

「ええ、そうです。住所も書かれていない封筒に、『涼介へ』とだけ書かれていました。すぐに、雪絵先輩からのものだと分かりました。彼女の字って、特徴的だから。丸くて、なんか猫が転がっているみたいなんですよ」

「待って、住所が書かれていないってことは郵送されてきたわけじゃないってことでしょ」

「ええ、でしょうね。直接、僕の部屋の郵便受けに入れたんですよ。僕が住んでいるアパート、セキュリティが甘いから、誰でもできたはずです」

「それって、ちょっとおかしくない。二年以上も会っていなかった昔の恋人の家を直接訪れて、手紙を投函《とうかん》してから自殺しようなんて、普通考えないでしょ」

「ええ、普通は」涼介は頷く。「でも、雪絵先輩なら全然不思議じゃないんですよ。

……僕と彼女はとても強い絆《きずな》で繋がっていたから」

天井を見上げた涼介の瞳から、一筋の涙が零れる。その雫《しずく》が、水晶のように淡い輝きを孕《はら》みながら白い頬を伝う。そのあまりにも美しい光景に、秋穂は魅入られる。

「これで分かってもらえましたか？　僕が雪絵先輩を殺してなんかいないことを」

涼介は涙で潤んだままの瞳を向けてくる。

「僕はどんなことがあっても、彼女を殺したりしない。僕は彼女に生きていて欲しかった。僕にとって彼女は、かけがえのない存在だったんだ……」

震え声を絞り出す涼介の姿に秋穂は動揺する。彼からは、自分と同じように大切な人を理不尽に奪われた哀しみ、怒り、絶望が伝わってくる。

果たして、これは演技なのだろうか？　偽りの感情に、ここまでのシンパシーをおぼえるものだろうか。混乱しつつ、秋穂は口を開く。

「そんなの、全部嘘《うそ》かもしれないじゃない。でまかせで、ごまかしているだけかも……」

「残念だな、先生には分かってもらえる気がしたのに。どうしたら信じてもらえますか？」

「その手紙を警察が見つければ、あなたの言っていることが本当だって……」

「警察はきっと、あの手紙を握りつぶしますよ」秋穂の声を遮るように涼介は言う。

「え？　握りつぶす？」

「警察なんて信用できませんよ。奴らは意地でも僕を『真夜中の解体魔』にしたいんです」

涼介は皮肉っぽく唇の端を上げた。

「一年以上、警察は『真夜中の解体魔』を逮捕できていない。その間に、何人も犠牲者が出て、警察への批判は強くなっている。そんな中、まんまと誘い出された僕が雪絵先輩の死体を見て立ち尽くしている現場に突入した。警察は是が非でも、僕を『真夜中の解体魔』として逮捕して、汚名返上したいはずです。……どんな手段を使ったとしても」

「まさか、手紙を隠そうとするってこと」

「ええ、そうです」涼介は小さくあごを引く。

「ちょ、ちょっと待って……」

秋穂はこめかみに手を当て、絡まりはじめた思考を慎重にほぐしていく。

「あなたが本当のことを言っているとすると、雪絵って子を殺した犯人があなたを呼び出したってことよね。つまり……」

「そう、『真夜中の解体魔』ですよ。『真夜中の解体魔』が雪絵先輩に……あんなひどいことをして、その罪を僕になすりつけようとしているんです」

「なんであなたに？　あなたと『真夜中の解体魔』はどういう関係なの？」

「分かりません。僕だって混乱しているんですよ。大切な女性が殺されていたんですよ。……バラバラにされて。そのうえ、警察に追われて。なにがなんだか分からないんだ！」

これまで冷静さを保っていた涼介が、いきなり声を荒らげる。

これも演技なのだろうか？　それとも、本当に混乱しているのだろうか？

「すみません、大きな声を出して。ただ、『真夜中の解体魔』が誰なのか、僕とどんな関係があるのかは全然分かりませんけど、僕が選ばれた理由なら分かります」

涼介は自虐的に薄い唇を歪める。

「僕はこの世に必要ない存在なんですよ。僕が冤罪《えんざい》で逮捕されようが、死刑になろうが、誰も気にしない。僕を守ってくれる人なんて誰もいないんです」

吐き捨てるように言ったあと、涼介は「あ……」と声を漏らした。

「一人だけいたな。僕のことを気にかけてくれる人が。……雪絵先輩だけは、僕のことを守ろうとしてくれた。なのに……、あんなのひどすぎるよ……」

両手で顔を覆って肩を震わせはじめる涼介を眺めながら、秋穂は戸惑っていた。

目の前の少年は濡《ぬ》れ衣《ぎぬ》を着せられただけなのか、それとも、彼こそが愛しい人を奪った真犯人なのだろうか？　これから、どうすればいいのだろうか？

「どうすれば……」ほとんど無意識に秋穂は呟いていた。「どうすれば、あなたがいま言ったことが本当だって証明できるの？　警察も信用できないっていうなら、どうすればあなたが『真夜中の解体魔』じゃないって確認できるのよ」

「……先生、僕の服って保管してありますか？」涼介は洟《はな》をすすりながら訊ねる。

「服？　それは、保管してあるけど……」

明日にも令状を持って警察が回収するという話だった。

「ジーンズのポケットに入っているキーホルダーに、自宅の鍵があります」

「まさか、あなたの部屋に忍び込めっていうの!?」

「そうです。雪絵先輩からの手紙を見れば、僕が言っていることが本当だって分かるはず」

「でも、家宅侵入なんて……」

「住人の僕が許可しているんですよ。なんの問題もないですよ」

そんなわけない。もうすぐ警察が家宅捜索に入るであろう部屋に忍び込むなんて、大きなトラブルになるに決まっている。けれど……。躊躇《ちゅうちょ》していると、涼介が潤んだ目で見つめてきた。宝石のように美しいその瞳から目を逸らせない。

「本当は誰が『真夜中の解体魔』なのか、知りたくはないんですか？」

秋穂の喉から、うめき声が漏れた。

「もし、確証がないまま僕を殺して満足なら、どうぞやってください。さっき言ったように、先生にならら殺されてもかまいません。雪絵先輩がいないなら、この世界になんて未練はない。けど、『真夜中の解体魔』に復讐《ふくしゅう》することが目的なら、僕の言っていることを確認するべきです。そうじゃないと……、先生の悪夢は終わりません」

あの悪夢に一生囚われ続ける……。息を乱す秋穂に向かって、涼介は妖艶な微笑を向けた。

「どうか、僕のことを信じてください」

3

心臓の音が鼓膜に響く。酸素が薄くなっているかのように息苦しい。

つけているマスクを外してしまいたいという衝動に襲われつつ、秋穂は薄暗い夜道を進んでいく。時刻は午後十一時を回っている。辺りには人気《ひとけ》がなかった。

空から落ちてくる小雨が、街灯の薄い光に浮かび上がる。わきにあるマンションのエントランスに防犯カメラが設置されていることに気づいた秋穂は、纏《まと》っているレインコートのフードを引いて顔を隠した。

病室で涼介と話をした数時間後、秋穂は幡ヶ谷《はたがや》駅から徒歩で十五分ほどの住宅街にいた。

本当にこんなことをしていいのだろうか？

地図アプリを確認しつつ自問する。しかし極度の睡眠不足で頭が回らなかった。おぼつかない足取りで、画面に表示される指示に導かれるまま狭い路地へと吸い込まれていく。

顔を上げると、二十メートルほど先に目的地があった。古びた木造アパート。そこそが石田涼介の住処《すみか》だった。

アパートの前に到着する。涼介が言っていた通り、防犯カメラは見当たらない。しかし、秋穂の不安は消えるどころか、みるみる膨れ上がっていった。

どこかに刑事が潜んでいて監視しているのではないだろうか？　せわしなく辺りを見回す。見える範囲にある全ての窓から、こちらに視線が向いているような妄想に襲われる。

秋穂は血が滲みそうなほど固く唇を噛みしめた。

半年前、私は全てを失った。いまさらなにを恐れることがあるというのだろう。あの人の仇かもしれない少年は、自分の手の内にある。数時間前に涼介を殺せなかったのは、あの少年が婚約者の仇であるという確証がなかったからだ。なら、ここで引き返すわけにはいかない。石田涼介が『真夜中の解体魔』なのか否か確認しなくては。

拳を握りしめて心の重心を取り戻した秋穂は、アパートの敷地に入っていく。年季の入った洗濯機が並ぶ一階の外廊下を、足音を殺しながら一番奥の玄関扉まで進んだ。

レインコートの内側に手を忍ばせた秋穂は、ジーンズのポケットから鍵を取り出す。病院で保管していた涼介の所持品から持ち出したものだった。

周囲を警戒しつつ錠を外し、素早く扉を開けてその隙間に滑り込む。手探りで見つけた壁のスイッチを入れると天井からぶら下がった電球が灯《とも》り、橙《だいだい》の光が降り注いだ。

暗さに慣れた目を細めつつ、秋穂は室内を観察する。二メートルほどの短い廊下の左手に小さなキッチンがあった。土足のまま部屋にあがった秋穂は右側にある扉を開ける。中は狭いトイレ付きのユニットバスになっていた。短い廊下を進み扉のノブを摑むと、ゆっくりと開けていく。

やけに物が少ない部屋が、その奥に広がっていた光景を見て、秋穂は目をしばたたく。ベッドがあり、部屋の中心にあるローテーブルには、バイク雑誌が置かれている。奥にはシングルベッドが、蛍光灯の漂白された光に照らされていた。ベッドのわきには膝丈の小さな冷蔵庫があり、カップ麺がいくつか積まれていた。冷蔵庫に近づいて中を確認する。そこには三本の牛乳パックだけが入っていた。

「牛乳とカップ麺だけで生活してたの、あの子……」

生活感が感じられない部屋に戸惑う秋穂は、すぐわきに収納があることに気づく。この中になにか恐ろしいものが隠されているのかもしれない。緊張しつつ、観音開きの扉を開く。ハンガーにかかった洋服、バッグ、毛布などの日用品が入っているだけだった。

秋穂は服を掻きわけて、奥にあるプラスチック製の収納棚の中身を確認する。もし、現場から消えた被害者の体の一部などを見つけることができれば、石田涼介が『真夜中の解体魔』だと確信が持てる。すぐにでも病院に戻って、復讐を果たすことができる。

上から順に棚の扉を開けていった秋穂は、最下段にある一番大きな扉を開けた瞬間、動きを止めた。遺体の一部はなかった。しかし、それに勝るとも劣らず、異様なものが棚に入っていた。段ボール箱に詰められた、大量のコンドーム。

「なによ……、これ……？」

かすれ声が漏れる。数百個の避妊具。段ボール箱にかなり隙間があるところを見ると、相当の量がすでに消費されていると思われた。

あの美しい容姿だ。その気になれば、性交渉する相手には不自由しないだろう。だからといって、これほど大量に自宅に置いてあるなんて……。

禍々しいものの片鱗《へんりん》に触れている予感をおぼえつつ、大きく頭を振る。いまは詮索している場合じゃない。あの少年が『真夜中の解体魔』なのかどうかを調べないと。

涼介の説明では、この部屋で元恋人からの手紙を読んで、すぐに飛び出したということだった。しかし、そんなものは見当たらない。

「やっぱり、嘘だったの……？」

呟いた秋穂は、ローテーブルの陰になにか紙が落ちていることに気づく。しゃがみこんでみると、テーブルの下に封筒と便箋が落ちていた。這うようにしてテーブルに近づいた秋穂は、便箋を手に取る。そこには、特徴的な丸文字が記されていた。

『涼介へ
涼介がこれを読んでいるころには、私はこの世にいないでしょう。

もう、なにもかもいやになっちゃった。もう楽になりたい。

なんで、こんなことになったんだろう。ぜんぶ、涼介のせいだよね。

涼介にかかわらなきゃ、私はこんなにならなかったはず。

でもね、あなたのこと大好きだったの。

あなたのことしか考えられなくなっていたの。

だから、やっぱりぜんぶ私のせいなのかも。よくわかんないや。

じゃあね、さよなら。死んでも、ずっとあなたのこと見てるからね。

ぜったいにずっと見てるから。

雪絵』

支離滅裂で、不気味な幼さを孕んだ内容。これを書いた人物が精神的に不安定だということ、そして、自らの命にピリオドを打とうとしていることが文面から匂い立ってくる。

「本当にあった……」

便箋を見つめながら、秋穂は呆然《ぼうぜん》と呟く。

涼介が言っていたことは本当だった。たしかにこんな手紙を読んだら、相手が大切な人物であればあるほど焦って、すぐにその人物のもとに向かおうとするだろう。

しかし安里雪絵は自殺としてではなく、バラバラ遺体で発見されている。では、この手紙を書いたのは彼女ではないのだろうか？　いや、こんな特徴的な筆跡、そう簡単に他人が真似《まね》られると思えない。

脅されて書かされた？　だとしたら、誰が脅したというのだろう？

「……『真夜中の解体魔』」

震える声で、秋穂は呟く。『真夜中の解体魔』がこれを書かせたあと、安里雪絵を殺害し、そして遺体を切り刻んだ。そのうえで、涼介を呼び出して濡れ衣を着せたのだ。

けれど、なぜ彼がスケープゴートにされたのだろう。いったい、『真夜中の解体魔』と石田涼介の間には、どんな関係があるというのだろう。

いや、これで涼介の疑惑が解けたわけではない。秋穂はかぶりを振る。あの少年自身が、この手紙を書いて置いておいた可能性は十分にある。

必死に頭を働かせていた秋穂は、金属音が聞こえた気がして体を震わせた。

空耳だろうか？　便箋を手にしたまま聴覚に意識を集中させていると、再びガチャガチャという音が響く。背骨に冷水を注がれたような心地になる。

誰かが部屋に入ってこようとしている。警察？

こんな現場を目撃されたら、言い逃れなどできない。手が後ろに回るだろう。

上下の歯をカチカチと鳴らす秋穂の視界に、カーテンが閉まった窓が飛び込んでくる。

あそこから逃げよう！　駆け寄って窓を開いたところで、秋穂ははっと我に返って手にしている便箋に視線を落とす。

これは重要な証拠品だ。警察は握りつぶすと涼介は言ったが、さすがにそんなことはしないはずだ。警察は筆跡を調べて、安里雪絵が書いたものかどうか調べるだろう。そうなれば、涼介が『真夜中の解体魔』でない可能性も考えて捜査をやり直してくれるはずだ。

便箋を床に放った秋穂は、窓枠に足をかける。同時に、扉が開く音が聞こえてきた。外へと飛び出た秋穂は、背の高い雑草が生い茂る狭い裏庭に出ると、そのまま目の前にそびえているブロック塀に飛びついた。両手に力を込めて体を持ち上げ、バランスを崩しながらも塀を乗り越える。アスファルトに着地した秋穂は、ブロック塀に背中を預けるような形になる。

カーテンを開く音が聞こえた。部屋に入ってきた誰かが、外を見ている。コンクリートの冷たく硬い感触を背中におぼえながら、秋穂は両手で口を押さえた。そうしないと、悲鳴を上げてしまいそうだった。

やがて、再びシャーというカーテンが引かれる音が鼓膜を揺らした。呼吸を止めていた秋穂は、肺に溜まっていた空気を吐き出すと、その場から離れる。

何度も足を縺《もつ》れさせながら、秋穂は薄暗い路地を小走りに進んでいった。

4

翌日の午前八時前、秋穂は顔をしかめながら自宅マンションを出た。

昨夜、涼介の部屋から脱出した秋穂は、足取りをたどられないように大通りでタクシーを拾い、新宿《しんじゅく》駅で降りて人込みに紛れてから、晴海《はるみ》の自宅マンションまで戻った。

帰宅した秋穂は、熱いシャワーで冷えた体を温めたあと、すぐにベッドに入った。しかし、目を閉じても、空き巣の真似事をした興奮で脳が熱を孕み、寝つける気配がなかった。

今日の勤務のためにも睡眠をとっておく必要があったので、仕方なく強力な精神安定剤をウイスキーで胃に流し込み、自らを気絶させるかのように眠りについたのだった。酒と安定剤という危険な飲み合わせのおかげでいつもの悪夢を見ることもなく眠れたのだが、起きてからというもの、頭蓋骨に鉛が詰まっているかのように頭が重かった。

「……おはよう、小松センセ」

駅に向かおうとした秋穂に声がかけられる。視線を向けた瞬間、頭痛がさらに強くなった。

濃い化粧をしたワンピース姿の女性が立っていた。年齢はまだ三十代半ばだったはずだが、険のある顔のせいか、もっと老けて見える。

「なんの用ですか。春江《はるえ》さん」

荒巻一輝の元妻、横山《よこやま》春江に向かって、秋穂は硬い声で言う。

「そろそろ私に謝ってくれない？　不倫して、人の夫を奪ったんだから」

「人聞きの悪いこと言わないでください。私が一輝さんと交際をはじめたのは二年前、あなたと離婚してから一年以上経った後です。不倫をしたのはあなたじゃないですか」

睨《にら》みつけてくる春江の視線を、秋穂は正面から受け止める。

一輝は研修医時代に看護師だった春江と結婚したが、四年ほど前に春江が他の男と不貞関係にあることが判明し、一年間の泥沼の裁判ののちに離婚をしていた。最終的に裁判所に不貞は認められ、慰謝料の分が相殺されて、春江の財産分与はかなり少なくなった。

八ヶ月ほど前、一輝と秋穂が交際していることを噂《うわさ》で聞きつけたらしく、いきなり電話で「あなたと不倫していたから、一輝は私と離婚したんでしょ」と難癖をつけてきていた。

「いいえ、あなたが色目を使ったから、一輝は私に冷たくなったの。それで、寂しくなって昔の男と遊んだだけじゃない。だったら、私に少しぐらいもらう権利があってもいいでしょ」

秋穂は重いため息をつく。一輝にはそれなりに貯金があった。それが全て一輝が命を落としたあと、彼の両親のもとに行ったのがよっぽど悔しいようだ。その怒りのはけ口として、私を標的にしたのだろう。もしかしたら、金でもせびるつもりなのかもしれない。

「いい加減にしてください。それなら、弁護士にでも相談に行けばいいでしょ。そもそも、どうして私がこっちに戻ってきているって分かったんですか。それに住所も」

「看護師の世界はね、思ったより狭いのよ。臨海第一病院で働いている友達もいるしね」

春江が笑みを浮かべるのを見て、秋穂は奥歯を嚙みしめる。いかに友人とはいえ、個人情報を教えるなんて。限られた人にしか伝えていなかった一輝との交際のことも知られているところを見ると、人の口に戸はたてられないという格言は正しいらしい。

「なんにしろ、話すことなんてありません。いまから仕事に行くんです。失礼します」

秋穂はパンプスを鳴らしながら、大股で歩いていく。

「そんな態度、許されると思っているの。謝らないなら、職場に押し掛けてやるからね」

背後から金切り声が追いかけてくる。

「勝手にすればいいでしょ！」

ガンガンと痛む頭を押さえながら、秋穂は大声で吐き捨てた。


「あ、こんばんは、秋穂先生」

病室に入った秋穂を、明るい声が迎える。ベッドで漫画本を読んでいた石田涼介が、人懐っこい笑みを浮かべた。朝九時から午後六時までの日勤をこなしたあと、秋穂は涼介と話をするためこうして病室を訪れていた。

「あなた、その漫画、どうしたの？」

「看護師さんが、暇だろうからって差し入れしてくれました。お勧めの漫画らしいです。それで、なんのご用ですか？　秋穂先生」

その美貌で、すでに看護師をたぶらかしているのか。秋穂は呆《あき》れながら口を開いた。

「……私はあなたの主治医よ。回診して状態を確認するのは当然でしょ」

「またまたぁ」涼介はパタパタと手を振る。「たんに様子を見に来ただけなら、そんなに硬い表情にはならないですって。僕の部屋に忍び込んだんでしょ」

涼介は薄い唇の端を上げた。

「それでどうでした？　雪絵先輩からの手紙、見つけましたか？」

秋穂が小さく頷くと、涼介は破顔する。

「ほら、言った通りだったでしょ。僕は『真夜中の解体魔』なんかじゃない。ハメられて、濡れ衣を着せられたんですよ。僕のこと、ようやく信じてくれましたか？」

「いいえ、まだ信じられない」

秋穂が硬い声で答えると、涼介は「えー」と不満げに唇を突き出した。

「もしかしたら、あの手紙を書いたのはあなた自身かもしれない」

「僕はあんな可愛《かわい》らしい字なんて書けませんよ」

「安里雪絵さんは、あなたの恋人だったんでしょ。それなら、過去にもらった彼女からの手紙ぐらい持っていてもおかしくない。それを元に手紙を偽造して、万が一のとき自分がスケープゴートだったと思わせるために、部屋に置いておいた」

「そんな面倒なことしませんって」手を振った涼介は、傷が痛んだのか顔をしかめた。

「少なくとも、まだあなたが『真夜中の解体魔』じゃないとは断定できない」

「じゃあ、どうするんですか？　僕を殺します？」

額に脂汗を浮かべながら、涼介は挑発的に言う。秋穂はゆっくりと首を横に振った。

「いいえ、殺すのはあなたが『真夜中の解体魔』だって確信を得たとき」

「どうやって、その確信を得るんですか？」

「あなたが本当にスケープゴートにされたなら、『真夜中の解体魔』はあなたと関係のある人物のはず。あなたから情報を得て、誰が私の婚約者を殺したのか突き止める」

「自分で正体をあばいて、仇を討とうってわけですか。さすがは先生。かっこいいです」

無邪気に賞賛の言葉を口にする涼介に、秋穂は冷めた視線を向ける。

「もちろんそれは、あなたが『真夜中の解体魔』でなかったらの話。あなたが一輝さんを殺したと分かったなら、今度こそ……あなたを殺す」

「その一輝さんっていう人が、先生の婚約者だった人ですね」

「だったらなに？」過去形で言われ、秋穂の胸に鋭い痛みが走る。

「どんな人だったんですか？　同年代？　年上？　それとも年下？　仕事はなにをしていたんです？　外見はどんな感じ？」

「なんで、あなたにそんなことを言わないといけないのよ」

「そりゃあ、先生みたいな綺麗な人の好みは知っておきたいじゃないですか。機会があったら、僕も恋人に立候補してみたいし。先生、年下の男ってどう思います？」

苛烈なまでに中性的な美を湛えた涼介に見つめられ、動揺してしまう。

「ふざけないで！　あなたになんか興味ない！」

「ダメですよ、先生。そんな大きな声出しちゃ。廊下にいる警官に聞こえちゃいますよ」

はっとして秋穂は口元に片手を当てる。勝ち誇ったかのような涼介の表情が癪《しゃく》に障った。

「ねえ、あなた。収納棚に大量になにか隠していたわね。あんなに必要なくらい恋人がいるわけ？　私もその一人にするつもりなの？」

意趣返しのつもりで口にした瞬間、涼介が体を震わせた。その表情に暗い影が差す。

「あれを……、見たんですか……」

「え、ええ……。なんで、あんなに必要なのかと不思議に思って……」

涼介の態度の急変に、思わず言い訳するような口調になってしまう。

「言いたくありません」

どこまでも硬い声で答えると、涼介は視線を窓の外に向けた。意図せずも、彼の心の柔らかい部位を無遠慮に突いてしまったらしい。痛々しさすら漂っているその姿に謝罪しかけるが、相手が婚約者の仇かもしれないことを思い出し、秋穂は開きかけた口を固く結んだ。

鉛のように重い沈黙が病室に満ちる。時計の秒針が時間を刻む音が、やけに大きく響いた。

先に沈黙を破ったのは涼介だった。大きく息を吐くと、手を差し出してくる。

「休戦しませんか。僕は先生に婚約者のことを訊《き》かない。代わりに、先生は収納棚の中に入っていたものについて言及しない。これから協力していく仲間なんですから」

「仲間……？　なにを言ってるの？」

「利害関係は一致しているじゃないですか。先生は復讐のため、婚約者を殺した犯人を見つけたい。僕も冤罪を晴らしたうえで、大切な人を奪ったことの報いを犯人に受けさせたい。僕は情報提供しますから、先生はそれを元に調査をする。いい取引だと思いませんか」

「……何度も言うけど、あなたが『真夜中の解体魔』だっていう可能性も捨ててないからね」

「そのときはぜひ僕を殺して、復讐を果たしてください」

なんの気負いもなく言うと、涼介は屈託ない笑みを浮かべた。数秒間、奥歯を噛みしめて黙り込んだあと、秋穂は叩きつけるように涼介の手を握った。

「これで、相棒ですね。嬉しいなぁ、先生みたいな綺麗な人とパートナーになれるなんて」

「相棒じゃない。あなたはたんなる情報提供者で、連続殺人の容疑者。それを忘れないで」

「了解です」

涼介が朗らかに答えたとき、腰の辺りから電子音が響いてきた。涼介の手を離した秋穂は、白衣のポケットから院内携帯を取り出して『通話』のボタンを押す。

「はい、救急部の小松です」

『こちら、警備室です。小松先生にお目にかかりたいという方がいらっしゃっています』

「私に会いたい？」秋穂は首をひねる。「いったい誰？」

『美濃部さんという方です』

涼介が運び込まれたときについてきた、警視庁捜査一課の刑事のいかつい顔が頭をよぎり、秋穂の背筋が伸びた。昨夜、涼介の部屋に忍び込んだことがばれたのだろうか。

「すぐに行くから、ちょっとだけ待ってもらって」

深呼吸をくり返し、息に緊張を溶かして吐き出していると、涼介が声をかけてきた。

「刑事が来たんですか？」

「……なんで分かるの？」

「顔が険しくなっていますもん。せっかくの美人が台無しですよ。もっと笑ってください」

「笑ってって、あなた……」

「もしかして、昨日、僕の部屋に忍び込んだことがばれて、逮捕でもされると思っているんですか？　そんなことあり得ませんよ。現行犯でもない限り、警察がそう簡単に逮捕なんてできません。必死に証拠を集めて、それを裁判所に提出して逮捕状を発行してもらわないといけないんです。一日でできるようなことじゃありません。それに、逮捕するつもりなら、奴らはこんな時間でなく、朝に自宅に押し掛けてきますよ。それが定石ってやつです」

「……やけに詳しいのね」

「色々と経験していますからね。それより先生、お願いしますよ。僕を守ってくださいね」

「守る？　なにを言ってるの？」

「あいつらはきっと、僕を警察病院にでも移すって言うに決まっています。そこなら、入院中でも好きに尋問できるだろうから。それどころか、もし僕が『真夜中の解体魔』じゃないと分かったら、口封じをして罪をなすりつけ、事件に強引に幕を引こうとするかも」

「そんなわけ……」

ないでしょ、と続けようとした秋穂は、涼介の鋭い眼差《まなざ》しを浴びて言葉を飲み込んだ。

「僕は警察のことをよく知っています。あいつらは別に正義の味方でもなんでもありません。僕みたいな社会的弱者を容赦なくいたぶるサディストの集団です」

「さすがに、そんなことは……」

「そう思うのは、これまで警察、特に刑事たちとかかわらない人生を送って来たからですよ。けど、先生にもすぐに分かりますって。あいつらがどれだけ汚い奴らなのか」

「でも、倉敷っていう刑事は、あなたのこと心配してたみたいだったけど」

「ああ、倉敷さんか……」涼介の表情が緩む。「あの人は別ですよ。たしかにあの人は昔からの顔馴染で、警察とは思えないくらい僕に親身になってくれました。本気で僕のことを心配して助けてくれようとしたんです。倉敷さんは僕にとって『特別な刑事』なんです。まあ、それは置いといて、僕を転院なんてさせないようにしてください。警察病院なんかに連れていかれたら、先生は僕と接触できなくなりますよ。僕が犯人だろうが、他に真犯人がいようが、婚約者の仇を討つチャンスがなくなりますよ。それは困るでしょ」

「けれど、どうやって……？」

「なにかうまく理由をつけてくださいよ。ほら、あんまり待たせると怪しまれますよ」

促された秋穂が引き戸を開けて廊下に出ると、所在なげにパイプ椅子に腰掛けていた制服警官が、横目で視線を送ってきた。会釈をした秋穂は、ゆっくりと廊下を進んでいく。

転院を止めることなんてできるのだろうか？　いったいどうすれば……？

緩慢に歩いていると、「どうも、先生！」とだみ声が響き渡った。顔を上げると、ナースステーションの前に、見覚えのある二人の男が立っていた。美濃部と倉敷、二人の刑事。

「なんでここに……？　警備室にいるんじゃ……」

「いやあ、先生がこの病棟にいらっしゃるって警備員が言っていたので、わざわざご足労かけちゃ悪いと思って、こっちから参上したんですよ」

慇懃無礼《いんぎんぶれい》に美濃部が言うのを見て、頬が引きつってしまう。なにが、ご足労をかけちゃ悪いだ。不意をついて、こちらを動揺させようとしたに決まっている。

「で、石田涼介の状態はどうでしょう？　あの人殺し、どんな感じです？」

「立ち話するようなことじゃありません。とりあえず、そこの談話室に行きませんか」

秋穂はあごをしゃくって、数メートル先にある談話室の入り口を指した。美濃部は染みの目立つこめかみを掻くと、「まあ、いいでしょう」と大股で歩き出した。

美濃部たちと薄暗い談話室に入った秋穂は、蛍光灯のスイッチに手を伸ばそうとする。

「大丈夫ですよ。明るいと目立つでしょ。このままお話ししましょうや」

美濃部が分厚い唇の端を上げるのを見て、秋穂は舌打ちしそうになる。暗さでこちらを不安にさせて、主導権を握ろうという意図が見え見えだった。

「……分かりました。それでは、奥のテーブルにどうぞ」

秋穂は硬い声で言うと、談話室の奥へと向かう。入院患者が家族や見舞客と談話をするためのスペース。テニスコートの半面程の空間には、テーブルが十脚ほど置かれていた。

秋穂が椅子に腰を下ろすと、対面の席に勢いよく美濃部が座った。廊下から漏れてくる蛍光灯の明かりと、窓から差し込む淡い月光にだけ照らされた薄暗い空間で、秋穂と美濃部は対峙する。首をすくめた倉敷が、「失礼します」と美濃部の隣に腰掛けた。

「さて、さっきの質問に答えて頂きましょうか。石田の奴の容体はどんな感じです」

美濃部は片肘をテーブルに載せる。

「命に別状はありません」

「もうちょっと、詳しく教えてもらえませんかねぇ」

「……心臓の周りに溜まった血液を抜いて、現在はその処置を続けているところです」

「へえ、心臓の周りに、それは大事だ」

興味なげに呟くと、美濃部は身を乗り出してきた。

「じゃあ、いま説明したことを明日までに、紹介状に書いておいてもらえますかね」

「紹介状？　どういう意味ですか？」

「明日、石田を警察病院に移送することが決まったんですよ。それで、あっちの病院の医者が、主治医に紹介状を書いてもらってくれってうるさくて」

「移送!?」声が甲高くなる。「そんなこと、私は聞いていません！」

「そりゃ、言ってませんでしたからね。けど、いま伝えた。というわけでよろしくお願いしますよ。移送は明日の夕方の予定ですから」

涼介が言っていた通りの事態になっている。このままでは、婚約者の仇を見つける手がかりを失い、涼介が『真夜中の解体魔』だった場合も復讐することができなくなる。

「待ってください。そんな勝手に決められても……」

「勝手？」美濃部の目つきが鋭くなる。「先生、勘違いしないでください。これは俺が個人的に決めたことじゃありません。捜査本部の、警視庁上層部の決定なんです」

「で、でも……、この病院でも十分な治療を受けて、彼は回復を……」

「そういう話じゃないんですよ」美濃部は面倒くさそうに手を振った。「あいつの治療なんて知ったこっちゃないんです。大切なのは、あいつを監視することなんですから」

「監視……」秋穂はその言葉をくり返す。

「忘れたんじゃないでしょうね。あの男は四人もの人間を殺し、その遺体をバラバラに解体した猟奇殺人鬼ですよ。一年以上、この社会に不安を与えていたシリアルキラーだ。ようやく捕まえたあいつに、絶対に逃げられないように監視するのは当然でしょう」

「ほ、本当に彼は『真夜中の解体魔』なんですか？　なにか証拠はあるんですか？」

もし警察がなにか確実な証拠を持っているなら、石田涼介が婚約者の仇だとこの場で確信できたなら、明日の夕方まで十分な時間がある。

復讐を遂げる時間が。

息を殺して答えを待っていると、美濃部はこれ見よがしにため息をついた。

「最初に説明したでしょ。現行犯だったって。俺たちが踏み込んだとき、あいつはバラバラになった元恋人の遺体のそばに立っていたんですよ」

「それだけで、本当に彼が犯人だと断定できるんですか？」

呟くと、美濃部が「ああ？」と脅すような口調で聞き返してくる。

「い、いいえ、彼は罠に嵌められただけだって……」

美濃部の目つきが鋭くなっていくとともに、秋穂の声は尻すぼみになった。

「そんなこと喋《しゃべ》れるくらい回復しているんですか。なんで、報告をしなかったんです」

いかに容疑者といえ、担当患者の容体を逐一警察に知らせる義務などない。しかし、美濃部に睨みつけられ、そんな反論の言葉すら引っ込んでしまう。

体を小さくしていると、美濃部が「まあ、いいでしょう」と視線を外す。

「石田の意識が戻っているってことは、移送のあといくらでも尋問できるってことだ。悪い情報じゃない。徹底的に絞り上げて、全部吐かせてやる」

そこで言葉を切った美濃部は、低くこもった声で付け足した。

「消えたガイシャの遺体の一部を、どこに隠したかも……な」

秋穂は口元に力を入れると、胸元に手を当てる。ユニフォームの生地越しに伝わってくる指輪の感触。これと対になる結婚指輪。愛する人との絆を、もう一度握りしめたい。

この半年、ずっとそう望んできた。優しい笑みを浮かべた婚約者の姿が、脳裏をかすめる。

自分自身の手で、婚約者の仇を討ちたいと思っていた。それが、彼のためにできることだと信じて疑わなかった。しかし、本当にそうだろうか。優しかった彼が望むのは、復讐などではなく、私がまた前を向いて進んでいくことではないだろうか。

やはり、大それたことは考えず、警察に任せるべきだ。彼らは涼介が『真夜中の解体魔』なのか否か慎重に調べ上げ、事件の真相をあばいてくれるだろう。そしてきっと、消えた結婚指輪を取り戻してくれるに決まっている。

今夜、紹介状を書こう。あとは犯罪捜査のプロフェッショナルに任せよう。

「ご理解頂けましたか、先生」

「はい……」秋穂は小さく頷く。「すみません、あんな子が連続殺人犯だなんて、とても信じられなくて。彼が言うように、手紙で現場に呼び出されたと信じかけちゃったんです」

きっと、警察の鑑識が調べれば、安里雪絵本人が書いたものなのか、それとも涼介が偽造したものなのかはっきりするはずだ。そうなれば……。

そこまで考えたとき、美濃部が「手紙？」と首をひねった。秋穂は顔を上げる。

「ええ、彼が言っていたんです。被害者の女性から、自殺をほのめかす手紙が届いたって」

「あいつ、そんなでまかせを言っているんですか。往生際の悪いガキだ」

「でまかせかどうかは、手紙の筆跡とかを鑑定するまで分からないんじゃ……」

「そんなものありませんよ」

遮るように発された美濃部の言葉に、秋穂は「ない!?」と目を剝《む》く。

「ええ、石田の自宅はすでに隅々まで調べ上げましたが、手紙なんて発見されませんでした」

なぜ手紙は発見されなかったというのだろう。窓から脱出するとき、間違いなく床に落としてきたというのに。

――僕が『真夜中の解体魔』じゃないと分かったら、口封じをして罪をなすりつけ、事件に強引に幕を引こうとするかも。

十数分前に、涼介が口にしたセリフが耳に蘇り、不信感が胸の中で膨れ上がっていく。

「さて、そろそろお暇《いとま》しましょうかね。それじゃあ先生、紹介状をよろしくお願いしますよ」

「……書きません」

秋穂はぼそりと呟く。腰を浮かしかけていた美濃部が、「ああ?」と片眉を上げた。

「紹介状は書かないと言ったんです。石田涼介さんは転院させません」

「おい、なにを言っているんだ。なんの権限があって……」

「私は彼の主治医です!」

秋穂は腹の底から声を出す。その声量に圧倒されたのか、美濃部は言葉を詰まらせた。

「医師は担当患者の健康に最善を尽くす義務があります。主治医として、石田涼介さんの転院を許可するわけにはいきません。彼にはこの病院で治療を受けて頂きます」

「ふざけるな！」両手をテーブルに叩きつけ、美濃部が勢いよく立ち上がる。「あいつは人殺しだ。『真夜中の解体魔』なんだぞ！」

殺気すら孕んでいそうな視線を浴びるが、今度は目を逸らすことはなかった。

「担当患者であることには変わりありません」

歯茎が見えるほどに美濃部は唇を歪めると、低くこもった声で言う。

「そっちがその気なら、こっちにも考えがある。石田の移送許可を裁判所に求める。そうなれば、あんたの許可なんかいらずに、転院させることができるぞ」

「どうぞ、お好きになさってください。彼が死んでもいいならね」

「死ぬ？」いぶかしげに美濃部が聞き返した。

「さっきご説明しましたよね、彼の心臓の周りに血が溜まっていたって」

「けど、その血はもうないんだろ」

「心嚢内にドレーンチューブを挿入し、血液を体外へと排出しているからです。そのチューブが抜ければ、再び心タンポナーデを起こす可能性があります」

さっき見たところ、容器にほとんど血液は溜まっていなかった。心嚢内への出血はもう止まっているだろう。しかし、可能性がゼロでない限り、虚偽の説明には当たらないはずだ。

「それなら、そのチューブをつけたまま救急車とかで搬送すれば……」

「搬送中に、彼が暴れたらどうするんですか？　恐怖でパニックになって、チューブを引き抜いてしまうかも。その状態で心タンポナーデを起こしたら救命するのは難しいです」

「あなたがついていって、万が一のときはチューブを入れなおせばいいじゃないですか」

「入れなおす!?」秋穂は大仰に両手を開いた。「十分な設備もない救急車の中で？　一歩間違えば、心臓を突き刺しかねない処置を、揺れる車内でしろと？」

「……搬送の方法はこちらで考えます」美濃部は苦虫を嚙み潰したような表情になる。

「どんな方法を提案されようが、主治医として移送に断固反対します。もしそれでも強行しようとするなら、彼の命の保証はできません」

険しい表情で黙り込む美濃部に、秋穂は追い打ちをかける。

「日本中を震撼《しんかん》させた『真夜中の解体魔事件』の容疑者を警察のエゴで死なせてしまったら、全国から非難殺到でしょうね。もちろんその際は、私は自分の名誉を守るためにも、あなた方が主治医の警告を無視したということを、メディアにお伝えします」

「……上層部と相談します」

憎々しげに舌を鳴らした美濃部は「失礼！」と吐き捨てると、大きな靴音を立てながら談話室から出て行った。その背中を見送った秋穂は、肺の底に溜まっていた空気を吐き出す。

　これでなんとか時間を稼ぐことができた。『真夜中の解体魔』の正体を探る唯一の手がかりを守り切った。脱力して背もたれに体重をかけた秋穂に、「あの……」と声がかかる。見ると、倉敷がおそるおそるといった様子で話しかけてきていた。あまりにも影が薄いせいか、それとも美濃部との論争に集中していたせいか、完全にこの男の存在を忘れていた。

「す、すみません」秋穂は居ずまいを正す。「美濃部さんと一緒に帰らなくていいんですか？　相棒なんですよね」

「相棒なんてものじゃありません。たんなる助手、というか道案内みたいなものですよ」

　秋穂は「道案内？」と小首をかしげる。

「殺人みたいな大きな事件が起こると、所轄署に捜査本部が立って、警視庁捜査一課の刑事と、所轄の刑事が組まされるんです。ただね、あっちは殺人事件のプロですけど、こっちは生活安全課の刑事でしかありません。同じ『刑事』でも、格がまったく違うんです」

　自虐的に倉敷は言う。

「特に美濃部さんは捜査一課の中でも一目置かれる存在で、俺なんか虫けら程度にしか思っていません。本当は二人一組で動くんですけど、いつも『ついてくるな』って追い払われていて、ずっと一人で捜査をしないといけないんですよ」

秋穂は「はぁ」と頷く。刑事から愚痴を零されても、なんと答えてよいのか分からない。

「あの……、俺のことおぼえていますか」

「……ええ、一応」

半年前、婚約者が殺されてから一週間ほど後、休職して実家に戻る少し前の記憶が蘇る。憔悴《しょうすい》しながらも必死に夜勤をしていると、傷害事件の被害者が搬送されてきた。刑事事件なので一応、所轄署に連絡を入れ制服警官に事情を話したが、情報収集が不十分だということで、その二時間後くらいに刑事がやって来た。それが倉敷だった。彼の質問に、秋穂は強い抑うつと戦いながら答えていった。

秋穂から一通りの説明を受けた倉敷は、警戒するように辺りを見回して人がいないことを確認したあと、緊張した面持ちで声を潜めて言った。

「先生、よろしければ今度、一緒にお食事でもいかがでしょうか」

その言葉は婚約者を喪ったばかりの秋穂の逆鱗《げきりん》に触れるものだった。秋穂は唇を噛んで倉敷を睨みつけると、無言で踵を返して去ったのだった。

「あのときは失礼しました。なんというか、……先生が気になったもので」

「いえ、気にしていません」

秋穂が硬い声を出すと、倉敷の表情が引き締まった。

「ところで先生、石田の様子はどんな感じですか？」

涼介について訊ねられ、消えかけていた警戒心は膨らんでくる。

「ですから、さっき説明したように命に別状はありませんが、絶対安静が必要です」

「ああ、体のことじゃなくて、あいつ、落ち込んでいないかな、と思いまして」

「……どういう意味ですか」

「ああ、すみません」倉敷は肩をすくめる。「石田が元気にしているのか、気になったんです」

「元気にって、殺人事件の容疑者として拘束されている状態なんですよ」

呆れ声を出すと、倉敷は「ですよね」と後頭部を掻いた。

「……なんで彼の精神状態なんて気になるんですか？　あなた方にとって、彼は『真夜中の解体魔』なんですよね」

「先生、本当に石田が『真夜中の解体魔』だと思いますか？」

誰かに聞かれないか警戒するように辺りを見回したあと、倉敷は押し殺した声で言う。

「なにが言いたいんですか？　彼が『真夜中の解体魔』だと言ったのはあなた方でしょ」

「そうなんですが……。でもあいつ、自分は罠に嵌められたって言っているんですよね」

「……彼のこと、昔から知っているんですか？」

石田涼介についての情報の匂いを感じ取り、秋穂も声を小さくする。

「ええ、何年も前から知っています。俺、生活安全課の刑事だってことは言いましたよね。うちの課は、非行少年の対応もやっているもので」

「彼が非行に走っていたということですか。喧嘩《けんか》をしたり、ものを盗んだり」

「いいえ、あいつは何度も補導されましたけど、暴力や窃盗などとは無縁です。ただ、なんと言いますか……、家族に恵まれないというか……、自分しか頼れなかったというか……」

唐突に歯切れが悪くなった倉敷に、秋穂はわずかに苛立つ。

「はっきり言って頂けませんか？　彼はどういう理由で何度も補導されたんですか？」

「それは、石田の名誉にかかわることですので、俺の口からは言えません」

謎に包まれた少年の正体に近づく手がかりを期待していた秋穂は、肩を落とす。

「話はそれだけでしょうか。なら失礼します」

立ち上がり、廊下へと向かおうとする秋穂の白衣の袖を、倉敷が摑んだ。恐怖をおぼえた秋穂は、小さな悲鳴を上げて距離を取る。

「ああ、すみません。脅かすつもりはなかったんです。一つだけ伝えたいことがあって」

袖を離した倉敷は、申し訳なさそうに体を縮こめながら、上目遣いに視線を送って来た。

「伝えたいこと？」

「あいつはかなりつらい境遇で育ってきました」

ためらいがちに倉敷が言うのを聞いて、秋穂は再び椅子に腰掛けた。

「彼とは親しかったんですか？」

「親しいというわけではないです」倉敷は首を横に振った。「あいつは警察、とくに俺たちみたいな刑事を毛嫌いしていましたから。何度も補導されては児童相談所に送られていたから当然と言えば当然ですね。ただ、俺はあいつになんというか……同情していました。人並みの幸せを摑み取って欲しいって本気で思っていました。だからあいつと本気でぶつかりました。そのうちに、あいつも少しずつですが心を開いてくれるようになりました」

「……その割には、美濃部刑事と一緒になって、彼を逮捕しようとしていたじゃないですか」

「美濃部さんは石田が犯人だって信じていますからね」倉敷の顔に苦笑いが浮かぶ。

「どうして信じているんです？　証拠があったりするんですか？」

「ないですよ。『刑事の勘』らしいです」

「なんですか、それ!?」思わず声が裏返ってしまう。

「俺にも分かりません。けど、捜査一課の刑事を長年やっていると、相手が人殺しかどうか分かるって美濃部さんは言うんですよ。で、あの人は石田こそ『真夜中の解体魔』

に違いないと思い込んで、ずっと追っているんです。俺があの人とペアを組んでいるのも、昔から石田のことを知っているからなんですよ」

「そんな個人的な思い込みで、あんな年端もいかない少年を殺人犯扱いするんですか!?」

「捜査本部の中にはそれを問題視していた人もいましたが、一昨日《おととい》の夜、石田が犯行現場にいるところを押さえたことで、そんな意見は霧消しました。いまや美濃部さんは、『真夜中の解体魔』逮捕の最大の功労者になっています」

「でも、彼は嵌められただけだって……」

抗議しようとした秋穂のセリフを、「それです」と倉敷が遮る。

「それについて、先生がどう思っているのか、それを知りたいんです」

倉敷に見つめられながら、秋穂は自問する。

私は石田涼介を助けたいと思っているのだろうか？　あの少年が婚約者の仇ではないことを望んでいるのだろうか？　混乱しつつ、秋穂は倉敷に視線を送る。

この刑事は、涼介が『真夜中の解体魔』ではないのではないかと、疑っている。うまく取り込むことができたら、警察の動きを知ることができる可能性がある。

これから取るべき行動を必死に脳内でシミュレートしつつ、秋穂は慎重に口を開く。

「警察は石田さんの自宅を捜索したんですよね。……倉敷さんも立ち会ったんですか？」

もし家宅捜索の現場に倉敷がいたとしたら、昨夜見た手紙という重要な証拠の隠蔽に、この男も加担しているということだ。

「ええ、もちろん」

倉敷が頷いたのを見て、秋穂は勢いよく席を立つ。やはり、この男は敵だ。重要証拠を握りつぶし、事件の真相を闇に葬ろうとしている卑怯者《ひきょうもの》だ。

「あの、先生どうしました？」

おどおどとした態度で訊ねてくる倉敷に、秋穂は冷たく言い放つ。

「石田さんは、『警察は信用できない。絶対に手紙を握りつぶす』と言っていました」

「待ってください。本当にそんな手紙なんてなかったんですよ。信じてください」

「私は主治医として、あなた方よりも石田さんの言うことを信じてみようと思います」

「先生、石田に気を許さない方がいいですよ。あいつはあんな天使のような顔をしているが、その中身は悪魔そのものだ。外見という疑似餌で獲物を誘い込んで、丸呑みにする化け物なんですよ。油断していると、あなたも奴の毒牙にかかりますよ」

唐突に変化した倉敷の態度に、秋穂は面食らう。

「なにを言って……、あなたは石田さんに同情して、更生させようとしたって……」

「ええ、全力で努力しましたよ。けれど、あいつは成長するにつれ次第にモンスターと化していった。もう俺なんかが手に負えるレベルじゃなくなっていったんですよ」

言葉を切った倉敷は、押し殺した声で言う。

「長い付き合いの俺には分かる。あいつこそ『真夜中の解体魔』だ。四人もの人間を殺し、その遺体を解体し、弄んだ猟奇殺人鬼だ」

鬼気迫る倉敷の態度に圧倒されつつ、秋穂は口を開く。

「なんにしろ、私はあなたたちを信用できません。昨夜、家宅捜索に入ったあなた方が、そこで発見した被害者からの手紙を処分した。石田さんのその言葉を信じます」

秋穂が去ろうとすると、「昨夜って、なんの話です？」倉敷は不思議そうに首をひねる。

「え？　なにって、昨日の深夜に、石田さんの部屋を捜索したんですよね？」

秋穂が足を止めると、倉敷は目をしばたたきながら言った。

「家宅捜索は深夜なんかにやりませんよ。石田の自宅を調べたのは今日の午前中です」

5

あの夜の記憶が蘇る。石田涼介のアパートに忍び込んだ夜。

あのとき、誰かが玄関扉を開けようとしていることに気づき、慌てて窓から逃げ出した。

当然、警察がやって来たのだと思っていた。しかし、家宅捜索は翌日だった。

なら、あのとき部屋に入って来たのは誰だ？　誰が警察に先んじて涼介のアパートに侵入し、そして、重要な証拠である安里雪絵からの手紙を奪っていったというのだろう。

「……『真夜中の解体魔』」

小声で呟いた瞬間、気温が一気に下がった気がした。体の奥底から震えが湧き上がる。秋穂は慌てて目の前のテーブルに置かれているホットココアの入ったカップに手を伸ばす。取っ手に触れると、手の震えがカップに伝わり、ソーサーと硬質な音を立てた。

カップを口元に運んでココアを一口含むと、熱と甘みが恐怖をわずかに希釈してくれる。

美濃部たちと談話室で対峙してから翌々日の昼下がり、秋穂は表参道《おもてさんどう》のカフェにいた。周囲の席には、パンケーキやパフェなどを頬張る若い女性が多い。

「松井《まつい》さん……ですか？」

声をかけられ、秋穂は振り返る。小柄な若い女性が立っていた。柔らかくウェーブを描く髪は淡い茶色に染められ、パステルカラーのワンピースを着ている。いかにも青春を楽しんでいる女子大生といった雰囲気。しかし、少女の幼さを残すその顔はこわばっていた。

「もしかして、浅野《あさの》さん？」

女性は「はい、浅野由衣《ゆい》です」と硬い声で答えた。

「はじめまして。私が連絡をした松井です」

秋穂は緊張しつつ偽名を名乗ると、作り笑いを浮かべる。

「えっと、とりあえずどうぞ座って、なにか頼んで」

由衣は警戒心を露わにしながらテーブルを挟んで向かいの席に腰掛け、ウェイトレスにダージリンティーを頼んだ。

「紅茶だけでいいの？　もしよかったらケーキでも……」

「いいんです。早く済ませたいから」

秋穂のセリフにかぶせるように由衣は言う。面会に対する強い嫌悪感が伝わってきた。

この態度は、親友が殺されたから？　それとも、涼介君についての話だから？

唇についたココアの甘味を舌で舐めとりながら、秋穂は心の中で呟く。この浅野由衣は、先日バラバラ遺体で発見された安里雪絵の親友にして、涼介の高校時代の先輩だった。

一昨日、病院で刑事たちと話をした秋穂は、石田涼介が『真夜中の解体魔』なのか、それとも他に真犯人がいるのか自ら調査することを決心した。

警察が証拠を隠したのではないとしても、手紙が消えていた以上、彼らは涼介こそ『真夜中の解体魔』だと断定して動くだろう。涼介の部屋に忍び込み、手紙を見たことを警察に伝えようとも思ったが、なんの物的証拠もない状態で自分の証言を信じてもらえるとは思えないし、公務執行妨害に問われる可能性もある。だから、自分一人でやるしかない。

……誰が最愛の人を奪ったのかを明らかにし、その人物に罪を償わせるために。

刑事たちと話したあと再び病室に行くと、涼介は「じゃあ、まずはこの人に会うといいですよ」と、一人の女性の連絡先を教えてくれた。その人物こそ浅野由衣だった。

「今日はありがとう。わざわざ来てくれて」

重い空気を振り払おうと、つとめて明るい口調で言う。由衣の鼻の付け根にしわが寄った。

「来たくなんかなかったです。もう、あいつのことなんて二度と思い出したくないから」

「あいつっていうのは、石田涼介のことね？」

由衣は無言であごを引く。彼女が涼介に対し、強い悪感情を持っているのは明らかだった。昨夜、連絡を取ったときも、涼介の名前を出した瞬間に通話を切られそうになり、必死に事情を説明してなんとか会う約束を取り付けたのだった。

「そんなに彼を嫌っているなら、どうして私と話をしてくれる気になったの？」

秋穂の問いが聞こえていないかのように、由衣は唇を固く結んで黙り込む。ウェイトレスがテーブルに紅茶のカップを置いた。それを一口飲んだ由衣は、小さく息を吐く。

「もちろん、仇を討つためです」

自分の心の奥底にある願望を言い当てられたような気がして、秋穂の背筋が伸びた。

「松井さん、昨日、電話で言いましたよね。石田が雪絵を殺したって」

「いいえ。まだ、彼が犯人かどうかは分からないの。それを、はっきりさせるために……」

「あいつが犯人ですよ」

沸き立つような怒りを孕んだ由衣の言葉に、秋穂は口をつぐむ。

「あいつが雪絵を殺したんだ。証言すれば、あいつを死刑にしてくれるんですよね」

由衣に連絡を取った際、秋穂は警察関係者を名乗っていた。秋穂の脳裏に、一昨夜、涼介と交わした会話が蘇る。

「警察の関係者だって言って、話を聞きたいって由衣先輩とコンタクトを取ってください。僕が犯人だって証明するためには、由衣先輩の証言が必要だって言ったら、会ってくれます」

軽い口調で言う涼介に、「警察だなんて言えるわけないでしょ」と顔をしかめた。

「警察じゃありません、『警察関係者』ですよ。警察に逮捕されている僕の治療を担当しているんだから、先生はある意味、警察の関係者です。嘘はついていません。ただし念のため、偽名を使っておいた方がいいかもしれませんね」

「もし、本物の警察か証明しろって言われたらどうするの？」

「あの人はそんなこと言いませんよ。そこまで頭が回るようなタイプじゃないんです。他人の言葉をそのまま、なんの疑いもなく鵜呑《うの》みにする人」

涼介の口調はかすかな侮蔑を孕んでいた。

「じゃあ、会いたくないって言われたら？　その子、被害者の親友だったんでしょ。誰とも話したくないって言われるかもしれないでしょ」

「ええ、言われるでしょうね。あの人ならきっといまごろ、まるで自分が悲劇のヒロインであるかのような感傷に浸っているでしょうから」

「……あなた、その子になにか恨みでもあるの」

「まあ、色々と。だから、こう言ってください。『このままだと、石田涼介が犯人だと証明できない。奴を絞首台に送るためにも、あなたの証言が必要だ』。そう言えば、あの人は親友の仇を討つ主人公にでもなった気になって、絶対に話にのってきますから」

そう言ってウインクした涼介の指示通りに動いたら、本当に由衣を誘い出すことができた。彼が描いたシナリオに沿って動いているような心地になり、秋穂は寒気をおぼえる。

「松井さん！」

苛立った声をかけられ、秋穂は「あ、はい」と呆けた声を出す。

「質問に答えてください。私が証言したら、石田を死刑にできるんですよね」

「いえ、それは……。ただ、彼が犯人だと疑うに足る情報を頂けましたら、必ず起訴して有罪にしてみせます」

刑事ドラマなどで得た知識を駆使して、秋穂は必死にそれらしいことを言う。

「だから絶対にあいつが犯人ですって。石田が雪絵を殺したに決まっています！」

由衣が金切り声を上げる。周囲に座る数人が、いぶかしげな視線を向けてきた。

「どうしてそう思うのか、詳しくうかがっていいですか。まず確認ですけど、あなたは石田涼介の高校の先輩で、安里雪絵さんとは中学、高校の同級生だった。間違いないですね」

「たんなる同級生じゃありません。雪絵と私は親友だった。最高の友達だったんです」

「そして、雪絵さんと石田は交際していた」

由衣は痛みに耐えるような表情であごを引いた。

「いつからどんなきっかけで二人の交際がはじまったか、ご存じですか」

「……付き合いだしたのは三年くらい前。雪絵が高校三年生のとき。きっかけは……私」

「あなたがきっかけ?」

秋穂が聞き返すと、由衣は再び紅茶を飲んだあと、暗い顔で語り出す。

「私たちがいた高校に、あいつが入学してきたんです。あの顔でしょ。かなり話題になった」

思春期真っ盛りの高校生の中に、あそこまで美しい少年が現れれば当然だろう。

「うちの学校、あんまりガラが良くなくて。最初の頃、石田はよく上級生の男子から虐《いじ》められてた。自分の彼女が石田に惹《ひ》かれたとかの下らない理由で」

秋穂が「ひどい……」と呟くと、由衣は大きくかぶりを振った。

「ひどくなんてないですよ。あいつはすぐに反撃にでましたから」

「反撃？」

「そう。スクールカースト上位の三年生の女子たちに取り入って、その子たちを骨抜きにしたの。そうして、自分を虐めた男子たちを、逆に孤立させていった。噂だと、何人かの女子と体の関係になったとか」

「……雪絵さんもその一人だったの？」

「違います」由衣の表情が険しくなる。「雪絵はそんな子たちとは全然違いました。本気で石田のことを心配していたんですよ」

「心配って、具体的にはどんなことを？」

「よく知りませんけど、石田の家って早くに母親が死んで、父親とも折り合いが悪いらしくて、ほとんど金を持ってなかったんですよ。だから、食事とかもまともに取っていないのか、痩せ細っていたんです」

救急処置室で見た涼介の痩せ細った上半身を、秋穂は思い出す。

「それが可哀《かわい》そうだっていうんで、雪絵はお弁当を作ってあげるようになったんです。あの子、母子家庭で、自分とお母さんのお弁当、毎朝作っていたから、そのついでにって。そうしたら、石田の奴よっぽど嬉しかったのか、『雪絵先輩、雪絵先輩』ってやけに懐いてきて。雪絵ってなんていうか……、すごく母性本能が強いから、それが嬉しかったみたいです」

「それで、二人は交際をはじめたのね」

秋穂の言葉に、由衣は鼻の付け根にしわを寄せた。

「石田と会ってから半年ぐらいして、雪絵が相談してきたんです。石田から告白されたんだけど、どうすればいいかって。私は軽い気持ちで『付き合っちゃいなよ』って言いました。石田の面倒を見るときの雪絵が幸せそうだったから。でも、……間違いだった。あいつと付き合ったせいで、雪絵はボロボロになっていった」

「ボロボロって、どうして？」重要な手がかりの予感に、秋穂は前のめりになる。

「まず、石田と付き合いだしたことで、雪絵が女子からの虐めのターゲットになりました。なんていうか、『共有財産』だった石田を独り占めした、みたいな感じになって」

共有財産という、人物を形容するにはあまりにも不適切な単語に、頬が引きつる。

「石田は恋人として、雪絵さんを守ってあげなかったの？」

「守る？」由衣は鼻を鳴らす。「あいつは『守られる』だけですよ。あいつは雪絵と付き合いだしたあとも、他の女子との縁を切ったりしませんでした。それどころか、何度も雪絵に見せつけるみたいに、他の女とべたべたしたりしていました」

「雪絵さんはそれでよかったの？」

「いいわけないでしょ。雪絵はすごく悩んでいましたよ。別れようとしたこともあります。でも、石田の奴、『本当に愛してるのは雪絵先輩だけです』とか言って。そのたびに、雪絵もほだされちゃって……。あのとき、強引に別れさせておけばよかった。そうすれば、雪絵が吸い尽くされることもなかったのに」

テーブルの上で固められた由衣の両拳が、ぶるぶると震え出した。

「吸い尽くされるって、なんのこと？」

秋穂の問いに、由衣は「金ですよ」と吐き捨てた。

「石田の奴、雪絵から金を搾り取っていたんです」

「金って……」予想外の言葉に秋穂は絶句する。

「さっき言ったでしょ、あいつは金がなかったって。食費だけでなく、学費とか、教科書代とか、そういうのも全然足りなかったんですよ」

「まさか、それを雪絵さんが出していたの？　雪絵さんの家って、そんな裕福だったの？」

「全然、裕福なんかじゃありませんよ。お母さんがパートで働いて、なんとか家計を支えていたんです。雪絵も奨学金とかもらって大学に進学しました。でもあの子、石田に貢ぐためにほとんど授業にもいかないで、ずっとバイトしていたんです。そのうち、キャバクラとかの水商売も。そのせいで、私とも疎遠になっちゃって……」

「バイト代を全部、石田に渡していたっていうこと？　普通そこまでしないでしょ」

「普通じゃなかったんですよ。石田も、そして……雪絵も」

由衣は弱々しく首を横に振った。

「雪絵は本当に優しくて、困っている人がいたら放っておけない性格だったんです。そして、石田は息をするように人の善意につけ込む悪魔だった。最悪の組み合わせだったんですよ。というか、そういう雪絵の性格を見抜いて、石田は近づいていったんでしょうけどね」

「つまり、石田は最初から雪絵さんを利用するつもりで交際を申し込んだと？」

由衣は数秒、黙り込んだあと、小さく首を横に振った。

「たぶん、違います。石田はたしかに計算高くて小狡《こずる》い悪人だけど、本当に雪絵にぞっこんだったはず。あいつは雪絵といるとき、本当に幸せそうだった。雪絵を信頼しきってた」

秋穂が「それなら……」と言いかけると、由衣が片手を突き出してきた。

「もともと利用しようとして近づいてくるより、自分にとって一番都合のいい人を本気で好きになる方が怖いと思いませんか。あいつは本能的に獲物に近づいて、その人の栄養を干涸《ひから》びるまで吸い尽くすんですよ」

おどろおどろしい口調に寒気をおぼえつつ、秋穂は「そんな、寄生虫みたいな」と冗談めかす。しかし、由衣の顔がほころぶことはなかった。

「みたいじゃなくて、あいつは寄生虫よ。人間の形をしためちゃくちゃ大きな寄生虫。一度、獲物を捕まえたら、べったりとくっついて、その人の生き血を少しずつゆっくりと吸っていくんです。本人が痛みを感じないくらい、ゆっくりと」

無意識に、秋穂は喉を鳴らして唾を呑み込んだ。

「それで、雪絵さんは一生懸命バイトをして、石田の学費や生活費を稼いだのね」

「それだけじゃない。あいつの一人暮らしのための家賃、引っ越し代、さらにはあいつの借金の連帯保証人にまでなった」

　秋穂が言葉を失っていると、由衣は皮肉っぽく唇を歪めた。

「でもね、一番恐ろしいのはあいつが金をたかっていたことじゃない。雪絵が喜んで自分から、あいつに貢いでいたことです」

「喜んで……」秋穂はその言葉をくり返す。

「ええ、卒業してから半年ぐらいして会ったとき、雪絵は疲れ果てて痩せ細っていたけど、石田の話をするときだけ、本当に幸せそうだった。痛々しくて見ていられないくらい幸せそうで……、石田に貢ぐことが生きる目標になってたんです」

「で、でも、結局は別れられたんでしょ」

「はい、私が相談しましたから。雪絵にとって、石田以上に大切な人、安里千代《ちよ》さんに。雪絵のお母さんです」

　由衣は硬い表情のまま話し続ける。

「私の話を聞いた千代さんは、すぐに石田と別れるように言いました」

「それで、別れたの？」

「そんな簡単じゃなかったみたいですよ。雪絵、完全に洗脳されているような状態だったから。絶対に嫌だって騒いで、修羅場だったって聞きました。本当に流血沙汰《ざた》になって、千代さんは怪我《けが》をしたらしいです」

由衣はカップを持つと、すでに冷めているであろう紅茶を一気に呷《あお》った。

「母親に怪我をさせて我に返った雪絵に向かって千代さんは、『もし別れないなら、石田を刺して自分も死ぬ』って言いだしました。本当に包丁を持ち出して、石田を探しにいこうとしたとか。雪絵がなんとか止めたらしいけど」

「それは……、止められてよかったわね」

「……よくないですよ」由衣は低くこもった声で言う。「本当に石田が刺し殺されていれば、雪絵があんなことにならなかったのに。あのとき、誰かが石田を殺しておけば……」

ぶつぶつと呟く由衣の様子に恐怖をおぼえた秋穂は、唾を呑み込む。

「そのあと……、どうなったの？」

「雪絵と喫茶店に行った千代さんは、石田を呼び出して、別れるように迫ったらしいです」

「そこでも、修羅場になったの？」

「ううん」由衣はかぶりを振る。「石田はすぐに『はい、分かりました』って同意したらしいです。雪絵は本心では、石田が『絶対別れません』とか言ってくれることを期待していたんですよ。けど、母親が出てきただけであっさりと別れることを決めたうえ、ひどい罵声を浴びせてきた石田を見て、ようやく目が覚めた。自分はただ利用されていただけだって」

「罵声……？　でもさっき、石田も雪絵さんのことを本当に愛していたって……」

　これまでの話を聞く限り、涼介と雪絵の関係は極めてウェットで、複雑に絡み合ったものだった可能性が高い。そんなすぐに気持ちが冷めるものとは思えなかった。

「そこが石田の恐ろしいところですよ」由衣が呟く。「石田と別れてから、雪絵は少しずつもとに戻っていきました。ある程度、借金とかはありましたけど、お母さんと力を合わせて少しずつ返していっていました。雪絵ってまだ幼稚園児だった頃に両親が離婚して、それ以来、お母さんと二人で支え合って生きてきたんですよ。だから、すごく仲が良かった。石田と別れてからは、さらに強い信頼関係で結ばれていたっていうか、本当に理想の母娘《おやこ》って感じでした。私もよく、夕食とかにお呼ばれしてたんです」

「じゃあ、雪絵さんはまた幸せに過ごしていたんだ」

「ええ……、一年前まで」

「一年前に、なにがあったの？」

「なに言っているんですか。千代さんが死んじゃったじゃないですか」

「死んだ……」

　秋穂が「どうして？」と質問する前に、由衣はつらそうな口調でしゃべり続ける。

「こっちが見ていられないくらい、雪絵は悲しんで、苦しんで、……壊れちゃいました。当然ですよね。ずっと自分のそばにいたお母さんがいきなり、あんなことになっちゃったんですから。そこからの雪絵の生活は……悲惨でした」

「悲惨って、具体的には？」

「うつ病になってほとんどバイトもできなくなって、借金の返済が滞るようになりました。それで、あまりよくないところからお金を借りるようになって……」

「それって、闇金とかってこと」

「たぶん、そうだと思います。その頃には私が連絡しても、ほとんど返事してくれなくなっていたから、たしかじゃないですけど。ただ、当然そっちの方の返済もできなくなっていって、借金が雪だるま式にってやつですかね」

「闇金なら、弁護士とかに頼めば助けてくれるんじゃ……」

「あの頃の雪絵はそこまで頭が回らなくなっていたんだと思います。私が自宅に押し掛けて、なんとか会ったときも目が虚ろで、ほとんどしゃべらなくなっていましたから」

重度のうつ病でよくみられる症状だ。半年前の私と同じ症状。秋穂は唇を噛む。

「あとは、よくある話ですよね。借金が返せない若い女がどんな仕事をやらされるか」

「……風俗ね」

嫌悪感で顔を歪めながら秋穂は言う。由衣は口を固く結んで答えなかった。秋穂は大きく息を吐くと、カップに残っていた冷めたココアを呷る。

涼介と雪絵の関係については分かった。あとは……。秋穂はココアでべとつく唇を開く。

「でも、どうしてあなたは石田が雪絵さんを殺したと思っているの？　だって、二人は円満に別れたんでしょ」

「円満？」由衣は小馬鹿にするように鼻を鳴らす。「さっき言ったじゃないですか、石田は寄生虫だって。あいつが全て吸い尽くす前に、おとなしく獲物を逃がすわけがないんですよ。円満に別れたと見せかけて、あいつはずっと雪絵と千代さんを恨んでいたんですよ。そして、復讐をしたんです。あいつは、雪絵を不幸のどん底に落としてから殺したんです」

まくし立てる由衣を見て、秋穂はこれまでの証言の信用性に不安をおぼえる。たしかに涼介と交際したことは、安里雪絵が不幸になった原因の一つだったのだろう。しかし、だからといって涼介が雪絵を殺害したと断定するのは、話が飛躍しすぎている。

「落ち着いて。石田は『真夜中の解体魔』だと疑われているの。『真夜中の解体魔』の被害者は雪絵さんだけじゃない。雪絵さんへの復讐が動機だとしたら、犯人像に合わないでしょ」

「なんでそうなるの？　意味わかんない。あいつこそ『真夜中の解体魔』ですよ。最初の事件で雪絵の心をバラバラに壊して苦しめるだけ苦しめたあと、今度はあの子を殺して、体を……バラバラに……」

興奮のためか言葉を詰まらす由衣を眺めながら、秋穂は息苦しさをおぼえる。自分はなにか根本的な勘違いをしている。そんな予感が心の芯を急速に冷やしていった。

「最初の事件で、雪絵さんの心をバラバラにって……、どういう意味……？」

口から零れた声が、自分でもおかしく感じるほどに震えている。

「なに言っているんですか？」

由衣がいぶかしげな視線を送ってきた。

「『真夜中の解体魔』の最初の犠牲者って、雪絵のお母さんじゃないですか」

6

「どういうことなの!?」

病室に入るなりベッドに近づいた秋穂は、夕食をとっている涼介に詰問する。

「え？　なにがですか？」

「あなたの元恋人の母親が、『真夜中の解体魔』の第一の被害者だったことよ」

由衣の話を聞いたあと秋穂はその足で臨海第一病院へと戻り、涼介の病室を訪れていた。

「ああ、なんだそのことですか。知らなかったんですか？」

小首をかしげる涼介の横っ面を張り飛ばしたいという衝動に、秋穂は必死に耐えた。

「被害者の名前まで知っているわけないじゃない。訊かれる前に言うべきことでしょ。

事件の真相をあばくために重要な情報なんだから」

「そんなに怒らないでくださいって。せっかくの美人が台無しですよ。先生は当然知っていると思っていたんですよ。だって、雪絵先輩が最初の被害者である千代さんの一人娘ってことは、きっとマスコミが大々的に報じているでしょ」

理路整然とした説明に、秋穂は言葉に詰まった。たしかに、マスコミはその手の情報を報じているだろう。しかし、婚約者を喪ってからというもの、秋穂は徹底的にニュース報道を避けるようにしてきた。『真夜中の解体魔』についてのニュースだけではなく、他の殺人事件、事故についてのニュースでさえも、目にすると強い動悸《どうき》と吐き気に襲われ、過呼吸発作を起こすようになっていた。精神科の主治医にはＰＴＳＤだと診断され、精神状態を改善させるためにも、可能なかぎりそのような情報から距離を取るようにと指示をされていた。

「でも、その調子だと、由衣先輩と首尾よく話をすることができたみたいですね。先輩、僕のことを悪く言っていたでしょ」

いたずらっぽい笑みを浮かべると、涼介は箸で焼き魚の身を崩した。

「ええ、あなたが間違いなく『真夜中の解体魔』だって言っていた」

「あ、やっぱりそうですか。で、先生はどう思いました？」

涼介に訊ねられ、秋穂は自分の胸の内を探る。たしかに、由衣から聞いた情報は、涼介こそ『真夜中の解体魔』であるという疑惑を濃くするものだった。しかし、だからといって、目の前の少年が婚約者の仇だという確証を得られたわけではない。

「……まだ分からない。個人個人の立場によって物事の見え方は違ってくるもの。由衣さんが言ったからって、あなたが犯人だっていう先入観は持たないようにしたいと思っている」

「さすがは先生、的確な判断だと思います」

涼介は冗談めかして言うと、七分粥《しちぶがゆ》の上に焼き魚の身をのせて掻き込んだ。

「でも、最初の被害者が雪絵さんの母親だってことを言わなかったことで、あなたが『真夜中の解体魔』である可能性は高くなったと思う」

「だから、それは先生が知っているものと……」

「そうじゃない」秋穂は涼介のセリフを遮る。「あなたには、雪絵さんと千代さんを殺すだけの動機があるってことよ」

「え、なんで？」

心から不思議そうに言いながら、涼介は切れ長の目を大きく見開いた。

「なんでって、あなたは雪絵さんの母親に無理やり別れさせられて……。それに、自分の支配下に置いていた雪絵さんが自由になるのも許せなくて……」

「それはあくまで、由衣先輩から見た一方的な光景でしかありませんよ」

「違うって言うの？　千代さんを恨まなかったの？」

「そりゃ、全然恨まなかったと言えば嘘になりますよ。僕と雪絵先輩を無理やりにでも別れさせようとしたんだから」

秋穂が「じゃあ……」と言いかけると、涼介は掌を突き出してきた。

「最後まで聞いてください。たしかに、雪絵先輩と別れるのは嫌だった。本当につらかった。けど、……いい機会だなと思ったんです。このままじゃ、ダメになっちゃうだろうから」

「ダメになるって、なにが？」

「雪絵先輩と僕、二人ともですよ」

涼介は天井辺りに視線を彷徨《さまよ》わせる。その美しい横顔には、哀愁が漂っていた。

「僕は本当に雪絵先輩のことを愛していました。あんなに僕のことを愛してくれたのは、ママの他には雪絵先輩だけだったから」

「なに言っているの？　あなた学校で、何人もの女子をはべらせていたって聞いたわよ」

「彼女たちは、僕を性欲の対象として近づいてきただけですよ。あの人たちにとって僕は人間じゃなく、自分の欲求を満たすための人形、いわば大人の玩具《おもちゃ》でしたよ」

「あなた……、それでよかったの……？」

生々しい告白に秋穂が動揺すると、涼介は自虐的な微笑を浮かべた。

「よかったもなにも、それ以外に僕が生きていく道はないですからね。見ての通り僕は身長も小さいし、頭もすごく優秀ってわけでもありません。人付き合いもうまい方じゃないから、子供の頃からかなり虐められてきました」

それが虐めを受けた主な原因ではないだろうな。秋穂は内心で呟く。

生物は自分とは異なる個体を排除しようとする本能がある。息を呑むほどに美しい外見を持つ涼介が『異物』として認識されるのも仕方がない。特に男子にとっては、決して容姿では勝てない涼介は、目障りな存在だったはずだ。

「そんな僕にとって、唯一の武器はこれだったんですよ」涼介は自らの顔を指さす。

「僕が自分を差し出せば、ほとんどの女性は喜んでくれます。集団の中心にいる女性に取り入って居場所を作り、守ってもらう。それが僕の生き方なんですよ」

いつからこの少年は、そんな歪んだ処世術を駆使して生きてきたのだろう。憐憫《れんびん》の情が胸に湧き上がる。

「けど、雪絵先輩は違った。彼女は僕を一人の人間として見てくれました。雪絵先輩がはじめて弁当をくれたとき、僕は言ったんです。『ありがとうございます。で、なにをすればいいですか？』って。そうしたら先輩は、『いいから食べなさい』って叱ってくれました」

そのときの味を思い出しているのか、涼介の唇がわずかに動いた。

「そのあとも、雪絵先輩はなにかにつけて僕のことを心配してくれました。よく弁当を作ってきてくれたし、他の女子たちとの関係も、僕が弄ばれているだけだって、心配してくれました。本当に嬉しかったです」

「でも、雪絵さんと交際しはじめたあとも、他の女子との関係を見せつけていたんでしょ」

「それって、由衣先輩が言ったんですか？　先入観は捨ててくださいってば」

「実際は違ったの？　雪絵さんとの交際後、あなたは他の女子と関係は持たなかったの」

「いいえ、違いません。たしかに雪絵先輩と付き合いだしてからも、他の女子と寝てました。でも、仕方なかったんですよ。それしか、雪絵先輩を守る方法はなかったんだから」

「どういうこと？」

「由衣先輩、こう言っていませんでした？　スクールカースト最上位の女子たちにとって、僕は『共有財産』だったって」

「ええ……、言っていたわね」

「そんな僕が雪絵先輩と交際して、他の女子との接触を絶ったらどうなると思います？」

「……虐められるでしょうね」

「虐めなんて甘いものじゃないですよ。僕に弁当を作って来てくれるだけで、陰湿な嫌がらせを受けていたんですから、付き合いだしたりしたら、どんな危害を加えられるか分かったもんじゃない。僕が通っていた高校は、本当に治安がよろしくなかったんですよ」

「じゃあ、雪絵さんを守るために、他の女子と関係を持っていたって言いたいの？」

「その通りです」涼介は大きく頷いた。「交際をエサに、僕にいいように利用されている哀れな女性。雪絵先輩を守るためには、彼女をそう見せないといけなかったんです」

「そこまでするなら、最初から雪絵さんと付き合わなければよかったじゃない。あなたが他の女性と親しくしているのを見て、雪絵さんだってつらかったはずでしょ」

当然の感想を口にすると、涼介の表情が険しくなった。中性的で美麗な顔に浮かぶ怒りの色に、秋穂は軽く身を引く。

「僕たちの関係は、そんなに薄っぺらいものじゃありませんでした。雪絵先輩は僕にとって全てだった。彼女も同じ気持ちだったはずです。僕と雪絵先輩は、魂の奥深くで繋がっていたんです。まるで家族のように、親子のように僕たちは固い絆で結ばれていたんです」

涼介からは普段の軽薄な雰囲気が消え去っていた。気圧《けお》された秋穂は、「け、けど……」と口ごもる。

「あなたはそのあと、雪絵さんを捨てたじゃない。雪絵さんの母親が出てきたら、あっさりと別れたんでしょ。それとも、それも由衣さんの一方的な言い分だっていうの？」

「……たしかに僕は雪絵先輩と別れました。彼女のお母さんと三人で会ったとき、僕はすぐに別れることを受け入れました」

涼介の顔に悲痛な表情が浮かんだ。

「でも、僕は雪絵先輩を捨てたんじゃない。彼女を救いたかっただけなんです」

「救いたかったって、なにから？」

「……僕からですよ」

「あなたから？」

「そうです。僕と雪絵先輩はあまりにも深く結びつきすぎました。彼女は僕に尽くすことに歓《よろこ》びをおぼえ、僕はママを亡くして以来の無償の愛に、ひたすら甘え続けました」

由衣の話では、安里雪絵は母性愛に溢れた女性だったということだ。それが母の愛情に飢えていた涼介と出会い、パズルのピースが嵌まるかのようにがっちりと結合してしまったということだろうか。

「最初の頃は、食事を作ってくれたり、勉強をみてくれるくらいだったんです。けどそのうち、雪絵先輩は僕に経済的な支援をしてくれるようになりました。生活費、学費、実家から出るための引っ越し代と家賃」

そこは由衣から聞いた話と同じだ。涼介の言葉の信憑性《しんぴょうせい》を測りながら、秋穂は小さく頷く。

「最初は嬉しかったですけど、あまりにも大きなお金をくれるようになってきて、戸惑いはじめました。雪絵先輩も母子家庭で、裕福というわけではありませんでしたから、きっとバイトで稼いできたはずです。それで無理をしたのか、彼女はどんどんやつれていきました」

「なら、お金はいらない、受け取れないって言えばよかったじゃない」

「何度も言いました」涼介は弱々しく首を横に振る。「でも、そのたびに雪絵先輩は、『心配しないで。私が好きでやっているんだから。私があなたを助けてあげる』って微笑んで、僕を抱きしめてくれるんです。それがすごく幸せで……、本当に幸せすぎて……、それ以上、なんにも言えなくなっていたんです。そのままじゃダメだって、分かっていたのに……」

完全な共依存だ。秋穂は唇を固く結ぶ。

「そんな状態を見かねて、千代さんが出てきたのね」

「ええ、そうです。喫茶店に呼び出されて、いきなり『娘と別れなさい』と言われました」

「腹が立ったんじゃないの？」

「そりゃあ、最初はそう思いました」

「最初はってことは、そのあと気が変わったってこと？」

秋穂が訊ねると、涼介は哀しげにため息をついた。

「すぐに『絶対に別れません！』って言おうと思ったんですよ。けど、その前に千代さんは雪絵先輩を指さして、『あなたのせいで、この子はこんなにボロボロになっているのよ』って、泣きながら叫んだんです。その瞬間、はっと気づきました。僕という存在が雪絵先輩を苦しめている。僕が消えないと、雪絵先輩は壊れてしまうってね」

喉の奥から言葉を絞り出すように、つらそうに涼介は語り続けた。

「それに、僕には雪絵先輩しか、雪絵先輩には僕しかいない。ずっとそう思っていたけど、違ったんです。雪絵先輩には母親がいた。一人ぼっちの僕とは違ったんだってね」

「……その母親から、雪絵さんを奪い取ろうとは思わなかったの」

「できればそうしたかったですよ。でも、僕と千代さん、どちらと一緒にいた方が雪絵先輩が幸せになれるか、明らかじゃないですか。だから……」

「だから、身を引いたの？　でも、あなたは最後、雪絵さんに酷《ひど》いことを言ったんでしょ」

「ああ、別れてやるよ。金をくれるから恋人ごっこをしてただけだ。金が稼げなきゃ、あんたみたいなブス、価値がないんだよ。二度とその不細工な面、見せんじゃねえぞ」

唐突に乱暴な口調で吐き捨てたあと、涼介は道化じみた仕草で肩をすくめる。

「こんな捨てゼリフを残して、すぐに喫茶店を出ました。そうじゃないと、泣き出しちゃいそうでしたから」

「悪役を演じることで、雪絵さんを自分から解き放ったと？」

涼介は哀しげに微笑むだけだった。

いまの説明は、由衣から聞き出した事実と齟齬《そご》はない。違うのは、涼介の行動の裏にある、雪絵への想《おも》いだけだ。果たして、涼介は真実を述べているのだろうか？

「これで分かってもらえましたか。僕は千代さんを恨んでいるどころか、感謝すらしているんです。雪絵先輩を僕から守ってくれたんですから」

「……それが本心かどうか分からない。お母さんを殺せば、また雪絵さんを自分のものにできると思ったのかもしれない」

「そんなわけないじゃないですか」涼介は両手を広げる。「そんな理由で千代さんを殺したなら、そのあと、雪絵先輩に会っているはずです。けど、僕はそんなことしていない」

「……雪絵さんのお母さんが一年前に、『真夜中の解体魔』に殺されたことはいつ知った？」

「事件が起きてから少し後ですかね。雪絵先輩とのトラブルについて知った刑事が、僕のところに話を聞きにきたんで。まあ、本当に形だけの事情聴取って感じでしたけど」

「なんでお母さんが殺されたのを知って、雪絵さんに会わなかったの？　一番大切な人を喪った元恋人を自分が支えてあげようと思わなかったの？」

「思いましたよ」涼介は押し殺した声で言う。「そりゃ、すぐにでも雪絵先輩に会いたいと思いましたよ。でも、ぎりぎりで踏みとどまりました。傷心の雪絵先輩に僕が会ったら、元《もと》の木阿弥《もくあみ》、いや、前以上に僕たちはお互いに依存しあうと思ったから」

「賢明な判断ね。ちなみにあなた、最近、雪絵さんがどんな生活をしていたか知っている？」

「最近？　大学に通っていたんじゃないですか？」

小首をかしげる涼介に、秋穂は「そうね」と静かに答える。

誰よりも大切に想っていた女性が借金を返すために風俗店で働かざるを得なくなっていたと知ったら、目の前の少年がどれだけのショックを受けるのか、想像もできなかった。

これは黙っておこう。少なくとも、事件が解決するまでは。

秋穂は腕時計に視線を落とす。間もなく、時刻は六時になるところだった。今夜は夜勤だ。まだ訊きたいことは残っていたが、この辺りで引き上げるとしよう。

「今日はここまでにしましょ」

パイプ椅子から腰を浮かした秋穂は出入り口に向かう。引き戸の取っ手を摑んだとき、背後から「先生」と声が聞こえてきた。振り返ると、涼介が真剣な眼差しを向けてきていた。

「先生にとって、この事件を解くことは『復讐』だって言っていましたよね」

小さく頷くと、涼介は「僕もです」と力強く言った。

「僕にとって雪絵先輩は、世界で一番大事な人でした。犯人を絶対に許せません。絶対に誰がやったかをあばいて、そいつに罪を償わせます。……どんな手段を使っても」

涼介の双眸に昏い炎が灯るのを見て、背中にぞわりとした震えが走った。

「僕と先生の目的は一致しているはずです。だから、なんとしても犯人を見つけましょう」

「……まだ、あなたが『真夜中の解体魔』じゃないと信じたわけじゃないのよ」

「もちろん分かっていますよ」

涼介が屈託ない笑みを浮かべるのを見て、秋穂は病室をあとにした。廊下を進みながら、涼介、そして由衣から聞いた話を頭の中で反芻する。

由衣の話から浮かび上がってくる石田涼介という人物は、独占欲が強く、反社会的な人格を持つナルシシストで、自らのもとから去った雪絵と、そのきっかけを作った千代に強い恨みを持っていた。その一方で涼介自身は、心から愛していたゆえに雪絵との別れを決断したが、その後も彼女のことを想い続けていたと言っている。どちらが本当なのだろうか？

……いや、どちらも正しいのかもしれない。秋穂は歩きながら、こめかみに手を当てる。

人間の想いというものは、一つの解が定まっているような単純なものではない。量子力学に示される現象のように、様々な感情が重なり合って存在している。

シュレーディンガーの猫という言葉が頭に浮かぶ。

誰にも見えない箱の中、五十％の確率で死んでいる猫。誰かが箱を開けて『観察』するまで、その猫は生と死が重なっている状態になっている。涼介と由衣、どちらが正しいかではなく、二人が語った内容の共通項を見つけるべきなのだ。

「共通項……、安里雪絵さんへの執着」無意識に唇の隙間から言葉が漏れる。

正と負の違いはあるものの、涼介が雪絵に強い想いを抱いていたことは間違いない。

愛情と憎しみは表裏一体。強く愛していたからこそ、誰かのものになる前に殺して独占したい。そんなことを考えてもおかしくないと感じるほどに、これまでに目の当たりにしてきた涼介の言動は、不安定に見えた。重なり合い、揺蕩《たゆた》っている愛憎。それが涼介という『箱』の中に存在しているのではないだろうか。

秋穂はエレベーターに乗って、救急部のある一階へと到着する。

やはり、石田涼介こそが『真夜中の解体魔』、婚約者の仇である可能性は否定できない。しかしその一方で、何者かが深夜に涼介の部屋に侵入し、重要な証拠品である雪絵からの手紙を処分したことは間違いない。

涼介の雪絵への想いと同様に、彼が『真夜中の解体魔』であるか否かもいまは重なり合っている。それを『観察』により一つの事実に収束させる必要がある。しかし、これからどうすれば、それが可能なのだろう。秋穂は救急部の扉を開けて中へと入る。

「やあ、小松先生」

明るい声がかけられる。見ると、今日の日勤に当たっていた救急部長の矢内太郎《やないたろう》が、軽く手を挙げていた。年齢は五十歳を超えているはずだが、ユニフォームに包まれた体は引き締まっており、袖から覗《のぞ》く腕は太くて筋肉が浮き出ている。頭髪に白髪が目立つことを除けば、三十代でも通じそうなほどに若々しかった。

「お疲れさまです、矢内先生。引継ぎする患者さんはいますか？」

上司にして、救急救命医としての基礎を自分に叩き込んでくれた尊敬するべき師に声をかけながら、秋穂は救急室の奥に並んでいる空のベッドを眺める。

「ついさっき、急性胆嚢炎《たんのうえん》の患者を外科に引き取ってもらったから、いまは誰もいないよ」

「それじゃあ、引継ぎはなしでいいですね。お疲れさまでした」

頭を下げる秋穂に、矢内は「ちょっといいかな」とあごをしゃくって、部屋の隅を指す。

「はい、なんでしょう？」

看護師たちから少し離れた場所に移動しながら秋穂が訊ねると、矢内は声を潜める。

「あの患者の状態はどうだ？　石田涼介君、『真夜中の解体魔』の状況は」

「……特に問題なく回復しています」

「警察病院への移送はまだ難しいかな？」

「難しいと思います。心嚢にドレーンが入っている状態ですから。もし移送に抵抗して暴れたら、ドレーンが抜けることも考えられます。それが、主治医としての私の判断です」

秋穂が警戒しつつ答えると、矢内は申し訳なさそうに頭を掻く。

「いや、実は院長から何度も移送はまだかってせっつかれていてね」

「院長から？」

「病棟の一番奥とはいえ、警察官がいつもいると患者さんや面会に来る人たちが不安になるから、できるだけ早く転院させて欲しいらしい」

「いくら殺人事件の容疑者とはいえ、病院の都合で命を危険に晒すわけにはいきません」

矢内は慌てた様子で、「それは分かっているよ」となだめるように言ってきた。

「もちろん、患者の安全が第一だ。ただ、状態が安定したら、早く移送をして欲しいというのが院長からの要請だ。あの人もなかなかつらい立場だから、悪く思わないでくれ」

「つらい立場って、どういうことですか?」

「どうやら、警察が圧力をかけてきているようなんだ」矢内はさらに声を小さくする。

「圧力って、うちは民間病院じゃないですか。警察がどうやって圧力を?」

「昨日、院長と話をした刑事が、このままだと『真夜中の解体魔』がここに入院しているって情報を記者に流すって、暗に言ってきたらしい。そうなったら大事だ。マスコミが病院前に押し掛けて診療に支障がでるだろうし、入院患者やその家族からクレームも殺到する」

容易にその状況が想像でき、顔が引きつってしまう。きっとあの刑事だ。秋穂の脳裏に美濃部の顔が浮かぶ。あの刑事なら、そんな卑劣な脅しも躊躇なく行うだろう。

「院長としてはそのリスクを避けたいだけなんだ。理解してくれ」

頷いて「分かりました」と声を絞り出す秋穂を、矢内が不安げに見つめる。

「小松先生、大丈夫かな？　あまり調子が良くなさそうだよ。やはり、まだ入院患者を担当するのは早かったんじゃないか？　もしよかったら、他のドクターに……」

「大丈夫です！　できます！」

「……大丈夫ならいいんだ。ただ、無理はしないように。君はまだ復帰したばかりなんだから。危険だと私が判断したら、申し訳ないが主治医を代わってもらう」

秋穂は小さく頷く。矢内は「じゃあ、夜勤頑張って」と出入り口へと向かっていった。

主治医を外されれば、涼介はすぐにも警察病院に搬送されるだろう。警察は彼を送検することで、『真夜中の解体魔事件』の捜査を終える。涼介という最大の手がかりを失った自分は、誰が婚約者の仇なのか分からないまま、悪夢に囚われ続けることになる。

残された時間は少ない。急がなくては。

秋穂は手にしている院内携帯を強く握りしめた。

第二章　シュレーディンガーの少年

1

大丈夫だろうか？　バレていないだろうか？

サングラスをかけた秋穂は、体を小さくしながら部屋を見回す。

長椅子がいくつか置かれただけの殺風景な部屋に、数人の男たちが座っている。ほぼ全員が視線を避けるかのように俯《うつむ》いて、居心地が悪そうにスマートフォンをいじっていた。

秋穂は目だけを動かして、壁に視線を向ける。そこには、セーラー服やバニーガールのコスチューム、メイド服などを着て、煽情的《せんじようてき》なポーズをとる女性の写真がいくつも貼られていた。

浅野由衣と会った翌日の午後十時過ぎ、秋穂は新宿歌舞伎町《かぶきちよう》の風俗店の待合室にいた。

今朝、夜勤が終わって自宅に帰った秋穂は、すぐにシャワーを浴びてベッドに入りたいという欲求に耐えつつノートパソコンを起動し、『コスチュームヘブン』という名前の風俗店のホームページを見た。

イメージクラブと呼ばれる、様々なコスチュームを着た女性が男に性的サービスをするその店こそ、生前の安里雪絵が勤めていた風俗店だった。

ホームページを読み込んで、どのようなシステムなのかをなんとか把握した秋穂は、何十分も躊躇したあと店に電話をして、必死に低い声を使って予約を取った。

女性であることを悟られないよう、コートでボディラインを隠し、マスクとサングラスをして、髪は野球帽に押し込んである。明らかに怪しい外見だが、誰もが必死に他人の目を避けようとしているこの空間では、それほど目を引いていないことが幸いだった。

「松井様」

奥の扉が開き、ブラックスーツの従業員が、秋穂が使った偽名を呼ぶ。秋穂は「はい！」と声を裏返しながら立ち上がった。

「お待たせしました。セイラちゃんです」

黒服がわきにどくと、メイド服を着た小柄な女性が満面に笑みを浮かべて入ってくる。

「こんばんは、セイラです。今日はご指名、ありがとうございます」

セイラと名乗った女性は、スキップするような軽い足取りで近づいてきた。

どう反応すればよいのか分からず、棒立ちになっている秋穂の手を取ったセイラは、「行きましょう」とコケティッシュに小首をかしげると、そのまま奥へと向かう。

「ゆっくりお楽しみください」

従業員の慇懃な言葉とともに送り出された秋穂は、導かれるままに狭い廊下を進み、階段を降りていく。下の階につくと、セイラが「このお部屋ですよ」と扉を開けた。

淡い間接照明に照らされた六畳ほどのスペースには、セミダブルのベッドと透明のシャワールームが設置されている。漂ってくる濃厚な性の匂いに圧倒されている秋穂の手を引き、部屋に入れたセイラは「いらっしゃいませ、ご主人様」といたずらっぽく言った。

「ご主人様!?」

驚きの声を上げると、セイラは小首をかしげる。

「あれ、嫌でしたか？　メイド服を選んだから、そういうプレイをご希望だと思ったのに」

メイド服を選んだのは、どれかコスチュームを選ばなくてはならなかったので、最初に表示されていたものにしただけだった。

「二人っきりなんだから、恥ずかしがることありませんよ。ほら顔を見せて、ご主人様」

硬直している秋穂の顔から、セイラはそっとマスクをはぎ取る。

「あ、ご主人様、かなり若いんだ。お肌、綺麗。唇も柔らかそう」

嬉しそうに言ったセイラは、いきなり顔を近づけてくると、秋穂と唇を重ねた。「うっ!?」とくぐもった声を漏らす秋穂の唇の隙間に、セイラが舌を侵入させてくる。柔らかく温かい舌が、マッサージでもするかのように、口腔内をまさぐっていく。

秋穂がとっさに顔を背けると、セイラは不服そうに唇を尖らせた。

「気持ちよくなかったですか？」

「そんなことないけど……」

「じゃあ、最初にこっちを舐めて欲しいとか？」

セイラは跪《ひざまず》くと、秋穂が着ているジーンズの股間に頬を擦り付けようとする。

「いいですよ。本当はシャワーを浴びてからなんですけど、ご主人様は二時間コースを選んでくれたから、なんでもしてあげます。あ、でも、本番はなしですからね」

恐怖をおぼえた秋穂は、その場から飛びすさると、サングラスと野球帽をはぎ取った。

「わ、私、女なの」

「あ、やっぱりぃ」

甘い声で言うセイラに、秋穂は「やっぱり!?」と目を見開く。

「そうじゃないかと思った。体も男にしては華奢《きやしや》だし、唇もすごく柔らかかったし」

艶っぽい流し目をくれるセイラに、秋穂はなんと答えてよいのか分からなくなる。

「女の子でも、私は全然構わないよ。ご主人様、綺麗な顔しているし、スタイルもいいから、いっぱい奉仕させて頂きますね」

「待って。そういうことをしに来たわけじゃないの」

両手を胸の前で振ると、セイラの顔から営業スマイルが消えた。

「こんな店に来て、『そういうこと』をしないっていうのも、けっこう失礼じゃない」

甘ったるい態度が消え、声もハスキーになる。秋穂は「ごめんなさい」と首をすくめた。

「まあ、いいよ。それじゃあさ、あんたはなんでこの店に来たの？　私になんか用？」

セイラは部屋の奥に移動すると、ベッドに腰掛ける。さっきまでの少女のような態度は一瞬で消え失《き》せ《う》、大人の女の横顔になっていた。

「あの、この子を知ってる？」

秋穂はジーンズのポケットからスマートフォンを取り出し、画面にセーラー服を着た少女の写真を表示させた。昨日、由衣からもらった、安里雪絵の高校時代の写真だった。

「あっ、ウーミンじゃん」画面を見たセイラが声を上げた。

「ウーミン？」

「そう、ウミちゃん。この子の源氏名。同僚はみんな、ウーミンって呼んでた。なに？　もしかしてあなた、ウーミンのお姉さんかなにか？」

「え？　いえ、そういうわけじゃ……」

「じゃあ、なんであの子のことを知りたいわけ？　わざわざ変装してこんな店に来てさ」

「それは……」

なんと言えばよいか分からず口ごもると、セイラは肩をすくめた。

「言いたくないならいいよ。相手のことをあまり詮索しない。それが、この業界の掟《おきて》だからね。ま、そんなところに突っ立ってないで、とりあえず座りなって」

セイラはベッドを叩く。秋穂が躊躇していると、彼女の顔にいやらしい笑みが浮かんだ。

「そんな警戒しないでよ、襲ったりしないってば」

「じゃあ、……失礼します」

秋穂がおずおずと隣に腰掛けると、セイラはベッドのそばにあるナイトテーブルの引き出しを開ける。中にはローションやティッシュペーパー、ハンドタオルなどとともに、数十個のコンドームが詰め込まれていた。

引き出しからタバコの箱とライターを取り出したセイラが、「吸っていい？」と横目で視線を送ってくる。本当なら隣で喫煙などして欲しくはないが、これから話を聞く相手の機嫌を損ねるわけにはいかなかった。秋穂は小さくあごを引く。

タバコを咥《くわ》えたセイラは、慣れた手つきで火を灯し、うまそうにふかしはじめた。

「で、ウーミンのことだったよね。最初に言っとくけど、あの子がどこにいるかって質問なら、知らないからね。一ヶ月くらい前から、急に店に来なくなっちゃったからね」

彼女は、雪絵が殺されたことを知らないようだ。それも当然か。このような水商売では、よほど親しくない限り、自分の素性を教えたりはしないだろうから。

「セイラさんは、雪……ウミさんとは親しかったの？」

「親しいってほどじゃないよ。あの子がここに勤めはじめた頃は、ちょっと世話焼いてやったりしたけどね。どうやったら客を喜ばせられるかとか、無理やり本番しようとする男にはどう対処するかとかさ。この店じゃ、私もかなりのベテランだからさ。あんたも、それが分かっていたから私を指名したんでしょ」

　図星を突かれ、秋穂は言葉に詰まる。たしかに勤務歴が長い方が雪絵のことを知っている可能性が高いと考え、予約する際、ベテランの女性をと頼んでいた。

「あんたさ、何歳？」

「私？　三十一歳だけど」

「ああ、私より三つ年上か。私はさ、もう九年間もこの店に勤めているんだ。十九歳からずっと、男のあそこを咥えて生きてきてるの」

　生々しい告白に、秋穂が言葉を失っていると、セイラは唇の端を上げる。

「だから、ここで働く子を何百人とみてきた。親の借金、ホストに貢ぐため、学費や奨学金の返済、海外留学したいから。みんな、色々な理由でお金が必要で、それなりに闇を抱えていた。まあ、中には純粋にエロいことが好きな子もいたけどさ」

　セイラがくゆらせた煙が、天井に向かっていく。

「でもね、ウーミンの抱えている闇はけた違いにヤバかった。それに気づいてから、さすがの私も怖くなって、あの子とは距離を取りはじめたぐらいにね。だからさ、あんたがあの子に貸した金を取り戻したいとかなら、諦めた方がいいよ。あの子にはかかわらない方がいい。人生の酸いも甘いも味わったお姉さんからの忠告だよ」

セイラは哀愁漂う表情を浮かべると、「なにしてんだろうね、あの子」と呟いた。

「……亡くなった」

秋穂が呟くと、セイラの動きが止まる。タバコから灰がポロリと落ちた。数秒固まったあと、セイラは「そっか、死んだんだ」と力なくかぶりを振る。

「あんまり驚いていないのね」秋穂はセイラの横顔を見つめる。

「そうだね、そんな驚いてはないね。いつかはこうなると思っていたから」

「え？　どういうこと!?」

秋穂がベッドから腰を浮かすと、セイラは灰皿にタバコを押し付け、火を消した。

「どうもこうも、あなた、ウーミンの腕を見たことないの？　リストカットの跡がバーコードみたいについてたよ」

その光景を想像し、頰が引きつってしまう。

「それに、ヤバいクスリにも手を出していたんじゃないかな？　ときどき、目の焦点が合ってなくて、呂律《ろれつ》が回らなかったし。徹底的に自分を壊していっているって感じだった」

「なんでそんなことに……？」

「さあ？　ただね、お母さんが急に死んじゃったとか言ってたかな？　なんか、家に帰ったら死んでいたとかなんとか」

セイラが新しいタバコに火をつけるのを眺めながら、秋穂は絶句する。雪絵の母親は『真夜中の解体魔』の犠牲者だ。つまり、帰宅した雪絵はバラバラに解体された母親の遺体を目撃したことになる。ずっと支え合ってきた母親が切り刻まれ、放置されている光景。わずか二十歳だった雪絵の心が壊れてしまうのも当然だ。

遺体を目撃していない私でさえ、心にひびが入り、その傷痕はいまも癒えることなく膿《う》み続けているのだから。

「まあ、そんな感じだったから、いつ自殺してもおかしくなかったんだよ」

セイラは口をすぼめて煙を吐き出した。

「……自殺じゃない」

秋穂がぼそりと言うと、セイラは「え？」と目をしばたたく。

「自殺でも病死でもない。ウミさんは殺されたの」

セイラは大きく目を見開く。その手から零れたタバコが床に落ちた。

「誰がウーミンを殺したの？　もしかして、あのストーカー!?」

拾ったタバコを灰皿で揉《も》み消しながら、秋穂は「ストーカー？」と眉間にしわを寄せる。

「そう、しつこくストーキングしていた。あの男がウーミンを殺したんでしょ!?」

「ちょっと落ち着いて。ウミさんは誰かにストーキングされていたの？　詳しく教えて」

「詳しくって、客の男がウーミンに付きまとっていただけだよ」

雪絵に付きまとう……。秋穂は慌ててスマートフォンを操作すると、病室で撮影した涼介の写真を表示する。

「そのストーカー、この子じゃない？」

「えっ、誰、この子？　すごい美形じゃん」

「そんなことどうでもいいから！　この子がウミさんに付きまとっていた男じゃないの？」

「違う違う。私も二、三度見かけただけだし、サングラスをかけてたからはっきり顔は分からないけど、こんな可愛くて華奢な子じゃなかった」

雪絵にはストーカーがいた。そして、それは涼介ではなかった。まさか、その男こそ『真夜中の解体魔』……？　唐突に現れた大きな手がかりに、体温が上がっていく。

「そのストーカーのことを教えて！　できる限り詳しく！」

勢い込んで秋穂が言うと、セイラの表情に警戒の色が浮かんだ。

「……あなた、もしかして警察かなにか？　これって、尋問だったりするの？」

「違う、警察じゃない」秋穂はゆっくりと首を横に振る。

「じゃあ、なんでウーミンのこと調べているの？　なんか、ウーミンを殺した犯人を探しているみたいじゃない。やだよ、私。おかしなトラブルに巻き込まれるの」

「ウミさんを殺した犯人が、私の婚約者も殺したかもしれないの」

息を呑んで絶句するセイラに向かって、秋穂は喋り続ける。

「私の婚約者はウミさんと同じような殺され方をした。だから、なにか犯人に繋がる手がかりがないか、大切な人の仇を討つ方法はないのか必死に探しているの」

もう小細工などするつもりはなかった。この店で多くの闇を見てきたこの女性から情報を引き出すためなら、全てをさらけ出してもいい。そんな気分になっていた。一気にまくし立てた秋穂は、セイラの反応を待つ。

数十秒、難しい顔で考え込んだあと、セイラは「ん」とタバコの箱を差し出してきた。

「いえ、私、タバコは……」

「いいから吸いなって。少しは落ち着くかもよ。じゃなきゃ、話さない」

仕方なくタバコを一本咥える。すかさずセイラがライターで火を灯した。

「思いきり吸い込んでみな」

言われた通りに煙を吸い込もうとする。しかし、その前に気管支が激しい拒否反応を起こした。胸の奥から咳《せき》がこみあげてくる。体を折り、目に涙を浮かべながら咳の発作に耐える秋穂の手からタバコを取り上げたセイラは、見せつけるようにそれを吹かした。

「タバコくらいでむせ返るなんて、お子様だね」

小さな笑い声を上げたセイラは、秋穂の顔に煙を吹きかけてくる。

「そんな……、ことより……、ストーカーの、話を……」

咳《せ》き込《こ》み続けながら秋穂が言うと、セイラは口角を上げた。

「まあ、同じタバコを吸った仲になったことだし、話してあげるよ。タバコぐらいでこんなになる奴が、警官のわけもないしね」

天井に向かってのぼっていく紫煙を、セイラは目を細めて眺める。

「三ヶ月くらい前からかな。ウーミンがシフトに入ると、同じ男がいつも予約を入れてくるようになったんだ。ウーミンって体はなかなかだったけど、全然愛想ないし、テクの方もいまいち、そのうえリストカットしまくっていたでしょ。ほとんど指名されることがなかったんだ。だから馴染の客ができてよかったと思ってた。……最初はね」

「最初はってことは、あとでなにかトラブルがあったの？」

「その客が来るようになってから、あの子、前以上に不安定になって、リストカットの回数も増えちゃったんだ。だから、借金取りかなんかなのかとも思っていたけど、それもおかしいよね。何万円もプレイ代金を払って、借金の催促するわけないしさ」

「ウミさんに入れ込んだストーカーだったの？」

「分かんない」セイラは力なく首を振る。「もしストーカーに付きまとわれているなら、力になるってウーミンに言ったんだよ。私もそういう経験、ないわけじゃないからさ。そしたらあの子、『うるさい！　ほっといてよ！』って控室でキレまくったよ」

「そのあと、どうなったの？」

秋穂の問いに、セイラは気怠《けだる》そうに答える。

「先月、その男がウーミンを指名しているとき、ヘルプコールが入ったの」

「ヘルプコール？」

聞き返すと、セイラはベッドのわきの壁に埋め込まれたボタンを指さした。

「客から暴力振るわれたり、強引に犯されそうになったら、そのボタンを押すの。そうしたら、ボーイが助けに来てくれる」

「……そんなものが必要なの？」

かすれ声で秋穂が訊ねる。セイラは「めっちゃ必要」と唇の端を上げた。

「じゃあ、ウミさんはその男に……暴行を受けたってこと？」

「ウーミンはそう言ってたね。無理やりヤラれそうになったって。けど、怪しかった」

そのときのことを思い出しているのか、セイラは額に指を当てて目を閉じる。

「警報が鳴ったとき私、すぐそばの部屋で一仕事終えたばっかりだったから、なにがあったのかって見たんだよ。そうしたらさ、男がボーイに部屋から連れ出されていたんだけど、そいつ、服を着てたんだよね。スーツをしっかりとね」

「性的なサービスを受けていなかったっていうこと？」

「そうとは限らないね。色々な性癖があるし。特に、この店に来るような男はさ」

セイラの唇に妖しい笑みが浮かぶが、すぐに真顔に戻る。

「ただ、あのときの男の態度は、興奮しすぎてウーミンを襲おうとしたって感じじゃなかった。『俺は絶対に諦めない』って捨て台詞《ぜりふ》を吐いて、出て行ったしさ」

「絶対に諦めない……」

秋穂はその言葉を呟く。繰り返し高額な金を払って指名した男。彼はいったい何を『諦めなかった』というのだろう。

雪絵の命を奪い、その体を切り刻むこと……。

おぞましい想像に体の底から震えが湧き上がってくる。

「私が知っているのはそれくらい。そのあと男は二度と現れなかったし、ウーミンも店に来なくなった。どう？　私の話、役に立ちそう？」

「ありがとう。すごく参考になった」

想像以上の情報を得ることができた。雪絵に付きまとっていたストーカー。事件の真相に繋がる鍵だ。なんとしても正体を摑まなくては。

もしかしたら、その男こそ『真夜中の解体魔』かもしれないのだから。

家に帰って、今後のことを考えよう。そう思って立ち上がった秋穂の手を、セイラが摑む。

「ちょっと、どこに行くつもりよ」

「どこって、帰るんだけど……」

「なに言ってるの。あなた、二時間分のサービス料を払ったでしょ。ここで帰られたら、私の評価が落ちるのよ。あと一時間半はこの部屋にいてもらうからね」

「一時間半って……」

秋穂が戸惑っていると、セイラはベッドを指さした。

「横になって。気持ちいいことしてあげるから」

「いや、それは……」

秋穂は胸の前で両手を振る。セイラはくすくすと忍び笑いを漏らした。

「違うって。時間までマッサージしてあげるってこと。頂いたお金の分は気持ちよくなってもらわないとね。ほら、さっさとうつぶせになる」

促された秋穂が怖々と指示に従うと、「それじゃあ、失礼しますね。ご主人様」と芝居じみた口調で言いながら、セイラが首を揉んでくれた。

「なによ、あなた。首、ゴリゴリじゃない。ああ、背中全体、鉄板が入っているみたいに固くなってる。なんの仕事しているの？」

「えっと、まあ立ち仕事を……」

「そうなんだ。立っていると、体固まるよね。あとで、ふくらはぎも揉んであげるよ」

筋肉をほぐしていくセイラの指が心地よかった。思わず、秋穂は目をつぶる。

「寝ちゃってもいいからね。時間になったら起こしてあげるからね」

「……ありがとう」

涼介が搬送されてきてから、いや、婚約者を喪ってからずっと体の奥底にわだかまっていた強張《こわば》りがほぐされていくような気がした。秋穂は睡魔に抗《あらが》うことなく目を閉じる。

ふと瞼の裏に、先日忍び込んだ涼介の部屋が浮かび上がってきた。

ああ、そうだ。一応、あのことも聞いておかないと。

「ねえ、ナイトテーブルの引き出しに避妊具がいっぱい入っていたでしょ」

あくびを噛み殺しながら秋穂は訊ねる。

「うん。まあ、こういう場所だと色々な場面で使うからね。それがどうしたの？」

「もし、個人の部屋にもっと大量の避妊具が用意されていたら、なんのために使うと思う」

「大量って、何百個もってこと？」

秋穂が頷くと、セイラは「そんなの決まっているじゃん」と呆れ声で答えた。

「ここと同じさ。仕事に使うんだよ。個人でそんなにゴムを持っているなら、そいつは間違いなく体を売ってるよ」

2

「ストーカー……ですか」

涼介が端整な顔をしかめる。風俗店でセイラから話を聞いた翌日の昼下がり、秋穂は涼介の病室を訪れて、昨夜聞いた情報を共有していた。

「心当たりはない？　雪絵さんに迫っていた男とか知らないの」

「知りません。その男と雪絵先輩の会話を、バイト仲間は聞いていないんですか？」

「聞いていないみたいね」

秋穂は言葉を濁す。元恋人が借金を返すために風俗店に勤めていたことを伝えれば、涼介がショックを受けると思い、雪絵はカフェでバイトをしていたということにしていた。

「少なくとも、僕と付き合っている間に、雪絵先輩がストーキングされていたということはないと思います。その働いているバイト先で、目をつけられたんじゃないですか？」

秋穂は曖昧に頷く。客の男が風俗嬢に恋愛感情を抱き、ストーカーと化す。いかにもありそうなことだ。ただ……。

「ただ、その男はたんなるストーカーじゃなくて、『真夜中の解体魔』かもしれない」

「その男が雪絵先輩を殺したっていうことですか？」

涼介の顔に、痛みに耐えるかのような表情が浮かんだ。秋穂はわずかにあごを引く。

「けど先生、それっておかしい気がします。その男が雪絵先輩のストーキングをはじめたのって、三ヶ月前なんですよね。でも、一年以上前に雪絵先輩のお母さんは『真夜中の解体魔』に殺されているんですよ。時系列が合いませんよ」

「そうなのよね。ただストーカーが事件にまったく関係していないとは思えないし……」

秋穂があごに手を当てて考え込むと、涼介が低い声で呟いた。

「……もしかしたら、三ヶ月前じゃなかったのかも」

「え、どういうこと？」

「たしかに、そのストーカーが雪絵先輩に接触したのは三ヶ月前だったんでしょう。けど、ストーカーって本来、その人の前になかなか現れないのが普通だと思うんですよ」

「雪絵さんが気づかなかっただけで、もっと前からストーキングされていたってこと？」

「あり得ない話じゃないと思うんです。雪絵先輩って、なんと言うか……おおらかで、あんまり警戒心がないタイプでしたから」

おおらかで、警戒心がない。セイラから聞いた雪絵とはまったく違う印象に、秋穂は口を固く結ぶ。おそらく涼介とセイラ、どちらも正しいのだろう。

母親の解体された遺体を目の当たりにしたことで、安里雪絵の人格は砕け散り、別人と化してしまった。これまでに聞いた情報を集約すると、きっとそういうことなのだろう。

雪絵ほど急激な変化ではなくても、自分も同じ道を辿《たど》りつつある。最愛の人を奪われた絶望、怒り、悲しみが人格を蝕《むしば》み、じわじわと腐らせていることを秋穂は自覚していた。

涼介に「大丈夫ですか？」と声をかけられ、秋穂は我に返る。

「あ、なんでもないの。もし、雪絵さんが本当はもっと前、お母さんが殺される前からストーキングされていたとしたら……」

「雪絵先輩のお母さんってかなり過保護だったんです。なにがあっても雪絵先輩を守ろうとしました。それって、……ストーカーにとっては邪魔ですよね」

「まさか、雪絵さんに近づくためにお母さんを殺したっていうの？」

「その可能性はあると思うんです。そのストーカーこそ、『真夜中の解体魔』で、奴の本当の標的は雪絵先輩だった。だから、彼女に近づくために邪魔な母親を先に排除した」

「でも、『真夜中の解体魔』は最終的に雪絵さんも殺しているのよ」

涼介の顔がつらそうに歪む。秋穂は反射的に「ごめん」と謝罪した。

「謝らないでくださいよ。先生は事実を指摘しただけなんだから。そうですね……、『真夜中の解体魔』は雪絵先輩を殺すつもりじゃなかったのかも。たんに先輩に好意を持っていて、親しくなりたかっただけだった……」

「でも、雪絵さんに拒絶されて、命を奪うことにした？」

「それが一番、あり得そうなシナリオだと思うんです。または、真逆か……」

涼介が顔を伏せる。不吉な予感をおぼえつつ、秋穂は「真逆？」と聞き返した。

「『真夜中の解体魔』は雪絵先輩を、骨の髄まで恨んでいたのかも。だから、最も大切なお母さんのバラバラ死体を雪絵先輩に見せつけ、苦しむだけ苦しませてから殺した……」

おぞましい内容に寒気をおぼえた秋穂は目を疑う。俯いている涼介の口元が綻んでいた。

「なにが……おかしいの……？」

ゆっくりと顔を上げた涼介は、秋穂を見つめた。底なし沼のように昏い双眸で。

「僕から雪絵先輩を奪った奴は絶対に許さない……。絶対に思い知らせてやる……。生まれたことを後悔させてやる……」

憑《つ》かれたような口調で、涼介が呟く。恐ろしいまでに美麗な顔に酷薄な笑みを浮かべるその姿は、秋穂の目には異形の怪物のように映った。

いますぐこの場から逃げ出せという本能からの警告を無視し、秋穂は震える唇を開く。

「僕からって……、あなたと雪絵さんは別れていたんでしょ」

「そんなの関係ないんですよ。雪絵先輩が生きてくれていることが僕の悦《よろこ》びだった。彼女がいなくなった世界に、価値なんてない」

自らの手の届かないところにいたとしても、ただ生きてくれているだけでよかった。純愛、もしくは執着に満ちたその言葉が秋穂の鼓膜を揺らす。

安里雪絵の手紙が消え、彼女にストーカーがいたという証言を聞いたことで、無意識に涼介に対する警戒が薄くなっていた。彼を『真夜中の解体魔』の容疑者から外しかけていた。

しかし、それは間違いだ。やはり、この石田涼介こそ『真夜中の解体魔』の第一容疑者だ。

「先生、引き続き調査をお願いします。この調子で情報を集めましょう」

涼介の暗い微笑が消え、その代わりに屈託ない笑みが浮かぶ。

「……フェアじゃない」

怖気《おぞけ》を押し殺しながら秋穂が呟くと、涼介は「え？」と小首をかしげた。

「私だけが調査に這いずり回って、あなたに情報提供している」

「仕方ないじゃないですか。僕はいま、この病室に閉じ込められているんですから。それに、こんなチューブが心臓に突き刺さっているんですよ」

涼介は入院着の裾から伸びるドレーンチューブを指さす。

「心臓じゃなくて、心嚢。それに、抜こうと思えばいつでも抜ける状態よ」

秋穂はベッド柵にぶら下がっているプラスチック容器に視線を向ける。ドレーンチューブに接続されたその容器には、ほんの数ミリリットルだけ、赤い血液が溜まっていた。

「え、そうなんですか？　なら、すぐに抜いてくださいよ。すごく邪魔なんです」

「抜いたら、あなたは警察病院に移送されるけど、それでもいいの？」

涼介の顔が引きつるのを見て、秋穂は鼻を鳴らす。

「搬送中に暴れてチューブが抜けたりしたら、あなたは命を落とすかもしれない。だから、まだ警察病院には移せない。そういう名目で移送を防いでいるのよ。我慢しなさい」

「……分かりましたよ」涼介は唇を尖らせる。「けど、僕が動けないのは仕方ないでしょ」

「動けなくても情報はよこせるでしょ。あなたは事件に深くかかわっているんだから」場合によっては、犯人として。秋穂は胸の中で付け足した。

「雪絵先輩について知っている情報は全て話しました。他に何を話せばいいんですか？」

芝居じみた仕草で肩をすくめる涼介を見つめながら、秋穂は質問を考える。たしかに、被害者である安里雪絵の情報はかなり集まった。なら、次はなんの情報を集めるべきだ。

ついさっき見た、底なし沼のような双眸が脳裏に蘇り、秋穂は身を震わせた。

この子だ。正体不明の不気味な存在である石田涼介、この少年の真の姿をあばくことこそ、事件の真相に近づく鍵だ。この少年が哀れなスケープゴートなのか、それとも『真夜中の解体魔』か、はっきりさせなくては。

「……なんでも答えるのね」

あごを引いた秋穂が上目遣いで視線を向けると、涼介は「はい！」と快活に答えた。

「なら教えて。あなたの部屋にあった大量のコンドーム。あれは何に使うものなの？」

涼介の顔から、潮が引くように笑みが消えていく。

「……それについては、訊かない約束だったはずです」

「なんでも答えるって言ったじゃない」

「……それ以外なら答えます」

「なら、私の予想を言ってあげる。あなた、……売春していたのね？」

涼介の表情がぐにゃりと歪むのを見て、秋穂は予想が当たっていたことを確信する。

「あなたほどの美形なら、お金を払ってでも関係を持ちたいっていう女性がいくらでもいるでしょうからね」

「……女性だけじゃないですよ」

涼介は唇を歪めた。その言葉の意味を理解して、秋穂は言葉を失った。やけに粘度の高い沈黙が部屋に満ちる。息苦しさをおぼえた秋穂は「……ねえ」と涼介に声をかけた。

「なんで……、そこまでしてお金を稼ぐの？　普通のバイトでも、生活できるぐらいのお金は入ってくるでしょ」

「……生活できるぐらいじゃダメなんですよ。それじゃあ、僕の目標には全然足りない」

蚊の鳴くような声で涼介が言う。秋穂は「目標ってなに？」と聞き返した。

「アメリカに行きたいんです」

「アメリカ？　アメリカに行ってなにをするつもりなの？」

「この顔を生かした仕事に就きたいですね。ああ、そんな顔しないでください。先生が想像しているようなことじゃありません。僕は役者になりたいんです」

「役者？」

「そうです。顔が武器になる仕事で、最初に思い浮かぶものじゃないですか。アメリカはショービジネスの本場です。そこで成功する。それこそが僕の夢なんです」

「……そんなに甘いものじゃないと思うけど」

目を輝かせる涼介を見て、思わず苦言が口をついてしまう。

「分かっていますよ、甘くないことは。それこそ、血反吐《ちへど》を吐くぐらいの努力が必要だってね。だから、何年間もずっと、演技と英会話の勉強をしています。稼いだ金のうち、渡航とあちらでの生活にかかる金、あとちょっとした趣味にかかる費用以外は、ぜんぶそのレッスンに使いました。いまじゃ、ネイティブ並みに話せますよ。それを利用して、最近は海外の富裕層に対しても『お仕事』をしたりしていたぐらいだから」

投げやりな様子で言うと、涼介は妖しい流し目をくれる。

「そうだ。もしご希望でしたら、先生のお相手をしてもいいですよ。先生なら、初回サービスで定価の半額で僕を好きにさせてあげます」

不意に涼介が手を伸ばして秋穂の耳に触れた。振り払おうとするが、水面《みなも》に波紋が走るかのように、耳朶《じだ》から下腹部に向かって広がっていく官能の波に体が動かない。

「ね、すごいでしょ、僕のテクニック。色々と研究したんですよ」

「……なんで、そこまでして、わざわざアメリカに行こうとするの。あなたなら、日本の芸能界で成功することも十分に可能だったでしょ」

息を乱しながら秋穂が声を絞り出す。

「日本じゃダメなんです。僕はこの国から出たかった」

指を複雑に動かしながら、涼介は秋穂の耳に淫靡《いんび》な刺激を与え続ける。

「これまでの僕の人生は苦痛に溢れていました。僕は汚泥の中で這いずり回りながら生きてきたんです。この国で、僕は完全に『異形の存在』として迫害され続けて来たんです」

涼介の指に力がこもる。秋穂の口から、小さく「あっ」と声が漏れた。それが苦痛の悲鳴なのか、快感からの喘ぎなのか、秋穂自身にも分からなかった。

「人生をリセットするんです。過去を捨てたいんですよ。僕にとって、唯一の心残りが雪絵先輩と遠く離れることだった。けど、彼女がいないこの国に未練なんかない」

「アメリカに行ったからって、完全に受け入れられるとは限らない」

「そうでしょうね」あっさりと涼介は肯定する。「僕はアメリカでも『異形』なのかもしれません。けど、人種のるつぼで、『異形』として排除されているのは僕だけじゃない。僕と同じように、迫害されている人々がたくさんいるはずだ。僕はその中で生きていきたい」

同じ苦しみを共有できる仲間が欲しい。その想いが、アメリカに行きたいという欲求へと変換されているのだろうか。秋穂が甘い痺《しび》れが走る脳を必死に動かしていると、涼介が身を乗り出して耳元に口を近づけてきた。

「だから、僕は雪絵先輩を殺していないと証明する必要があるんです。僕の夢を応援してくれた彼女に報いるため、そして仇を取るために。どんな手段を使ってもね。そのためなら、どんなサービスでもしますよ。このチューブが抜けない程度でしたら」

涼介の囁きはエコーがかかっているかのように、やけに頭の芯に響いた。

「どうですか、先生。婚約者が亡くなってからずっと、ご無沙汰なんじゃないですか」

その言葉を聞いた瞬間、金縛りが解けた。官能の波が、怒りの炎に呑み込まれる。

紙風船が割れるような、小気味いい音が部屋の空気を揺らした。

「二度と彼のことを口にしないで！　さもなければ、すぐにでも警察病院に送り込む」

涼介を平手打ちした秋穂は、息を乱しながら警告をする。張られた頬を押さえた涼介は、呆然と口を半開きにしていた。

「……ごめんなさい。調子に乗りました」

妖艶な雰囲気から一転して、首をすくめ、怯えが浮かぶ瞳でこちらをうかがう涼介の姿は、迷子の子犬のようだった。あまりの変化に混乱し、頭痛がしてくる。

この少年はなんなのだろうか。目の前にいるというのに、蜃気楼《しんきろう》のように正体が摑めない。たしかに、石田涼介は『異形』だ。油断をすれば、心を丸ごと呑み込まれかねない。

「あの……、先生、許してくれますか」

「安心しなさい。転院なんてさせない。あなたは事件解決のための手がかりなんだから」

それに、あなたが真犯人なら、手元に置いておかないと復讐を果たせない。

秋穂が胸の中で付け足すと、涼介は力なくかぶりを振った。

「いえ、ただ許して欲しいんです。謝りたいんです。傷つけるつもりはなかったんです」

「傷つけるつもりはなかったって……」

「僕にとって、あれが唯一できるお礼なんです。これまで、先生には隠していたけど、売春していることがばれたなら、もういいかなって。先生にお礼をしたいなって思って……」

いまにも泣き出しそうな顔で、涼介がぼそぼそと釈明する。

本当にそうなのかもしれない。美しさゆえ、周りの人々から弄ばれ続けた少年。彼にとって性的な関係を持つことこそ、他人からの迫害を逃れる手段だったのかもしれない。

強い同情心が怒りを収めていく。涼介の術中にはまっているだけかもしれないという疑念を、秋穂は頭を振って打ち消した。

「いいよ、許してあげる」

ため息まじりに言うと、涼介の顔がぱっと輝く。秋穂は「ただし」と続けた。

「二度と私の婚約者のことを揶揄《やゆ》したりしないと約束しなさい」

「はい、分かりました」

「それに、事件が解決したら、もういまの『仕事』からは足を洗いなさい」

涼介の顔が「え……」と曇る。

「まじめに働くのよ。バイトでもなんでもいい、それほど一気に稼げなくても、コツコツとお金を貯《た》めていきなさい。いろいろ人間関係で苦労するかもしれないけど、それについては正しい方法で対処しなさい。それも社会経験になるから。分かった？」

涼介は不満げに「……分かりました」と答えたあと、胸の前で両手を合わせた。

「そうだ、それなら先生が僕を雇ってくださいよ。お医者さんって給料いいんですよね」

「あなたね、言ったでしょ、いまの仕事は……」

「夜のお相手をするって意味じゃありません。僕、お手伝いさんになりますよ。先生の部屋を片付けたり、ご飯を作ったり。先生ってそういうの苦手でしょ」

「……なんでそう思うのよ」図星を突かれ頰が引きつってしまう。

「分かりますって。これまで、色々な女の人の家にお邪魔しましたからね」

涼介は小悪魔的な笑みを浮かべる。

「考えとくわ」

苦笑する秋穂の頭に、目の前の少年がエプロンをつけて料理をしている姿が浮かぶ。それも悪くないかもしれない。そんな思いが胸をよぎった。大切なものを『真夜中の解体魔』に奪われた者同士が、寄り添い、傷を癒していく。復讐ではなく、そんな穏やかな日常こそが悪夢から自分を解放してくれるのかもしれない。そんな予感があった。

「約束ですよ。指切りです」

涼介は無邪気に言いながら、小指を立てる。秋穂は苦笑しながら、涼介と小指を絡めた。

時計に視線を落とすと、話しはじめてから一時間近く経っていた。状態は安定しているとはいえ、相手は重症患者だ。あまり無理をさせるのはよくない。それに、いままで集めた情報について、自宅でゆっくりと頭をまとめたい。

この少年が『真夜中の解体魔』か否かがはっきりするまで、いま交わした約束は夢物語でしかないのだから。

秋穂が立ち上がろうとしたとき、院内携帯が着信音を立てた。白衣のポケットから取り出した携帯電話の液晶には『矢内部長』と表示されていた。

なんの用だろう？　秋穂は『通話』のボタンを押す。聞きなれた上司の声が聞こえてきた。

『やあ、小松先生。繋がったということは、いま院内にいるんだね。どこかな？』

秋穂は一瞬迷ったあと「ロッカールームですけど、なにか？」と答えた。

『今日は救急のシフトは入っていないから、石田涼介君の回診に来たってことだよね。いまから病室に向かうところかな？』

せっかく避けた話題に矢内が触れる。秋穂は「そんなところです」と曖昧に答えた。

『それなら、いまから向かってくれ。私も二、三分でつくから、先に病室で待っているよ』

「え、病室ってなんでですか!?」

思わず声が大きくなる。ベッドに横たわった涼介が、不安げな眼差しを向けてきた。

『いやね、彼の病状を知りたいと、刑事さんが訪ねてきているんだよ』

「なんで部長のところに!?」

『主治医の君は今日のシフトに入っていなかったから、受付の職員が不在だと思って私に連絡を取ってきたんだ。それで、いまから石田君の様子を見に行くことになってね』

「どうして刑事を彼に会わせないといけないんですか!?」

『刑事さんがなかなかしつこくてね』

近くに刑事がいるのか、矢内の声が小さくなる。

『どういう状態なのか、詳しく説明するように求めてくるんだよ。ただ、私は患者を直接診てはいないから、とりあえず診察して説明するという流れになった。院長からもいつ転院できるかせっつかれているし、たしかに一度、診ておいた方がいいと思ったんだ』

秋穂はベッド柵にぶら下がっているプラスチック容器を見る。底に数ミリリットル血液が溜まっているだけだ。この程度の出血量なら、ドレーンチューブを抜去しても問題ない。

もし診察した矢内がそう告げれば、すぐに刑事はチューブを抜いて警察病院への転院を求めてくるだろう。院長もそれを望んでいる以上、明日にも転院になるはずだ。

「急に刑事なんかが来たら、彼が驚いて暴れ出すかもしれません」

『だから、君に立ち会ってもらいたいんだよ。じゃあ、先に病室に行って待っているよ』

回線が遮断された。秋穂は呆然と立ち尽くす。

「どうしたんですか、先生？」

おずおずと訊ねてくる涼介を無視すると、秋穂は必死に頭を働かせる。

どうやって移送を止める？　刑事が相手なら、専門用語で煙《けむ》に巻いたうえ、主治医の権限でなんとでもなった。しかし、相手が矢内では、それは無理だ。

どうする、どうする、どうすればいい……。

頭を抱える秋穂の視界に、点滴棒にぶら下がっている点滴バッグが飛び込んでくる。目を見開いた秋穂は、襲い掛かるように涼介の腕を摑むと、袖をめくった。

「なにするんですか!?」

怯える涼介を秋穂は「動かないで！」と一喝して、彼の上腕についている点滴ルート固定用の透明パッチを乱暴にはがすと、静脈から点滴を引き抜いた。プラスチック製の細いチューブが挿入されていた傷口から、わずかな血液が点滴液とともに溢れ出す。

「これで押さえておきなさい」

ハンカチを涼介に押し付けた秋穂は、ぽたぽたと水滴がしたたり落ちる点滴チューブの先端を摑み、空いている方の手で、血液を溜めるプラスチック容器の蓋を開けた。

チューブの先端を容器に差し込んだ秋穂は、点滴ラインの摘《つま》みを全開にして、容器内に点滴液を流し込む。底に溜まっていた血液と点滴液が混ざりあい、淡い紅色の液体の水位が上がっていく。そのとき、ノックの音が響いた。摘みを操作して液を止めた秋穂は、チューブを容器から抜き、素早く蓋を閉める。同時に、戸が開いた。

「おや、小松先生。早かったね」背中から矢内の声が響く。

「はい、前もって石田さんに刑事さんが来ることを伝えた方がいいと思い、急いで来ました」

息を弾ませながら振り返った秋穂の頰が引きつる。矢内の後ろに、固太りしたいかつい中年男、警視庁捜査一課の美濃部が立っていた。その隣には、倉敷の姿も見える。よりによってこの男……。異常なほど涼介に執着している刑事の登場に、秋穂は唇を嚙む。

「はじめまして、石田君。救急部長の矢内といいます」

矢内が近づいてくる。涼介は警戒心を露わにしながらも、「どうも……」と会釈した。

「おや、点滴がどうかしたのかな？」

秋穂が手にしている点滴ラインに気づいた矢内が、首をかしげる。

「石田さんの点滴ラインが漏れていたので、抜去しました」秋穂は慌てて答えた。

「ああ、そうなのか。けど、点滴はもういらないんじゃないかな？」

「かなり外傷があるので、感染予防で抗生剤を点滴しています」

少しでも重症に見せかけるため点滴を続けていたことを、なんとか誤魔化そうとする。

「そうなのか。けど、搬送されてかなり経っているし、抗生剤も内服でいいと思うよ」

秋穂が「はい、そうします」と呟いたとき、大股に美濃部が近づいてきた。

「よう、石田。元気そうじゃねえか」

美濃部は分厚い唇の片端を上げる。涼介は無言で目を伏せた。

「すぐにでも人を殺して、バラバラに解体できそうなくらい元気そうだ」

「おかしなことは言わないでください！　あなたの面会を許可したおぼえはありません」

秋穂が抗議すると、美濃部は「おお、怖い」と大仰に肩をすくめた。

「先生。そんなカリカリしないでくださいよ。面会謝絶っていうから、いまにも死にそうかと思っていたら、思いのほか元気そうで安心したんですよ」

「あなたと会うことで精神的に不安定になって、状態が悪化する可能性があるんです」

「先生、そいつの外見に騙されちゃいけませんぜ。そんなやわな奴じゃない」

小馬鹿にするように言った美濃部は、矢内に視線を向ける。

「部長先生のご意見はどうですか？　このガキは面会謝絶って状態ですかね？」

矢内は口元に手を当てると、涼介を見つめた。秋穂は唾を呑み込んで、上司の言葉を待つ。

「いや、面会謝絶とは言えないと思う。短時間なら話をするのも問題ないだろう」

美濃部が勝ち誇るように口角を上げる。矢内は「ただし」と続けた。

「もし、彼と話をするなら、医師の立ち会いが必要だ」

美濃部が「ああっ!?」と脅しつけるような声を上げる。しかし、長年、救急の現場で修羅場を経験してきた矢内は、動じるそぶりを見せなかった。

「彼が重症患者であることは間違いない。ひどく興奮したり、怯えたりして血圧が上昇すれば状態が悪化するかもしれない。それを防ぐためにも、医師の立ち会いをさせて頂く。それが不服なら、面会は許可できません」

覇気のこもった宣言に、美濃部は苦虫を嚙み潰したような表情になる。

「分かりましたよ。で、部長先生。こいつはいつ転院できそうなんですか?」

「心囊に挿入しているチューブが抜去できたらでしょうね」

「それは、どうなれば抜くことができるんです? いま抜いちゃ、だめなんですか?」

「心囊内からの出血が少なければ、すぐにでも抜去可能ですが……」

矢内は跪くと、ベッド柵にぶら下がっているプラスチック容器を眺める。

点滴液でかさ上げしたことがバレないだろうか。息をすることも忘れそうなほどの緊張をおぼえつつ、秋穂は矢内の判断を待つ。涼介もこわばった表情を浮かべていた。

「一五〇ミリリットルか……」

ぼそりと呟いた矢内は、振り返って美濃部を見る。

「さすがにいま抜ける状態ではないですね。まだ、一日にこれだけ出血しているとなると、チューブを抜いたらまた心タンポナーデを起こして致命的になるリスクがあります」

気づかれなかった……。秋穂が安堵の息を吐くと、美濃部は大きく舌を鳴らした。

「じゃあ、いつになったらそのチューブを抜けるんですか」

「それはなんとも。ただあと一週間以上、出血が続くとは思えませんね」

「つまり、一週間以内には警察病院に搬送できる状態になるってことですね」

「断言はできませんが、その可能性が高いと思いますよ」

「それくらいなら待つことにしましょう。ここでも、話は聞けるから」

美濃部は大股にベッドに近づくと、横目で秋穂を睨んできた。

「これから、このガキと大切な話をするんで、先生は出て行ってもらえますかね」

「なに言ってるんですか？　尋問するときは医師がつく必要があるって……」

「それは部長先生にお願いします」

秋穂のセリフを美濃部が遮る。矢内は「私が？」と眉根を寄せた。

「ええ、そうですよ。医者が誰かついていればいいんでしょう？　それなら、部長先生にお願いします。この女医さんじゃだめだ」

「なんで私じゃだめなんですか。石田さんの主治医は私なんですよ」

秋穂の抗議に、美濃部は鼻を鳴らす。

「主治医だからですよ。それに、あんたは女医だ」

侮蔑を孕んだ態度に、秋穂は「どういう意味ですか!?」と頬を引きつらせる。

「あなたはこのガキと接触しすぎているんですよ。この男は天性のジゴロだ。こいつといると男も女も籠絡されちまう。とくに、あんたみたいな年上の女はな」

美濃部は猥雑《わいざつ》な笑みを浮かべる。

「あっちのテクも超一流だって噂だ。先生、そっちのサービスまで受けちまいましたか？」

頭に血がのぼっていく。怒鳴りつけようと震える唇を開いたとき、「やめなさい！」という覇気のこもった声が部屋に響いた。それまでのおっとりとした態度が嘘のように、矢内が険しい表情で美濃部を睨みつける。

「彼女は一流の医師で、私の大切な部下です。それ以上、侮辱するつもりなら、うちの病院から正式に警察へ抗議します」

「ああ、ちょっと調子に乗りました。こいつに気を許したせいで、サイコロステーキにされたガイシャを知っているもんでね。誠に失礼いたしました、小松先生」

慇懃無礼に言う美濃部を前に、秋穂は拳を握りしめることしかできなかった。

「ただ、私のような無神経な男といると、小松先生をまた怒らせてしまいかねない。というわけで部長先生、立ち会いをお願いいたします」

美濃部は媚《こ》びるように言う。矢内はしぶしぶといった様子で「分かりました」とあごを引くと、横目で秋穂に視線を送ってきた。

「ここは私に任せなさい」

「でも……」

反論しかけた秋穂を、矢内の鋭い眼差しが射貫《いぬ》く。これ以上食い下がれば、涼介との関係を感づかれるかもしれない。仕方なく、秋穂は出入り口に向かった。戸を開けて病室を出て、早足で廊下を進んでいく。そのとき、背後から足音が聞こえた。振り向くと、倉敷が小走りに追いかけてきていた。

「小松先生、待ってください」

「なんの用ですか？　石田さんの尋問をするんでしょ」

「残念ながら、俺は邪魔だからあなたと話をするように美濃部さんに言われまして」

頭を掻く倉敷に、秋穂は「特に話すことはありません」と冷たく言う。美濃部のように傲慢ではないが、この男も刑事だ。下手に話をしてぼろを出すリスクを取る必要はない。

「お願いします。あなたと話せなかったら、美濃部さんにどやされるんです」

縋《すが》りつくように倉敷に言われ、秋穂は小さくため息をついた。

「いったい、なにが知りたいんですか？」

「石田は自分が『真夜中の解体魔』ではないと、まだ言っているんですか？」

「それこそ、私ではなく石田さんに直接聞くべきことじゃないですか。いまごろ、美濃部さんが彼を問い詰めているはずです」

「ええ、そうでしょうね。けど、石田は話さないはずです」

倉敷の声から、軽薄な調子が消え去る。

「やわに見えますが、石田は泥水をすすって生きてきた男です。粘り強いし、なにより警察を嫌っている。特に、美濃部さんのようなタイプをね。だから、あなたに訊くんです」

「なんで私に？」

「石田があなたに心を許しているからですよ。さっき石田は、あなたに助けを求めるような眼差しを向けていた。これまでのあいつなら考えられないことです。俺もあの少年をなんとか助けようとしてきましたけど、一度もあんなふうに頼られたことはありませんでした」

的確な分析だ。自分で言うように、この男は涼介をよく理解している。それなら……。

数秒考え込んだあと、秋穂は「分かりました」と頷く。

「少しだけならお話ししてもいいです。ただ、ここで話すような内容じゃないです」

秋穂は「こちらにどうぞ」と、すぐわきにある『病状説明室』と書かれた扉を開けた。

文字通り患者やその家族に病状を説明する際に使う小さな部屋。デスクとパイプ椅子だけが置かれた殺風景な空間に入った秋穂は、デスクを挟んで倉敷と向かいあって座る。

「石田さんは、自分は無実だといまも私に訴え続けています」

なんの前置きもなく秋穂が言うと、倉敷は「そうですか」と頷いた。

「捜査は進んでいるんですか？　彼が『真夜中の解体魔』だっていう証拠はでました？」

風俗店で安里雪絵についての情報を手に入れたが、まだ事件の真相に近づいたと言えるような状況ではない。なんとか警察が持っている手がかりを手に入れたかった。

「すみません、さすがにそういうことは言えないんですよ」

舌が鳴りそうになる。この男なら与《くみ》しやすいと思ったが、そう簡単にはいかないらしい。

「石田は事件について、なにか言っていませんか？」

秋穂が次の訊ねるべき内容を考えているうちに、逆に倉敷から質問が飛んできた。

「……今回の事件の被害者、たしか安里雪絵さんでしたっけ？　その人を心から愛していた、殺すはずがない。そう言っていました」

「愛憎は表裏一体といいますからね。元恋人を殺すことで自分だけのものにしようとしたのかもしれない。俺が必死に立ち直らせようとしたのに、あいつの心にはまったく響いていなかったんですね」

「立ち直らせようとしたって、売春をやめさせることもできていないじゃないですか」

苛立って皮肉を口にすると、倉敷の目がすっと細くなった。

「ほう、そこまでご存じなんですか」

失言に気づくが、すでに遅かった。倉敷はあごを引き、探るような視線を向けてきている。

「よほどのことがない限り、あいつは自分が体を売っていることを口にしたりしない。先生はどうして、そのことを知ったんですか」

「もちろん、石田さんから教えてもらったんですよ」

「なるほど、石田からですか。先生はあいつからかなり信頼されているようだ」

倉敷は一拍置くと、「ただし」と続けた。

「油断は禁物ですよ。石田の可愛らしい顔と態度に入れ込んだ奴らは、男も女も干涸びるまで吸い尽くされる。たしかにあいつは体を売っていた。けど、性的関係を持ってその対価を貰《もら》うなんて単純なものではありません。あいつは客と、疑似恋愛関係になるんですよ」

「疑似恋愛？」

「恋人……いや、ペットのように甘えて、被害者の庇護欲と独占欲をこれでもかと煽《あお》るんですよ。そのうえで、他の『疑似恋人』との関係を仄《ほの》めかす。その被害者たちは、なんとか石田を自分だけのものにしようとして、全力で貢ぎ、気を引こうとします」

「そんなことを彼が……？」

「ええ。しかも恐ろしいことに、石田は意図的にというよりも、無意識にそういう態度を取り、被害者たちを翻弄しているふしがある。奴は生まれついての捕食者なんですよ」

「捕食者って……。たんに、石田さんに惚《ほ》れて、色々とプレゼントするだけですよね……」

「そうとも言えますね。……ただ、プレゼントするのは自分の『全て』ですけど」

倉敷は押し殺したトーンで言う。秋穂は「全てって……」とかすれ声を絞り出した。

「文字通り全てですよ。石田の気を引くために風俗店に勤めて稼いだ金を渡していた奴とか、持っていたマンションを売った奴もいましたね。あとは、石田の取り合いになって、女同士で刃傷沙汰《にんじょうざた》になったことすらありました。幸い、死者は出ませんでしたがね」

淡々と語られる内容に言葉を失っている秋穂の前で、倉敷は唇の端を上げる。

「よく『魔性の女』とか呼ばれる女性がいるじゃないですか。石田はまさに『魔性の少年』ですよ。しかも、特級の『魔』を秘めた怪物だ。最初に出会ったときから、俺はそれに気づいていました。先生も油断していると、あいつに取り込まれますよ」

ほんの十数分前、涼介に耳朶を愛撫《あいぶ》されたときに走った甘い痺れを思い出す。もしかしたら、気づかないうちに自分も、涼介の『獲物』になっているのかもしれない。

「最初から気づいていたなら、なんで倉敷さんは彼を更生させようとしたんですか？本質的にそこまで危険な少年を」

言葉を探すように、倉敷は数秒視線を彷徨わせた。

「奴が『本質的に』危険だからこそ、ですかね」

禅問答のようなセリフに、秋穂の鼻の付け根にしわが寄る。

「つまりですね、石田は別に悪意を持っているわけではないからですよ。逆に、あいつはどこまでも純粋な子供なんです。ただ、あまりにも美しいその外見と、母性本能をくすぐるその態度に、周囲の人々が勝手に惑わされ、破滅していくんですよ」

「うまく人との接し方をおぼえさせることができたら、彼が更生する可能性があると？」

「更生どころか、社会に強い影響力をもつ人物に成長するかもしれないと期待していました。それにあいつの家庭環境に同情したということもありますね。まあ、見込み違いでしたけど。まさか、あそこまであいつの本質が『悪』だとは思っていませんでした」

「家庭環境って、親に虐待されていたんですか？」

「うーん、かなり複雑なんですよ。石田から母親の話は聞きましたか？」

「はい」秋穂は頷く。「彼が小学生のときに亡くなったって」

「たんに死んだだけじゃない。石田の母親は自殺したんです。そして、遺体を発見したのは、小学生だった石田でした」

悲惨な話に言葉を失う秋穂の前で、倉敷は話し続ける。

「その数年前から母親はうつ病を患っていたらしく、子供だった石田はできるだけ寄り添って過ごしていたそうです。そんな母親が自ら命を絶ったことに、子供の石田がトラウマになるほどの衝撃を受けるのは当然ですが、それ以上にショックを受けた人物がいました」

「それは……、誰ですか？」

「石田の父親ですよ」倉敷は弱々しく首を振った。「もともと、あまり子供には興味がなかった男だったらしいですが、妻が亡くなってからはもっとひどくなりました」

「暴力をふるったりとか？」

「直接的な暴力はなかったようですね。ただ、徹底的に石田を避けるようになり、ほとんど親としての役目を放棄したらしいです」

「ネグレクト……」

「それです。けれど、小学生ながらかなりしっかりしていた石田は、親の面倒なしでも最低限の生活をすることができていた。だから、児童相談所に気づかれることなく生活を続けました。……自分を徹底的に拒絶する男と一緒にね」

まだ幼い子供にとって、それがどれだけつらいことか、秋穂には想像すらつかなかった。

「さすがにそんな父親と同じ屋根の下にいるのが苦痛だったのか、中学になる頃には石田は自宅に寄り付かなくなります。そして、あいつは自分の武器に気づいたんですよ」

「顔……ですね」

「そうです」倉敷は頷く。「あの異常なほどに整った外見をもってすれば、女の家に寄生するなんて造作もないことでした。ネットでそういう出会いも容易にできますから」

「ネットでって、相手は中学生ですよ!?」

「もちろん違法です。けど、ネットのアンダーグラウンドには、違法行為の情報が溢れているんですよ。薬物、詐欺、犯罪仲間の募集、そして……売春」

嫌悪感に秋穂の顔が歪む。

「もちろん石田もすぐには、いまのようにジゴロの真似事ができたわけではありません。最初の頃は半グレ集団のボスの女と関係を持ち、それがバレて半殺しの目に遭ったりもしていました。その頃ですかね、俺がはじめてあいつに会ったのは。哀れな少年を、そんな生活から抜け出させてやりたいと思いました。けれどあいつはその後、経験を積んで、ジゴロとしての腕を上げていきました。女を……、いや自分の身体《からだ》に興味をもつ奴らをたぶらかす方法を身に付け、いつの間にか、被食者から捕食者へと成長していったんですよ」

「それは、生きるために仕方なかったんじゃないですか？　それに、他人を獲物として見ているなら、わざわざ殺す必要なんてないじゃないですか。殺したらその人物に寄生することもできないし、罪に問われる大きなリスクを負うことになる。道理に合いませんよ」

まくし立てた秋穂は、倉敷に見つめられ、我に返る。しかし、もう遅かった。

「つまり、先生は石田が『真夜中の解体魔』ではないとお考えなんですね」

「いえ、それは……」なんと答えてよいか分からず、秋穂は口ごもる。

「先生、気をつけてくださいよ。美濃部さんが言ったとおり、石田は他人を操る達人だ」

倉敷がまっすぐに目を覗き込んでくる。

「石田の生まれ育った環境には、たしかに同情の余地が多々ある。けれど、その環境で石田は自らの本質である『悪』を熟成し、怪物と化した。決して油断はしないでください。さもないと、……あなたもバラバラにされますよ」

喉を鳴らして唾を呑み込む秋穂に、倉敷は腹の底に響く声で言う。

「あいつは間違いなく、『真夜中の解体魔』です」

3

街灯に照らされた道を歩いていく。午後七時過ぎ、江東区の住吉《すみよし》駅から徒歩で十分ほどの閑静な住宅街。夕食の時間帯だけに、辺りにはかすかに食欲を誘う香りが漂っていた。

片手で腹を押さえながら、秋穂は歩を進める。午後六時までの救急部での日勤が終わってすぐに、ここに向かったので、昼食からなにも口にしていなかった。

でも、食事をとっている暇はない。下っ腹に力を入れて空腹をごまかし、顔を上げる。

数十メートル先に、目的地が見えた。こらえきれず小走りにそこに近づいた秋穂は、コンクリートブロックの塀の奥に立つ建物を見る。二階建ての一軒家。コンクリートの打ちっぱなしで、大きな窓が目立つ、前衛的な建築物。土地の値段も込みなら、二億円は下らないだろう。

秋穂は大きな門柱にかかった表札を見る。そこには『石田』と記されていた。

石田涼介の実家。昨日、倉敷との話を終えて病状説明室を出ると、ちょうど涼介の尋問を終えた美濃部が、矢内とともに廊下を進んでくるところだった。

「あ、美濃部さん、石田から話は聞けましたか?」

そう訊ねた倉敷を睨みつけた美濃部は、いまいましげに吐き捨てた。

「なにも喋らねえ。マネキンみたいに無反応になりやがった。もっと絞り上げてやりたかったんだが、それ以上は許可できないってよ」

「重症患者にあまり負担を与えることは、よくないですからね」

しれっとした口調で矢内が言うと、美濃部は苛立たしげに頭を掻き、「本部に戻るぞ」と倉敷を連れて帰っていった。

刑事たちが姿を消し、「じゃあ、あとはよろしく」と去っていく矢内の背中を見送った秋穂は、すぐに涼介の病室へと戻り、彼に実家の住所を訊ねた。涼介の原点は、その家庭環境にある。倉敷との会話でそのことを知った秋穂は、次に取るべき行動に気づいていた。

涼介の父親に会わなくてはならないと。

最初、涼介は住所を伝えるのを渋ったが、連絡先として実家の住所が必要だと説得し、なんとか聞き出すことに成功していた。

門扉の向こう側にそびえ立つ家を眺めると、胸の中に苦い感情が湧いてくる。

ここまで裕福な家に生まれた子供が、体を売るほどに困窮するなんて……。

門柱についているインターホンのボタンを押す。電子音が響くが、返答はなかった。

留守？　顔を上げた秋穂は、二階の隅の部屋の窓から明かりが漏れていることに気づき、続けざまにボタンを押した。一分以上、連続して電子音を響かせたところで、根負けしたかのように『うるさい！』という怒声がインターホンから聞こえてくる。

「石田劉生《りゅうせい》さんですね」

秋穂はすかさず、涼介から聞いていた父親の名前を呼ぶ。数秒の沈黙のあと、警戒心で飽和した声が聞こえてくる。

『……誰だ？』

「私は臨海第一病院救急部の医師で、小松秋穂といいます。息子さんのことでお話が……」

『息子なんかいない！』

音量のせいか、声がひび割れる。耳に痛みをおぼえつつも、秋穂は食い下がった。

「石田涼介さんはあなたのご子息のはずです。彼の状態について、保護者であるあなたに報告する義務があるんです」

『そんな奴は知らない。俺の息子は、何年も前に死んだ！　分かったら、さっさと帰れ！』

荒々しくまくし立てる声を聞いて、秋穂は違和感をおぼえる。なぜかその口調に、怒りだけでなく、恐怖が混じっているように聞こえた。

このインターホンの向こう側にいる人物は、なにを恐れているのだろう？　思考を巡らした秋穂はゆっくりと口を開いた。

「……警察が来たんですね」

インターホン越しに伝わってくる息を吞む気配に、秋穂は確信した。この男はすでに、息子が連続殺人犯として拘束されていることを知っていると。

『なんの……話だ。もう、切るぞ……。いいな……』

「なら、ご近所の方にお話をうかがわなくてはなりません。それでもいいんですか？」

かすかに、唸《うな》るような声が聞こえてくる。あと一押しだ。そう判断した秋穂は、インターホンに口を近づけた。

「仕方ないですね。それでは、とりあえずお隣の家を訪ねてみようと思います」

『待て！　待ってくれ！　分かった、話を聞く！』

泡を食った声とともに、ガチャリと錠が外れる音が聞こえてくる。遠隔で開錠が可能になっているようだ。秋穂はそっと門扉を開ける。

敷地内に入った秋穂は、玄関前まで続いている飛び石を踏んで進みながら、周囲を見回す。かなり広い庭だが、まったく整備がされておらず、膝丈の雑草に覆われていた。奥には、錆《さ》びたブランコが鎮座している。近くでよく見ると、コンクリートむき出しの外壁も、老朽化しているのか染みが目立った。

廃墟《はいきょ》みたい……。ゆっくりと進んでいくと、玄関扉が開いた。わずかな隙間から、顔を覆いつくすほどにひげを蓄えた男の姿が見える。恐怖をおぼえ、秋穂は足を止めた。

「あの……、石田劉生さんですか？」

腰を引きながら訊ねると、男は「早く入れ」と、あごをしゃくった。

危険ではないだろうか？　一人で来たのは失敗だっただろうか？

一瞬躊躇をおぼえるが、ここで引き返すわけにはいかない。涼介が警察病院へ移送されるまで、つまりは手がかりと、容疑者が同時に手元から消えるまであと数日しかないのだ。

秋穂は覚悟を決め、玄関に近づいていく。石田劉生が無言で扉を大きく開ける。秋穂は「失礼します」と会釈をして建物に入った。玄関の常夜灯しか灯っておらず、室内は薄暗かった。

パンプスを脱ごうとすると、劉生が扉の錠を閉めた。ガチャリという金属音が、やけに大きく響く。

口腔内から急速に水分が失われているのをおぼえながら、素早く周囲を観察する。玄関は二階まで吹き抜けになった開放感のある造りになっているが、明かりがついていないため天井辺りに闇が揺蕩っていた。大理石の床には、毛足の長い絨毯《じゅうたん》が敷かれているが、掃除が行き届いていないのか薄暗い中でも汚れが目立った。

「さて……」

気怠そうに呟きながら劉生が振り返る。病的なほどに痩せた男だった。頬骨が目立つ顔はひげに覆われ、肩にかかるほどの頭髪は脂が浮いている。シャツから覗く腕や首は、細く筋張っていた。風呂にほとんど入っていないのか、皮膚はやけに乾燥して黒ずんでいる。

ホームレスにしか見えないこの男が、こんな豪邸に住んでいることに強い違和感をおぼえる。かなり精神的に不安定な状態のようだ。胸の中で恐怖が膨らんでいった。

「こ、ここに来ることは友人に伝えてあります」

秋穂は上ずった声を上げる。劉生は「ああん？」と片眉を上げた。

「もし、私と連絡が取れなくなったら、警察に通報するようにその友人には言ってあります」

これもはったりだった。万が一襲われても逃げられるよう、身構えつつ秋穂は相手の反応を待つ。劉生は顔を突き出すようにして近づいてきた。反射的に飛びすさった秋穂とすれ違った劉生は、廊下を進んでいく。

「あんたが押し掛けて来たんだ。帰りたいならさっさと消えろ」

「か、帰りません」

慌てて劉生のあとを追った秋穂は顔をしかめる。すえた臭いが鼻先をかすめた。それは、進めば進むほど濃くなっていく。

廊下の最も奥にある扉を「ここだ」と開いた劉生は、壁のスイッチを入れて電灯をつける。その瞬間、これまでとは比べ物にならないほどの濃厚な腐臭が壁のように迫って来た。

二十畳はあろうかという、広々としたリビングダイニング。応接セットの前には巨大な液晶テレビが置かれ、キッチンのそばにはアンティーク調のダイニングテーブルが鎮座している。その上には、大量の食べ終わったインスタント食品の容器や、アルコール飲料の缶などが山積みになり、床にまで散乱していた。L字ソファーの前にあるローテーブルも似たような状態で、絨毯にはカップ麺の汁によるものと思われる染みが目立った。

キッチンのシンクには大量の食器が詰め込まれていて、ハエがたかっていた。

劉生はソファーに座り、ローテーブルに置かれていたビール缶を振って中身が入っていることを確認すると、迷うことなくそれを口に流し込んだ。

胃が痙攣《けいれん》しているような嘔気に必死に耐えつつ、秋穂は臭いをできるだけ感じないよう、口呼吸をしながらソファーに近づく。

「座っていいぞ」

「……いえ、結構です」

秋穂が細かく首を振ると、劉生は空になった缶を無造作に投げ捨てた。

この豪邸に住み続けているということから、劉生には一定以上の財産があるのは間違いないだろう。にもかかわらず、こんな生活をしているということは、やはり精神のバランスを欠いているに違いない。おそらくは、専門的な治療が必要な状態だ。

なにがこの男をここまで壊したというのだろう。

脳裏に無邪気な笑みを浮かべた涼介の姿が浮かぶ。秋穂は激しく頭を振った。

違う。劉生がネグレクトにより、涼介を壊したはずだ。この男が息子に何をしたのか。かつて、何があったのか、なんとしても聞き出さなくては。

「さっき申しましたように、私はご子息の主治医を務めて……」

「俺に息子なんていない！」

突然の激昂《げきこう》に秋穂が硬直すると、劉生は目元を覆って肩を震わせはじめた。

「息子は死んだんだ……。もう、死んだんだ……」

「あの、息子さんは亡くなっていません。うちの病院に搬送されたときは重体でしたが、私が処置をして救命することができました」

次の瞬間、劉生が顔を跳ね上げ、血走った双眸を秋穂に向けた。

「あんたか!?　あんたが涼介を助けたのか！」

「は、はい……」

怯えた秋穂が声を震わせると、劉生はソファーから立ち上がり、そばにあったビール缶を投げつけてきた。缶は大きく外れたが、ビールの雫が秋穂の頬を叩く。腐敗しているのか、それはやけに粘着質で悪臭を放っていた。

「なんてことをしてくれたんだ！　あいつを助けるなんて！　あの人殺しを、あの悪魔を地獄に落とすチャンスだったのに……」

「近づかないでください！」

秋穂は鋭く言うと、バッグからスマートフォンを出して掲げる。

「それ以上近づいたら、警察に通報しますよ！」

喉元に力を込め、恐怖で声が震えそうになるのを必死に抑え込む。

息をするのも憚《はばか》られるほど空気の張り詰めた空間で、秋穂と劉生は視線を激しくぶつけ合う。もしここで目を逸らしたりしたら、劉生に襲われ、殺されるかもしれない。そんな恐怖が血流にのり、全身の細胞を冒していた。

数十秒後、先に目を伏せたのは劉生だった。ソファーに力なく座り込む。

「なんで……、なんであいつを助けたりしたんだ……」

嗚咽《おえつ》交じりの声を絞り出すその姿は痛々しく、思わず視線を外しそうになってしまう。

「まだ、息子さん……、涼介さんが殺人犯と決まったわけではありません。警察は彼が『真夜中の解体魔』だと断定していたかもしれませんけど、冤罪の可能性もあるんです」

警戒しつつも、慰めるように声をかけると、劉生は駄々をこねる幼児のごとく首を振った。

「違う。あいつは間違いなく人殺しだ。……涼介は弟を、俺の息子を殺したんだ」

「な、なにを言って……」

「あいつは、妻の、瑠香《るか》の連れ子だ。妻は大学生のとき涼介を妊娠したが、相手の男に逃げられ、銀座でホステスをしながら、涼介を育てていた。そして、俺と会って結婚したんだ」

「じゃあ、あなたの息子っていうのは……」

「もちろん、涼介なんかじゃない」劉生はわずかに目を細めた。「俺は心から妻を愛していた。本当に美しい女性だった」

あれだけの美形である涼介の母親だ。よほど美しい女性だったのだろう。こんな家に住む富豪が、夢中になるほどの。秋穂は混乱する頭で、必死に状況を整理する。

「瑠香は俺の子を妊娠し、出産した。男の子だったよ。妻に似て本当に可愛い子だった」

「あなたは、その子だけを可愛がり、涼介さんを拒絶したんですか？」

秋穂が訊ねると、劉生は苛立たしげにかぶりを振った。

「そんなことはしてない。たしかに妻と俺の間にできた子供を可愛がったが、涼介にも俺なりに十分な愛情を注いでやったはずだ。……あいつが息子を殺すまでな」

劉生の声に憎悪が滲む。秋穂は「なにがあったんですか？」と唾を呑み込んだ。

「一歳の誕生日の直前に、息子が死んだんだ。十年前のことだ」

「まさか、涼介さんがそれをしたと」

「そうに決まってる！　休日の昼下がり、息子が昼寝をはじめたので、俺と妻はリビングにいた。そうしたら、涼介がやって来て言ったんだ。『赤ちゃんが息してないよ』って。慌てて子供部屋に行ったら、息子はもう……冷たくなっていた」

「なんでそんなことに？」

「知るか！　すぐに救急車を呼んだが、息子は助からなかった。医者からは原因不明だと言われたよ。けどな、俺はすぐに分かったんだ。涼介がやったってな」

「でも原因不明だって……」

「あのとき涼介は息子といたんだ！　あいつがやったに決まっている！」

脂が浮かぶ髪を掻き乱す劉生を見て、秋穂は奥歯を噛みしめる。

乳児突然死症候群。健康な乳児が突然死する、原因不明の病態。その不幸に見舞われた親は、現実を受け入れられず、精神に不調が生じることが少なくなかった。

きっと、目の前の男もそうだったのだろう。誰かのせいだと思わなければ、心が壊れてしまいそうだったのだ。そして、涼介に息子の死の責任を被《かぶ》せた。

「俺だけじゃなく、瑠香もひどいうつ病になり、寝込むことが多くなった。涼介は瑠香のそばにずっとついていたんだ。あいつのせいで、家族がぼろぼろになったのに……」

劉生は歯ぎしりをする。不快な音に秋穂は顔をしかめた。

「あなたは、涼介さんが弟を殺したと奥さんに言っていたんですか？」

「当然だろう！　すぐにあいつを捨てるべきだって、ずっと言い続けたんだ。あいつさえいなくなれば、また俺たちは幸せな家族を作れるはずだったんだ！」

口角に泡を溜めながら叫ぶ劉生に、秋穂は冷たい視線を注ぐ。

たしかに、次男が突然死したことが、涼介の母親のうつ病の引き金だったのだろう。しかし、彼女を地獄の底へと引きずり込んだのは劉生に違いない。

命を懸けて育ててきた長男が人殺しだという言葉を、夫から日常的に浴びせかけられる。そんなわけがないと信じていても、繰り返し浴びせかけられた言葉は毒のように心を蝕み、最愛の息子への疑いが湧いてくる。

美しく愛しく、そして常に寄り添ってくれる存在が、人殺しかもしれない。母親の愛を独り占めするために、新しく生まれたライバルの命を奪ったのかもしれない。そんな疑念に常に苛《さいな》まれれば、うつ病が悪化していくのも仕方がない。

「……それで、奥さんは自殺したんですね」

秋穂が低い声で訊ねると、劉生は「違う！」と怒鳴り声を上げた。

「妻を殺したのも涼介だ。あいつが学校から家に帰ったら、妻は手首を切って死んでいた。……このリビングで」

ここで……。鼻をつく悪臭が、腐乱死体から漂っているような錯覚に囚われて一瞬怯《ひる》むが、秋穂は腹に力を込めて嫌悪感を押し殺す。

「やっぱり奥さんは自殺じゃないですか。なんで涼介さんが殺したことになるんですか」

「あいつが息子を殺さなければ、妻が死ぬことなんてなかった。全部、あいつのせいだ！」

あまりにも強引な論理展開に、抑えつけたはずの嫌悪感がまた膨らんでくる。

「だから、奥さんが亡くなったあと、涼介さんを虐待したんですか？　この家にいる彼を完全に無視して、義理とはいえ父親の義務を放棄したんですか？」

「虐待……？」劉生は濁った目をしばたたく。「そのあとのことなんか知らない。あんな奴、妻がいなければ俺には関係ない。いや、あいつだけじゃない。全部俺とは関係ないんだ……。もう、なにもかもが終わったんだ……。あいつの、あのガキのせいで……」

焦点を失った目で空中を眺めながら、ヒッヒッとしゃっくりをするような笑い声を上げる劉生を見て、なにを言っても無駄だと悟る。乳児だった息子を喪い、そして最愛の妻が自ら命を絶ったことで、この男も完全に壊れてしまったのだろう。

もはや、この男から聞き出せる情報はない。なら、この瘴気《しょうき》に満ちた部屋に用はなかった。「失礼します」と会釈をして、踵を返す。劉生が反応することはなかった。

嘔気がわだかまる胸元を押さえながら、秋穂はリビングダイニングをあとにする。

背後から追いかけてくる奇妙な笑い声が、秋穂には嗚咽のように聞こえた。

首元から熱を奪っていく夜風が、胸のむかつきをいくらか希釈してくれる。秋穂は大きく深呼吸をして、滓《おり》のように肺の底に溜まっていた空気を吐き出した。

石田劉生との話を終えてから、すでに一時間ほど経っている。石田家をあとにした秋穂は、そのまま電車を乗り継ぎ帰宅していた。

自宅マンションは月島《つきしま》駅から徒歩で十分ほどのところにある。時刻は午後九時過ぎ。夕方は帰りのサラリーマンが多く行き交う道も、いまは閑散としている。

秋穂は路地へと入る。ブロック塀でできた迷路のようなこの路地は自宅への近道だった。

街灯の薄い明かりに照らされた道を歩きながら、秋穂はあごに手を当てる。劉生と話すことで、涼介の身の上を知ることができた。

母親が自ら命を絶ったあと、涼介はあの豪邸に、完全に壊れてしまった義理の父親と二人で住んでいた。廃人と化し、さらに自分に対して恨みを持っている男と同じ屋根の下にいるという耐えがたい環境。だからこそ彼は、家を出て一人で生き抜かなくてはならなかった。

唯一の武器である美貌を駆使して。

石田涼介という少年が、なぜ屈折し、そして社会の隅で隠れるように生きなくてはいけなかったのか理解できた。しかし、最も知りたいことはいまだに霧の中だ。

「涼介君が『真夜中の解体魔』なのか……」

呟きが夜の空気に溶けていく。そのとき、かすかに足音が鼓膜をくすぐった。秋穂は足を止め、振り返る。しかし、路地が延びているだけで、人影は見当たらなかった。

気のせいか……。再び歩き出して十数秒すると、また足音が聞こえてくる。さっきよりもはっきりと。素早く振り返るが、やはり誰もいない。

複雑に入り組んだこの路地は、ブロック塀や電柱の陰など、身を隠す場所が多い。何者かがそこに隠れて、こちらをうかがっている。その確信が心臓の鼓動を加速していった。

変質者だろうか？　しかし、比較的治安が良いこの地域で、そんな事件が起きたという話は聞いたことがない。それに、周囲には民家が立ち並んでいる。大声を上げれば、すぐに騒ぎになるはずだ。そんなところで、女性を襲おうとするとは考えづらかった。

でも、もし暴行が目的ではなかったとしたら……。そこまで考えたところで、背骨に冷水を注ぎ込まれたかのような心地になる。

「真夜中の……解体魔……」

口から零れた声は、自分でもおかしく感じるほどに震えていた。

涼介が無実だとしたら、数日前に涼介の家に忍び込んだ際、鉢合わせしかけた人物こそ『真夜中の解体魔』だったはずだ。『真夜中の解体魔』は、涼介をおびき寄せるために使用した安里雪絵の手紙を処分した。しかし、それだけでは証拠隠滅は不十分だった。私がその手紙を目撃しているから……。

恐怖が胸の中で爆発する。秋穂は正面に向き直ると、おそるおそる足を動かしはじめる。同時に、また背後から小さな足音が聞こえてきた。喉の奥から小さな悲鳴を漏らした秋穂は、地面を蹴って走り出す。追跡者をまこうと、目につくたびに側道へと飛び込んでいく。同じ造りの路地を駆けていくうちに、自分がどこにいるのか分からなくなっていった。

運動不足の体が悲鳴を上げる。肺に痛みが走り、足が鉛のように重くなっていく。ずっと同じ場所をぐるぐると走り回っている気がする。早鐘のような心臓の鼓動が、パンプスがアスファルトを叩く音とともに鼓膜にまで響き、追跡者を引き離せたのか、それともすぐ背後にまで迫っているのかさえ分からなかった。

乳酸が蓄積し、脳の命令を拒否しはじめた足が縺れる。大きくバランスを崩すと同時に、両側に連なっていたブロック塀が消えた。秋穂は幅のある歩道へと倒れ込む。ガードレールの向こう側には、片側二車線の車道が横たわり、荷物を運ぶトラックなどが行き交っていた。

倒れたまま振り返る。闇が揺蕩う細い路地に、人の姿はなかった。

帰宅途中のサラリーマンらしき男性が不思議そうに秋穂を見ながら、通り過ぎていった。

ふらふらとおぼつかない足取りで歩きながら、秋穂は顔を上げる。数十メートル先に、自宅マンションが見えた。

路地を脱出してから三十分近くが経っていた。大通りに出た秋穂はその後、人通りの多い道を選び、常に背後を警戒しながら大きく迂回《うかい》をしてここまで辿り着いた。

本当に誰かに追われていたのだろうか？　私の妄想だったのではないだろうか？

脳神経が混線しているかのように思考が乱れている。この感覚は知っていた。半年前、婚約者を喪ったことを受け入れられず、現実と自分との間に濁った膜が張っていたときと同じ症状だ。また病状が悪化してきているのかもしれない。

もう手を引いた方が良いだろうか？　あとは警察に全て任せて……。そこまで考えたとき、秋穂の脳裏に二人の男の顔が浮かんだ。一人は愛しい婚約者、そしてもう一人は現実離れしたほどの美を湛えた中性的な少年。頭にかかっていた靄《もや》が晴れていく。

そうだ、愛した人の仇を討たなくては、あの少年が『真夜中の解体魔』かどうかを明らかにしなければ、私は救われることはない。悪夢という檻《おり》を壊すことはできないのだ。

落ち着け。もしさっき尾行してきたのが『真夜中の解体魔』だとしたら、相手は警戒しているということだ。つまり、涼介は冤罪で、私が真相に近づいていることを意味する。

思考を巡らせはじめた秋穂は、はっとしてかぶりを振る。

まず、身の安全を確保することを優先しなくては。秋穂はマンションのエントランスに入り、鍵でオートロックを解除する。開いた自動ドアを通ってエレベーターに向かおうとしたとき、また背後から足音が響いてきた。振り返ると、閉まる寸前の自動ドアの隙間に若い男が体をこじ入れ、侵入してきていた。立ち尽くす秋穂に、男は小走りに駆け寄ってくる。

この男が『真夜中の解体魔』？　悲鳴を上げようと口を開くが、恐怖に喉が痙攣して声を出すことができなかった。目の前まで近づいてきた男が、ジャケットの懐に手を入れる。

刺される。これまでの人生が走馬灯のように、脳裏を流れていく。なぜか、両親や婚約者に交じって、ベッドの上ではにかむ涼介の姿も映し出された。

男が懐から手を抜く。秋穂は固く目を閉じた。

「小松先生ですね。私、こういうものです」

やけに愛想の良い声が響き渡る。秋穂が「え……？」と呆けた声を出して薄目を開くと、ビジネススマイルを浮かべた三十がらみの男が、両手で名刺を差し出していた。

名刺に視線を落とす。そこには『週刊広聞《こうぶん》　桐生誠《きりゅうまこと》』と記されていた。

「おもに凶悪事件について取材をしている桐生といいます。以後、お見知りおきを」

「凶悪事件……」

頭の中で警告音が鳴る。桐生と名乗った男は、顔を突き出すようにしてきた。

「はい、その通りです。現在は、『真夜中の解体魔事件』を追っています。それについて、ぜひ先生にお話をうかがいたいと思いまして」

「なんの……ことですか？　なにをおっしゃっているのか分かりません」

動揺が声を震わせる。桐生は人差し指を立てると、メトロノームのように左右に振った。

「とぼけてもだめですよ。もう調べはついているんです。『真夜中の解体魔』が大怪我をして入院していて、先生が主治医を務めているって」

「なんでそれを……？」

涼介の情報については、病院の職員の中でもごく一部の者しか知らず、徹底した緘口《かんこう》令《れい》が敷かれている。そう簡単に情報が漏れるはずがなかった。

「まあ、こういう仕事をしていると、色々とツテがあるんですよ」

凶悪事件専門の記者のツテ……。いかつい中年男の顔が意識をよぎった。

「もしかして、あの刑事が情報を漏らしたの？」

「さあ、なんのことやら」桐生は唇の端を上げる。それはもはや肯定したも同然だった。

美濃部はこの男に情報を流したということか。これは警告なのだろう。これ以上、涼介の移送の邪魔をするなら、マスコミをけしかけて病院を包囲させるという。

「ああ、そんなに警戒しないでください。すぐに記事にしたりしませんよ。情報提供者からのゴーサインが出るまでは待ちます。だから、ちょっとお話を聞かせて頂けませんか」

「……断れば、『真夜中の解体魔』がうちに入院しているって記事を出すんですか?」

そうなれば、すぐに他のメディアも追随するだろう。マスコミ対応に慣れていない臨海第一病院は機能不全を起こし、多くの患者に迷惑をかけるかもしれない。

「さあ、それを決めるのは私ではなく、情報提供者ですから」

桐生は肩をすくめる。その横っ面を張り飛ばしたいという衝動に、秋穂は必死に耐えた。

「では、さっそくお話を聞かせて頂けますか? ああ、安心してください。あなたからの情報だということは絶対に漏らしません。情報源の秘匿は、記者の義務ですからね。まずは……」

「話しません!」

秋穂は腹の底から声を出す。桐生は「……へ?」と間の抜けた声を零す。

「担当患者の情報は一切漏らせないと言ったんです。お引き取りください」

「……病院が大変なことになってもいいんですか?」

脅し文句を聞きながら、秋穂は口を固く結ぶ。はったりだ。涼介の情報が漏れてマスコミが殺到すれば、移送だって困難になる。放っておいてもあと数日で秘密裡《ひみつり》に警察病院への転院が可能になる現状で、警察がそんなリスクを冒すとは思えなかった。

落ち着きを取り戻した頭でシミュレートを走らせた秋穂は、ゆっくりと口を開く。

「あなたが記者として取材源を秘匿する義務があるように、私にも医師として患者の情報を決して漏らさないという守秘義務があります」

「それを言われると、同じプロとして無理に話を聞くのはためらってしまいますね」

腕を組み、眉間にしわを寄せた桐生は、「そうだ」と声を上げた。

「交換条件というのはどうでしょう。調べて欲しいことがあれば、なんでも引き受けますよ。恋人の浮気調査、ライバル医師のスキャンダル、なんでもござれですよ」

「恋人もライバルもいません」

「例えばですよ。どんな人でも、誰かの秘密を知りたいという欲求を胸に秘めているんです。私はそれを満たしてあげますよ。記者になる前は、探偵事務所で働いていたんです。どんな聖人君子でも、裏の顔をもっている。それを丸裸にしてやりますよ」

秋穂は「必要ありません」とエレベーターのボタンを押した。

「そんなことおっしゃらずに。なにか思いついたら、すぐにご連絡ください」

桐生は強引に名刺を押し付けてくる。秋穂はそれをジーンズのポケットにねじ込んだ。

「この住所も刑事さんから聞いたんですか？」

もしそうだとしたら、正式に抗議しなくては。

「氏名と勤務先さえ分かれば、住所を調べる方法ぐらいいくらでもあります。配送業者を名乗って病院に連絡し、『病院から小松先生に送った書類の住所が間違っていて届けられないので、正しい住所を教えて欲しい』と言えばいいんですよ。簡単に教えてくれました」

あまりにもゆるい個人情報のセキュリティに、秋穂の頬が引きつる。

「病院を責めないであげてくださいね。蛇の道は蛇ってやつでね、こちらを信用させるために色々なテクニックを使っているんですよ」

得意げに鼻を膨らませる桐生に、思わず舌を鳴らしたとき、エレベーターの扉が開いた。桐生を押しのけるようにして、エレベーターに乗る。

「住所を知っているなら、尾行する必要なかったでしょ。変質者かと思ったんですよ」

もしくは、『真夜中の解体魔』かと……。秋穂が胸の中で付け足すと、桐生は不思議そうに首を傾けた。閉まっていく扉の隙間から声が聞こえてくる。

「尾行？　そんなことはしていませんよ。私は何時間もこのマンションの前で、あなたが帰ってくるのを待っていたんですから」

4

しゃがんだままプラスチック製の容器の蓋を外し、注射器を差し入れる。先端から生理食塩水が噴き出し、プラスチック内にわずかに溜まっている血液と混ざっていく。

「これでよし」

容器を軽く振って攪拌《かくはん》した秋穂は、空になった注射器を白衣のポケットに押し込んだ。

「終わりましたか？」

頭上から声が降ってくる。首を反らすと、ベッド柵から身を乗り出した涼介が覗き込んできていた。相変わらずの非現実的なまでに整ったその造形に、思わずドキリとする。

「ええ、終わった。これで、まだ心嚢内への出血が続いていることになる」

「当分このチューブは抜けないってことですか。邪魔なんですよね、これ」

「それが抜けるってことは、そのまま警察病院に移送されて、あっちで刑事たちに一日中尋問されるってことよ。それでもいいの？」

「尋問は心を無にして黙秘するつもりですから構いませんけど、先生と離れ離れになるのは嫌だなぁ。そばにいて欲しいです、先生は僕にとって『特別な人』ですから」

寂しそうな笑みを浮かべる涼介に見つめられ、秋穂は「……え」と声を漏らす。

「先生しか僕の無実を信じてくれないじゃないですか。警察病院に連れていかれたら、もう誰も僕の味方をしてくれません。だから、先生、一緒にいてくださいね」

涼介はウインクした。年端もいかない少年にいいように手玉に取られ、顔が熱くなる。

「あなたね、もうちょっと危機感を持ちなさいよ。こんな小細工でごまかすのももう限界なのよ。それにね、あなたが無実だと信じたわけじゃない。まだ、あなたが『真夜中の解体魔』の可能性もあると思ってる」

屈辱感と羞恥心を隠すように早口で言うと、涼介はすっと目を細めた。

「ところで先生、僕の父親はどうでした。まあ、正確には義理の父親ですけど」

「なにを……」

「ごまかさなくてもいいですよ。僕の実家に行ったんですよね。入院から何日も経ってから、急に実家の住所を教えて欲しいなんて言われたら、嫌でも気づきますよ」

反論の余地もない指摘に、秋穂は言葉に詰まった。

「ひどい状態だったんじゃないですか？　最後に見たときは、なんかゴミ屋敷に住む類人猿みたいだったし。話はできました？　まだ、言葉は通じましたか？」

辛辣な評価に、涼介の父親に対する感情が滲んでいた。秋穂は「話せた」とあごを引く。

「ひどいこと言ってたでしょ。僕が弟を殺しただの、僕のせいでママが死んだだの」

秋穂は硬い表情で再度頷くことしかできなかった。

「どう思いました？　僕が本当に弟を殺したと思いますか？」

「たぶん、……違うと思う。弟さんは乳児突然死症候群で亡くなった。石田劉生はそれを受け入れられず、あなたの責任だと思い込むことで精神の安定をはかった」

「あれ、僕のことを信じてくれるんですか？　ママの愛情を独り占めするために、弟を殺したナチュラルボーンキラーだとは思わないんですか？」

からかうように言われ、秋穂は自らの胸の内を探る。これまでの状況から見れば、涼介が生まれながらの人殺しで、彼こそが『真夜中の解体魔』である可能性は十分にあるだろう。しかし、なぜかそうではないと感じていた。彼が犯人でないことを望んでいた。

——虜《とりこ》にならないように気をつけなよ。

先日、美濃部にかけられた言葉が耳に蘇る。

いつの間にか私は、この天使のような顔をした少年に囚われてしまったのだろうか？

婚約者の仇に、マリオネットのように操られているのだろうか？

軽いめまいをおぼえ、秋穂はバランスを崩す。「あぶない！」という言葉とともに、ベッドから身を乗り出した涼介が腕を伸ばし、体を支えてくれる。秋穂は涼介と至近距離で見つめ合う。わずかに茶色がかったその瞳に吸い込まれていくような気がした。

「大丈夫ですか、秋穂先生」

折れた肋骨が痛んだのか、顔をしかめつつ涼介は言う。秋穂は慌てて涼介の腕から逃れた。

「だ、大丈夫」

秋穂が慌てて白衣の襟を整えていると、涼介が「ありがとうございます」とはにかんだ。

「ありがとうって、なにが？」

「弟を殺していないって信じてくれたことですよ。これまで、誰も信じてくれなかった」

「誰もって……、お母様は？」

秋穂が慎重に訊ねると、涼介は哀しげに微笑んだ。

「もちろん、ママは僕を信じてくれました。……最初はね」

涼介の顔に暗い影が差す。

「でも、あの男がママに言うんですよ。『涼介が息子を殺したんだ。あいつを捨てよう』ってね。毎日、毎日、繰り返し、僕がいる前で」

その光景を想像し、秋穂は拳を握りしめる。

「ママは心から僕を愛してくれていました。僕のことをずっと抱きしめてくれましたけれど、そのうちに、僕を見るときにママの顔に恐怖が浮かぶようになっていったんですよ。あの男から僕が人殺しだって言い聞かされるうちに、わけが分からなくなってきたんでしょうね。日に日にママは衰弱していって、精神的に不安定になっていきました。突然、僕を突き飛ばしたと思えば、はっとした顔になって『ごめんね、ごめんね』って抱きしめたり」

「……つらかったわね」

涼介は「いいえ」と弱々しく首を振る。

「それどころか、僕は幸せだったんですよ。ママは確かに衰弱していきました。赤ちゃんを喪ったことと、その犯人が僕だってあの男に言われ続けたせいで、絶望していたんです」

首を反らして天井に視線を向けた涼介は、懐かしそうに目を細める。

「痩せていって、哀しそうな顔をすることが多くなりましたけど、それでもママは綺麗でした。ううん、さらにどんどん綺麗になっていったんです。パニックになって僕を拒絶することもありましたけど、それ以外はずっと僕に優しくしてくれました。愛してくれました。こんな顔のせいで学校でも虐められていたし、義理の父親はあんな感じでしたけど、美しいママのそばにいられただけで幸せだったんです。なのに……、あんなことに……」

涼介がなんのことを言っているのか理解し、秋穂は口を固くつぐむ。

「あの日、小学校が終わって家に帰ったんですよ。そうしたら、……血《ち》まみれでした。ソファーが血まみれになっていて、そこにママが横たわっていました。手首を切ったんです」

「リストカットで動脈を切ったのね……」

「いいえ……」涼介は目を伏せる。「本当に手首を切断していたんですよ。劉生の部屋にあった、書類切断用の裁断機でね」

あまりにも壮絶な事実に、秋穂は言葉を失う。

「ママはそれまでも何度も、手首をナイフで切ったりしましたが、それでは死ねませんでした。だから、確実に死ぬために裁断機を使ったのかもしれません。もしくは、普通のナイフの痛みでは、苦しさをごまかせなくなっていたのかもしれません」

あまりにも強い心の痛みを少しでも忘れるために、体を傷つけずにはいられなくなる。

その気持ちが秋穂には理解できた。文字通り、痛いほどに。

秋穂は左手に嵌めている腕時計をそっとずらす。その下から、生々しい傷痕が姿を現した。涼介の瞳が大きく見開かれる。

半年前、最愛の人を喪った痛みに耐えきれず、衝動的にリストカットしたときの傷。

「先生も……つらかったんですね。ママと同じぐらい……」

涼介は両手でそっと包み込むように秋穂の手を握ると、手首の傷口に唇を当てた。わずかに濡れた、柔らかい感触。しかし、先日耳朶を愛撫されたときのような官能の波に襲われることはなかった。かわりに胸の奥で、ほのかに暖かい炎が灯る。

一輝と婚約したとき、いつかは愛の結晶を胸に抱くと信じていた。その光景を想像したときと同じ、柔らかい暖かさ。秋穂は思わず、涼介の頭を撫でる。

涼介は目を閉じて秋穂の胸元に額を当てた。秋穂はそっと涼介の頭を抱きしめる。時間がさらさらと流れていく。この少年をなんとか守りたい。これまで感じたことのない母性愛が血流にのって全身の細胞に溢れていく。

涼介こそ婚約者を奪った『真夜中の解体魔』かもしれない。もしかしたら、自分はクモの巣にかかった蝶《ちょう》のように、殺人鬼の罠に搦《から》めとられているのかもしれない。理性が放つそれらの警告は、婚約者を喪ってからずっと忘れていた優しい気持ちに洗い流されていく。

どれだけ、涼介を抱きしめていたのだろう。数十秒の気もするし、何十分も彼の髪の柔らかさに浸っていた気もする。胸の中の淡い感情が凪ぐのを待って、秋穂はそっと涼介の頭を離した。瞼をゆっくりと上げた涼介は、どこか名残惜しそうな眼差しを向けてくる。

「なんか……、ママを思い出しちゃいました……」

照れくさそうに涼介は鼻の頭を掻く。秋穂は「そんな齢《とし》じゃないわよ」と彼を睨んで、気恥ずかしさをごまかすとゆっくり口を開いた。

「涼介君、私はあなたを信じる。あなたは『真夜中の解体魔』なんかじゃない。あなたは人殺しなんかじゃない」

蕾が開くように、涼介の顔に美しい笑みが広がっていった。

「本当に信じてくれるんですか？　ママでさえ信じてくれなかったのに……」

声を詰まらせる涼介に、秋穂は力強く頷く。

「きっとあなたは『真夜中の解体魔』に操られただけ。マリオネットみたいにね。あなたは安里雪絵さんを殺してなんていないし、本当に雪絵さんを心から愛していた」

片手で口元を覆い、小さく嗚咽を漏らしはじめる涼介を、秋穂は目を細めて見つめる。

そう、母を喪った涼介にとって、安里雪絵は唯一心を許せる存在だった。肉欲ではない、純粋な愛情を交わせる女性だった。これまでに涼介が語った雪絵への想い、そして彼女を喪ったことに対する絶望は演技ではなかったはずだ。ただ、目の前の少年を信じるための理由を探しているだけだと気づきつつも、秋穂は自分に言い聞かせる。

まずは涼介を信頼しよう。そうすれば、心を開いた彼から情報をくれるはずだ。『真夜中の解体魔』の正体に迫るための情報を。

「いま大切なのはあなたが雪絵さんを殺したんじゃないっていう証拠を見つけること。それを警察に納得させること」

「それは……難しいんじゃないでしょうか。僕を『現行犯』で追跡したんです。よっぽどのことがない限り、僕以外に犯人がいる可能性を検討もしてくれませんよ」

湊をすする涼介に、床頭台《しょうとうだい》のティッシュペーパーを渡しながら、秋穂は口元に手を当てる。

「あなたにアリバイとかあればよかったのにね。事件当日、誰かに会っていたとか」

「それならありますよ」

湊をかみながら涼介が言う。秋穂は「ある!?」と目を剝いた。

「はい、雪絵先輩が……殺された時間、僕はある場所で他の人と会っていました」

「なんで警察に言わなかったの!?」

「警察なんて信用できないんですよ。あいつら雪絵先輩の手紙を握りつぶしたでしょ」

そうか、涼介はまだ、手紙を処分したのは警察だと思っているのか。秋穂は胸の中で呟く。あの日、涼介の部屋に侵入してきた人物が誰なのか分からないので黙っていたが、それが悪い方に働いてしまった。けれど……。

「けれど、私になら言ってくれてもよかったじゃない」

責めるように言うと、涼介は俯いて、「……先生には言いたくなかったんです」と声を絞り出した。その姿を見て、秋穂は気づく。その時間、涼介が『仕事』をしていたと。

「言いにくいのはすごく分かる。けれど、教えて。そのとき、誰と会っていたのか。その人に証言さえしてもらえれば、あなたの無実を証明することができるんだから」

秋穂がそっと肩に手を置くと、涼介は弱々しくかぶりを振った。

「僕にも分からないんです。相手はもちろん、素性を悟られたくありません。僕も商売として、その人が誰なのかなんて知ろうとしません。フリーマーケットに置いてある商品と、それを買う人。僕と客の関係なんてそんなもんなんですよ」

自虐で飽和したセリフを聞きつつ、秋穂は涼介の肩を掴む手に力を込める。

「諦めちゃだめ！　私が絶対にその人を見つけ出してあげるから」

「無駄ですって。もし見つけたとしても、絶対にアリバイ証言なんてしてくれません。相手はいい歳《とし》した男なんですよ。僕はね、けっこう高いんですよ。僕を買えるということは、それなりに金も社会的地位も持っているに決まっている。そんな人物が、僕なんかのために未成年買春を認めるわけないじゃないですか」

「そんなことない！」

秋穂は腹の底から声を出す。涼介の体がびくりと震えた。

「絶対に私がそいつを見つけ出して、証言させてあげる。だから、手がかりを教えて。そいつを探すための手がかりを」

秋穂は顔を近づける。二人は視線をぶつけ合った。数秒後、涼介がか細い声で言う。

「……先生、腕が痛いです」

爪が食い込むほどに強く腕を握っていたことに気づき、秋穂は「ごめん」と慌てて手を引く。涼介はこれ見よがしに腕をさすりながら、上目遣いに疑わしげな視線を向けてきた。

「見つけ出すって、どうするんですか？　警察ならまだしも、素人の先生に人探しなんてできないと思うんですけど」

秋穂は小さなため息をつく。

「そうね。だから……プロに頼もうと思ってる」

5

「いやあ、まさか翌日に連絡を頂くとは思いませんでした」

向かいの席に座った桐生が、グラスに入ったビールを呷る。黄金色の液体を一気に飲み干した桐生は、大きな息を吐いて口元を拭った。

「連絡したくてしたわけじゃありません」

秋穂はコーヒーをブラックのまますする。やけに苦みが強く感じた。

涼介にアリバイのことを聞いた数時間後、秋穂はお台場にある洒脱《しゃだつ》なカフェで桐生と会っていた。全面ガラス張りの窓の外には、ライトアップされたレインボーブリッジが見えた。

「つれないなぁ。あ、お姉さん、ビールのお代わりを」桐生はウェイトレスに注文をする。

「居酒屋じゃないんですよ。これから重要な話をするのに、酔っぱらわれたら困ります」

「俺にとって、ビールなんて水みたいなものですよ。それより、もう夕食の時間なのに、コーヒーだけでいいんですか？　一緒にディナーでもいかがですか？」

「初対面で脅迫してきた人と、ゆっくりと食事をする気はありません」

「あれは交渉ですよ。あなたが持っている情報を提供して頂く代わりに、どんな調べごとでも引き受けるっていうね。先生も、俺の情報収集の腕を見込んで声をかけてきたんでしょ」

　図星を突かれて黙り込む秋穂の前で、桐生はテーブルに肘を置いて身を乗り出してきた。

「さて、それじゃあお話を聞かせて頂きましょう。俺はなにを調べればいいんですか？　恋人の浮気ですか？　それとも、上司の弱み？」

「石田涼介のことです」

　秋穂が声を潜めると、桐生の顔が一気に引き締まった。

未成年ということで警察が発表していない『真夜中の解体魔』の容疑者の氏名まで、この男は知っている。秋穂は慎重に、桐生の反応をうかがう。

「なるほど、石田涼介の……ね」桐生は低い声で呟いた。「いったい、『真夜中の解体魔』のどんな情報が欲しいって言うんですか？」

「彼が『真夜中の解体魔』じゃないっていう証拠です」

「石田涼介が『真夜中の解体魔』じゃない？　なに言っているんですか？　あいつは元恋人を殺した現場に踏み込まれているんですよ」

「いいえ、違います。彼は恋人のバラバラ遺体を発見したときに、警察に踏み込まれただけです。彼は罠に嵌められて濡れ衣を着せられただけです」

「罠って、誰がその罠を仕掛けたと？」

「『真夜中の解体魔』です」

桐生はすっと目を細める。こちらの心の底まで見透かすような双眸。目の前の記者が、かなりの修羅場をくぐっていることが伝わってくる。

「つまり、石田涼介はスケープゴートにされただけだとおっしゃるんですか？」

「はい、私はそう信じています」自らに言い聞かせるように、秋穂ははっきりと言う。

「なぜそう信じているんですか？　あいつが、あんなに可愛い顔をしているからですか？　写真で見ただけですけど、たしかに男も女も惑わす、とんでもない美形だ」

桐生の揶揄にも動じることなく、秋穂は身を乗り出す。

「色々と情報を集めたからです。彼が『真夜中の解体魔』ではないという情報を」

「情報？」桐生の片眉が、ぴくりと上がる。「どんな情報ですか？」

食いついた。秋穂は内心、ほくそ笑む。

「それはまだ言えません。取引材料ですから。でも、『真夜中の解体魔』の容疑者が、心を許した主治医に語った全て。すごい特ダネだと思いませんか」

桐生が険しい表情で考え込むのを、秋穂は口角を上げながら見守る。

記者は特ダネを摑むことを生きがいにしている。『真夜中の解体魔』として逮捕された少年の告白。そして、彼が冤罪かもしれない。そんな極上のエサを目の前にぶら下げられて、抵抗できるわけがない。きっと、この男を操り人形にすることができる。

予想通り、わずか数秒で桐生は銃でも突き付けられたように両手を頭上に挙げた。

「降参です。先生の勝ちですよ。それで、なにを知りたいんですか」

「あなたが、『真夜中の解体魔』について知っている全てです」

「全部……ねえ」桐生は首筋を搔く。「そりゃ、色々と調べましたよ。けど先生、それに見合った情報をあなたは持っているんですか？　こっちが一方的に貴重な情報だけを吸い取られるのは業腹だ。まずは少しだけでも、報酬の先払いをお願いできませんかね」

「先払い、か……」

呟きながら秋穂は思考を巡らせる。果たして、どこまでこの男に話すべきなのだろう。

できることなら、手札は残しておきたい。しかし、この男の協力なくして、『真夜中の解体魔』の正体をあばけるとは思わなかった。

　昨夜、路地で誰かに尾《つ》けられた記憶が蘇る。あれは気のせい、もしくはたんなる変質者だったのだろうか。それとも、『真夜中の解体魔』……。背中に冷たい震えが走る。

　駆け引きで優位に立っているように見えるが、その実、追い詰められているのは自分だ。『真夜中の解体魔』の正体をあばかない限り、自分は悪夢だけではなく、連続殺人鬼に追われる恐怖に苛まれ続ける。

　いや、それどころか『真夜中の解体魔』の五人目の犠牲者として切り刻まれる可能性だってあるのだ。出し惜しみできる立場じゃない。

「実は、石田さんが入院した日……」

　覚悟を決めた秋穂は、雪絵からの手紙を探しに涼介の部屋に忍び込んだこと、そのあとに、何者かが侵入してきて、手紙を処分したことなどを伝えた。

　話を聞き終えると、桐生はすでに泡が消え去ったビールをグラスの半分ほど飲んだ。

「信じられませんね」

「信じられないって、どういう意味ですか？」

「言葉通りですよ。あなたがそんなことしたなんて、とても信じられない。あなたは単なる主治医です。なんで石田のために、そんな危険な行為をしたっていうんですか？」

　当然の疑問に、秋穂は「それは……」と言葉に詰まる。

　半年前の、婚約者を喪い抜け殻になっていたときの記憶がフラッシュバックする。痛みをおぼえるほどの動悸に、秋穂はうめいて胸元を押さえた。このままではまた過呼吸発作が起きてしまう。秋穂は両手を椀《わん》状にして口を覆った。

「大丈夫ですか？　どうしました？」

　席を立とうとする桐生を、なんとか発作を抑えこんだ秋穂は片手を突き出して止める。

「……婚約者でした」

　必死に喉の奥から言葉を絞り出す。桐生は「は？」といぶかしげに聞き返した。

「『真夜中の解体魔』の第三の被害者、荒巻一輝は私の婚約者だったんです」

「被害者の婚約者って……。それが本当なら、警察も病院も、あなたが石田の主治医になるのを許可するわけがないでしょ」

「婚約は公表していません。彼は離婚してまだ三年で、さらに私は研修医時代、彼と同じ職場で働いていました。おかしな想像をされないよう、できるだけ交際は隠していました」

　早口でまくし立てた秋穂は、強い疲労感をおぼえる。

「つまり、あなたは婚約者の仇である石田の主治医になったんですね。なぜです？」

　秋穂が黙っていると、桐生がぼそっと言った。

「復讐のため……ですか？」

　体を震わせる秋穂を桐生が見つめてくる。

「婚約者の仇を取るために、石田を手元に置いた。違いますか？」

秋穂は「……ええ、彼を殺すつもりでした」と、小さな声で答える。そこまで見透かされては否定するだけ無駄だ。なら全てをさらけ出し、目の前の男を信用させよう。

「主治医なら、点滴から高濃度の塩化カリウムを静脈注射して、なんの証拠も残さず殺すことができます。それをするつもりでした」

「けれど……、あなたはやらなかった」

「ええ、彼が自分は『真夜中の解体魔』ではない、罠に嵌められただけだと言ったからです。ですから、その真偽を確かめるために、リスクを承知で彼の部屋に侵入したんです」

秋穂が「納得して頂けましたか？」と訊ねると、桐生は大きく息を吐いた。

「はい、納得しました。なぜそこまで石田に入れ込んでいるのかも理解できた」

「入れ込んでいるわけじゃないです。私はただ、婚約者の仇の、『真夜中の解体魔』の正体をあばいて、罪を償わせたいだけです」

そう、入れ込んでいるわけじゃない。数時間前、涼介と心を通わせた光景を頭から振り払いながら自らに言い聞かせた秋穂は、両手をテーブルについて腰を浮かす。

「さて、どうします。私に協力しますか？　それとも、いま私が言ったことを警察に伝えて、私を彼の主治医から引きずりおろしますか？」

「そんなの決まっているじゃないですか」桐生は不敵な笑みを浮かべた。「もちろん協力しますよ。入院中の石田の様子を聞けるだけだと思っていたら、まさか被害者の婚約者だったなんて。しかも、石田はスケープゴートで、『真夜中の解体魔』は他の人物かもしれない。そんなスクープを目の前にして逃したら、事件記者じゃありませんって」

「いいんですか？　警察の情報提供者の意向に逆らうことになりますよ」

「構いません。こんなデカいネタのためなら、刑事の一人や二人、敵に回したところで帳尻はあいます。それより、もっと話を聞かせてくださいよ。まずは……」

勢い込んで質問をしようとする桐生を、秋穂は「待ってください」と止めた。

「インタビューを受けるのは、『真夜中の解体魔』の正体が分かってからです。まずは私が手の内を晒しました。今度はあなたが情報を出す番です」

「情報ってなにが知りたいんですか？」桐生は不満げに唇を尖らせた。

「まず、警察の状況です。捜査本部は涼介君以外が『真夜中の解体魔』である可能性は検討しているんですか？」

「しているわけないじゃないですか」桐生は肩をすくめる。「石田は現場を押さえられている。もう、捜査本部は完全に石田こそが『真夜中の解体魔』だと決めつけて動いています。石田を警察病院に移送して話を聞いたら、正式に送検して、捜査本部は解散でしょうね」

「そうですか……」秋穂はあごに指を添えて次にするべき質問を考える。「安里雪絵さんが殺害された時間は分かっているんですか？」

「ええ。事件当日の午後六時過ぎ、仕事を終えて帰宅しようとしていた管理人が、マンションに戻ってくる安里雪絵を目撃しています。そして日付が変わる頃、現場に踏み込んだ刑事が彼女の遺体を発見している。つまり、その六時間の間に犯行が行われた」

「六時間……。でも、遺体はバラバラにされていたんですよね。それって、どう考えてもかなり時間がかかりますよね」

「数時間は必要だと考えられていますね。どれだけ手慣れていても」

「じゃあ、雪絵さんは帰宅直後に殺害され、数時間かけて……解体された」

つまり、その六時間のアリバイさえ証明できれば、涼介が『真夜中の解体魔』ではないと立証できる。計算しつつ、秋穂は質問を重ねていく。

「防犯カメラとかに、犯人の姿は映っていなかったんですか？」

「正面エントランスに防犯カメラはあったけど、事件の数日前に壊されていたらしいですね。オートロックもないマンションだし、夕方以降は管理人もいない。しかも、部屋は一階で窓は開いていた。犯人はどこからでも侵入できたということです」

「若い女性が住むマンションにしては、かなりセキュリティが甘いですね」

「金に余裕がなかったんじゃないですか。精神的に不安定になっていて、勤めていた風俗店にもあまり顔を出さなくなっていたし」

「らしいですね」

相槌《あいづち》を打つと、桐生が見つめてくる。秋穂は思わず、「なんですか」と身を引いた。

「いや、安里雪絵が風俗店に勤めていたことどころか、最近、出勤していなかったことまで知っているとは思わなかったんで。先生、かなりこの事件に入れ込んでいますね」

「婚約者が殺されたんです。当然でしょ。それに、どんな手段を使っても特ダネを手に入れようとしているあなただって、同じようなものじゃないですか」

「たしかにそうかもしれませんね」桐生は肩をすくめた。

「話を先に進めますよ。安里雪絵さんを殺したのが、『真夜中の解体魔』ではないという可能性はないんですか？」

「模倣犯、コピーキャットによる犯行ってことですか？」

秋穂は小さく頷く。もし、模倣犯の可能性があるなら、たとえ雪絵殺害時のアリバイを証明できたとしても、涼介が『真夜中の解体魔』ではないとは言い切れない。もしかしたら、模倣犯が本来の犯人である涼介を罠に嵌めて排除することで、自らが新しい『真夜中の解体魔』に成り代わろうとしているのかもしれない。

「それはありません。安里雪絵を殺したのは、間違いなく『真夜中の解体魔』ですよ」

「どうして断言できるんですか？」

「安里雪絵の遺体に、『真夜中の解体魔』のマーキングが残されていたんですよ」

意味が分からず、秋穂は「どういうことですか？」と首を傾ける。

「『真夜中の解体魔』が遺体をバラバラにして、その一部を持ち帰る。それは大々的に報道されて誰でも知っていますけどね、それだけじゃないんですよ。『真夜中の解体魔』はね、遺体でオブジェを作るんです」

「そうです」桐生は重々しく頷く。「現場に残された遺体のパーツは、決まった形で積み上げられているらしいんです。前衛芸術作品のようにね」

あまりにもおぞましい事実に嘔気をおぼえ、秋穂は口元を押さえる。

「具体的には……どんなふうに……？」

声を絞り出すと、桐生は「さあ？」と肩をすくめた。

「それにかんしては、捜査本部は厳しい緘口令を敷いています。この俺でも、解体された遺体が決まった形で積み上げられているということまでしか聞き出せませんでした」

「なんでそこまでして隠すんですか？」

「模倣犯を防ぐためですよ。連続殺人事件に模倣犯はつきものです。情報を隠すことで、『真夜中の解体魔』を真似た殺人が起きたとしても、すぐに偽者だと分かるようになる」

「じゃあ、雪絵さんの遺体は……」

「これまでの三件と同じような積まれ方をしていたらしいですね。つまり、安里雪絵は間違いなく『真夜中の解体魔』に殺され、切り刻まれたということです。ご理解頂けましたか？」

秋穂は「はい」と頷きながら状況を整理する。それなら、涼介のアリバイを立証することがそのまま、彼が『真夜中の解体魔』ではないという証明になる。

「一人目の被害者は、安里雪絵さんの母親である千代さん。そして、三人目の被害者が一輝さん……、私の婚約者だった」

「ええ、そうです。安里千代は右足首から下を奪われ、荒巻一輝は左手の薬指を……」

そこまで言ったところで、桐生ははっと息を呑み、秋穂を見つめてきた。

「はい、彼の左手の薬指には『これ』が嵌まっていたはずなんです」

秋穂はネックレスにつけている結婚指輪を摘まむ。

「それはなんというか……、ご愁傷様です」

「そんな決まり文句はいいですから、二人目の被害者について、情報を教えてください」

「えっと、二人目は……」桐生は咳ばらいをする。「村元咲子《むらもとさきこ》、三十二歳の主婦ですね。いまから九ヶ月ほど前に殺害されています。彼女は……子宮が消えていました」

「子宮……、ひどい……」喉からうめき声が漏れる。

「ええ、ひどいです。そして、この事件が警察の怒りを爆発させました」

「爆発？　なんでですか？」

「村元咲子の夫が現役の警察官だったからですよ。しかも、警察庁のキャリアです。そして、咲子自身も以前は警官をしていました。仲間意識が強い警察からすれば、家族を殺されたようなものです。噂じゃあ、警視総監直々に早期の犯人逮捕が厳命されたということですよ」

そこで言葉を切った桐生は、思わせぶりな視線を向けてくる。

「つまり、警察にとって石田涼介は『身内の仇』なんですよ。あなたはその人物を匿《かくま》っている邪魔者ってわけだ。警察の怒りを買っていますよ。気をつけてくださいね」

「そんなことより、その被害者と涼介君にはどんな繋がりがあったんですか？」

「繋がり？　そんなものありません。村元咲子の交友関係は徹底的に洗われましたけど、石田は出てきませんでした。まあ、その代わりにヤバい情報は出てきたらしいですけどね」

秋穂が「ヤバい情報？」と聞き返すと、桐生は胸の前で手を振った。

「いえいえ、こっちの話ですよ。なんにしろ、石田と村元咲子の間には接点はありません」

「じゃあ、涼介君がその女性を殺す動機はなんなんですか？」

「動機？　ただ殺したいからじゃないですか？」

「殺したいから……？」

「ええ、そうです。たしかに普通の殺人には、怨恨や痴情の縺れ、金銭トラブルなどの動機があります。ただ、連続殺人事件の中には、そういう『普通の殺人』とは一線を画するものがあるんですよ。殺すために殺す。人を殺害することに快楽を得る異常者による殺人がね」

「連続通り魔事件とか……？」

「その通りです。三人の被害者たちの間に、これといった関係性は見つからなかった。つまり、『真夜中の解体魔』はランダムに獲物を選んでいる。それが捜査本部の見解でした」

「ランダムって……、私の婚約者は偶然、殺されたってことですか？」

顔の筋肉がこわばっていく。声がかすれた。

「そんな怖い顔しないでください。捜査本部はそう考えているっていうだけなんですから」

「でも、それならおかしいじゃないですか。涼介君と最初の被害者は知り合いだったんですから。しかも、雪絵さんと強引に別れさせられたっていう、動機になりそうな出来事もあった。涼介君が『真夜中の解体魔』なら、全然無差別殺人じゃありませんよ」

「その通りですね。ですから、捜査本部もそれほど石田には注目していませんでした。けれど、さすがに現場を押さえたのなら、石田が『真夜中の解体魔』だったって判断しますよ」

違和感がある。シャツのボタンがずれているような違和感。やはり、これは涼介が『真夜中の解体魔』だったなどという単純な事件じゃない。秋穂の中で確信が生まれていく。

「石田は過去の恨みから、安里千代を殺害したことにより殺人の快感を覚えてしまった。衝動を抑えきれなくなった石田は、『真夜中の解体魔』となり、無差別に人を殺し、遺体をバラバラにしていくようになった。しかし、殺人衝動に支配されるうちに最も執着している元恋人を殺すという欲望を抑えきれず、安里雪絵を殺害した。それが捜査本部の見解です」

「あまりにも強引じゃないですか？」

「強引で構わないんです。警察は石田が犯人だと確信しているんですから」

「そんな横暴な……」

「警察っていうのは横暴な組織ですよ。それに、バラバラにされた元恋人の遺体のそばにいるところを踏み込まれたのは紛れもない事実だ。いかに石田が無実を訴えたところで、このままでは奴は『真夜中の解体魔』として起訴され、死刑判決を受け、吊るされるでしょう」

そこで言葉を切った桐生は、挑発的な笑みを浮かべる。

「あなたは石田の無実を証明できるんですか？　警察も知らない情報をお持ちなんですか」

「……持っています」

秋穂が答えると、桐生は獲物を前にした肉食獣のように舌なめずりをする。

「それを教えて頂けますか？　本当にあなたが言うように、石田の無実を証明できるような情報なら、とんでもないスクープだ。うちの雑誌で連載を組める」

桐生のセリフに熱がこもっていく。

「哀れな境遇の無実の少年に、連続殺人犯の汚名を着せた警察の横暴をあばき、そして『真夜中の解体魔事件』の真相に迫る。ああ、そうだ。石田に独占インタビューをすることができたら、さらに情報の価値が上がる。これだけ世間を騒がせている事件だ。きっと本を発売することもできるはずだ。そうなれば……」

皮算用している桐生に冷たい視線を送りながら、秋穂は口を開く。

「ただ、彼の無実を証明するためには、あなたの力が必要なんです。協力して頂けますか？」

「協力？　当然です。どんなことでもしますよ。で、俺はなにをすればいいんですか？」

両肘をテーブルにつき手を組んだ桐生は、上目遣いに見つめてくる。

秋穂は細く長く息を吐くと、安里雪絵が殺害された時間帯、涼介が『仕事』をしていたこと。しかし、その相手を見つける方法が思いつかないことなどを話した。

「なるほど、アリバイがあるってわけですか」話を聞き終えた桐生が、低い声で呟いた。「そうなんです。本当なら警察に言えばいいんでしょうけど、涼介君は警察をまったく信頼していなくて、尋問にも黙秘し続けているんです」

「それは賢明な判断でしょうね」

「賢明な判断？」秋穂は眉間にしわを寄せる。「どうしてですか？　警察なら事件当時、涼介君が一緒にいた人物を探すことぐらいできるでしょ」

「ええ、できるでしょうね。けれど、奴らは絶対にやりません」

「なんでですか!? 無実の証拠なんですよ!」

声を裏返しながら思わず立ち上がってしまう。周りの客が何事かといぶかしげな視線を向けてきた。我に返った秋穂は、首をすくめて椅子に腰を戻す。

「説明してください。どうして警察に言っても捜査してくれないんですか。涼介君の無実を証明する決定的な証拠なんですよ」

「そんなの決まっているじゃないですか。石田の無実なんて証明したくないからですよ」

「無実を……証明したくない?」

「おや、先生、もしかして警察を正義の味方とでも思っていましたか? 違いますよ、奴らはある意味、暴力団よりも横暴な国家権力です。もし、石田が無実だったなんてことが分かったら、逮捕した警察の面子《めんつ》は丸潰れになる。それなのに、わざわざ苦労して捜査し、石田のアリバイを確認なんてするわけがない。黙殺するに決まっています」

「そんな! じゃあ、どうすればいいんですか!?」

「一般的には弁護士などが調査をして、その『客』を見つけ出せばいい。刑事事件専門の弁護士の中には、探偵などを雇って必死に依頼人の無実を証明しようとする奴もいますけど、そいつらはかなり高額の弁護料を取るし、連続殺人の容疑者の弁護なんていう、世間の反発を受ける事件を引き受けようとはしない。石田が雇うのは無理でしょうね」

絶望的な状況を突き付けられ、秋穂は唇を固く噛む。

「そんな怖い顔しないでくださいよ。あくまで俺は、警察も弁護士もあてにならないって言っただけです。あなただって、なんとなく気づいていたんでしょ。普通の方法じゃ、石田のアリバイを証明はできないって。だからこそ、わざわざ俺に声をかけてきた」

「……あなたなら、あの日、涼介君と一緒にいた人物を見つけられるって言うんですか？」

「ええ、もちろん」

桐生は残っていたビールを一気に喉に流し込むと、不敵な笑みを浮かべた。

「蛇の道は蛇ってやつですよ」

6

「本当にこれで大丈夫なんですか」

ベンチに腰掛けながら、秋穂は隣でスポーツ新聞を広げている桐生に声をかける。

「そんなに緊張しないで。大丈夫ですって」

競馬の予想をしながら適当に答える桐生に、秋穂は顔をしかめる。

翌日の午後八時前、秋穂は池袋《いけぶくろ》駅西口にある公園にやって来ていた。街灯に照らされる園内には、酔ったサラリーマンや大学生、ゲリラ演奏をするミュージシャン、手を繋いで公園の中心にある噴水を眺めるカップルなど、様々な人々がいる。

　昨夜、お台場のカフェで話をして別れた三時間後には、桐生から連絡が入った。あの日、涼介と一緒にいた『客』とコンタクトを取り、今夜、おびき寄せると。それを聞いた秋穂は、スマートフォンを両手で握りしめながら「私も立ち会います！」と伝えた。最初、桐生は渋っていたが、しつこく食い下がると最終的には折れて、同行を認めてくれていた。

「本当に『客』はここに来るんですか？　間違いないんですか？」

　苛立ちながら訊ねると、桐生はこれ見よがしにため息をつきながら新聞を折りたたんだ。

「大丈夫、絶対に来ますから安心してください」

「……相談した次の日に、どうして簡単に『客』を呼び出せたんですか？」

「簡単ではなかったですよ。なんといっても相手の連絡先も分からなかったんですからね」

　涼介の話ではその『客』には、次に会いたいときはこちらから連絡をすると電話番号を聞かれただけで、一切相手の素性や、連絡先は聞いていないということだった。

「そこまで警戒しているということは、かなり社会的地位のある奴です。もし買春しているなんてバレたら、地位、家族、財産、全てを失ってしまうと、最大限の警戒をしている」

「そうです。だから、『客』を探せないと思った。けど、あなたはわずか一日で、おびき出せたと言っている。いったいどうやったんですか？」

「その『客』の本能に訴えるエサをまいたんです」

「エサ？」

「そうです。たしかに『客』は自分の素性を知られないよう慎重になっている。しかし逆に言えば、全てを失うリスクを取っているとも言えるんです。なぜそんなことをするのか。答えは一つ。歪んだ欲求を抑えきれないからです。若い男を好きにしたいっていう性欲をね」

顔をしかめる秋穂の前で、桐生は得意げに話しはじめる。

「長年かけて築き上げてきた全てを失うリスクを背負ってまで、発散しなければいけないほどの性欲を抱えた人物だ。ならば、エサは決まっています。石田涼介ですよ」

「涼介君がエサって、どういうことですか？」

「石田涼介とその『客』が使っていたマッチングアプリを使ったんです」

涼介の話では、その『客』とは、とあるマッチングアプリで出会ったらしい。本来は恋愛相手を探すためのものだが、中には売春の温床になっているものもあり、涼介はそれを使って金払いの良い相手を探していたということだった。

「石田のアカウントとパスワードはあなたから聞いていましたからね。それでログインして履歴を探ったら、その『客』と思われる人物とのやり取りが発見されました」

「じゃあ、そのアプリを管理している会社に連絡して、相手の身元を割り出したんですか？」

「そんなことできるわけないじゃないですか。ああいう商売にとって、個人情報の秘匿はなによりも重要だ。情報漏洩《ろうえい》なんてあったら、登録者が一気に逃げ出しますからね」

「それじゃあ、どうやって『客』を？」

「だから、そいつの抑えきれない性欲を利用するんです」

　桐生の顔に、いやらしい笑みが広がっていく。

「あれだけの美貌を持つ石田を、『客』はそう簡単には忘れられないはずです。そして、石田の持つ魔性は、相手の独占欲を掻き立てるものです。できることなら石田を自分だけのものにしたい。関係を持ったことで、『客』の中にはそんな欲望が燃え上がっているはずです」

「でも、相手は大人なんですよね。いくら望んでいても、行動には移さないんじゃないですか？　のめり込めばのめり込むほど、素性を知られるリスクが高くなるんですから」

「その通り」桐生は軽くあごを引く。「たしかに理性はそう判断するでしょう。けれど、胸の奥には歪《いびつ》な欲望の炎が灯っている。なら、それにガソリンをぶっかけてやればいい。そうすれば、理性なんて簡単に蒸発しますよ」

「……あなた、いったい何をしたんですか？」

「簡単ですよ。石田のふりをして、奴のアカウントからメッセージを送ったんです。『あなたと過ごした夜のことが忘れられない。ずっとあなたのことで頭がいっぱい。お金なんて要らないから、もう一度抱いて欲しい。あなたのアレで僕を満たして欲しい』ってね」

あまりにも露骨な表現に、秋穂は頬を引きつらせる。

「そんな目をしないでくださいよ。あくまで『客』の性欲を掻き立てるための作戦なんですから。生々しければ生々しいほど、相手を思い通りに動く操り人形にすることができる」

「じゃあ、『客』は涼介君と会うためにこの公園にやって来るんですね」

嫌悪感を隠すことなく訊ねると、桐生は公園の中心にある噴水を指さした。

「あと十分以内に、『客』はあの噴水のそばにやって来ます。あそこできょろきょろと辺りを見回す男こそ、石田涼介のアリバイを証言できる人物です」

「その男を見つけたらどうするんですか？」

「もちろん、写真を撮ったうえで尾行しますよ。そして、どこの誰なのか丸裸にします」

桐生は足元に置いたカバンから、望遠レンズが付いたカメラを取り出すと、スポーツ新聞で隠すようにしてベンチに置いた。

「尾行って、うまくいくんですか？」

「簡単じゃないですね。相手が電車で帰ればいいですが、タクシーなんかを使ったら面倒です。まあ、すぐ近くにバイクを停《と》めてあるので、それで追跡をする予定ですけど」

「でも、尾行に失敗したら、相手が誰なのか分からないじゃないですか」

「その場合は、撮影した写真から『客』が誰だったのかを探りますから。これだけ警戒しているってことは、ひとかどの人物のはずだ。俺の情報網ならきっと見つけ出せますよ」

「どれくらい時間がかかります？」

「そうですね。二週間もあればなんとか」

だめだ。二週間も経ったら涼介は警察病院へと移送されてしまう。それだと、涼介が『真夜中の解体魔』だとしても、復讐を果たせなくなってしまう。彼が婚約者の仇ではないと信じたかった。しかし、まだ疑惑の欠片《かけら》が胸の奥にわだかまっていた。石田涼介が手元にいるうちに、彼が『真夜中の解体魔』ではないという確信を得たかった。

急に黙り込んだ秋穂を不審に思ったのか、桐生が「どうしました？」と声をかけてくる。

「なんでもないです」

ごまかすが、桐生はどこか疑わしげな視線を向けてきた。

「そういえば、二人目の被害者の村元咲子さんのことを警察が調べたとき、何か良くない情報が見つかったって言いましたよね。それって、何だったんですか？」

秋穂は必死に話題を逸らす。桐生が「それは、ちょっと……」と言葉を濁した。その態度で、桐生がなにか重要なことを隠していることに気づく。

「隠し事はやめてください。私は知っていることを全てあなたに話したんですよ。フェアじゃありません。変に隠すと、独占インタビューを受けるって話もなしにしますよ」

「分かりました。分かりましたから落ち着いてくださいって。別に大したことじゃないんですよ。ただ、警察庁キャリアのスキャンダルなんで、俺が漏らしたと知られたら、警察から今後、情報をもらうのが難しくなる。オフレコでお願いしますよ」

桐生は両手を合わせると、渋々といった様子で話しはじめる。

「事件が起きたあと、警察は念のため村元咲子の旦那のアリバイも調べたんですよ」

「旦那さんが疑われたってことですか？」

「そういうわけじゃありませんが、形式的にね。最初は話すのを渋っていたらしいですが、問い詰められると旦那は白状したらしいです。他の女と会っていたって」

「不倫していたってことですか？」

「ええ、そうです。クラブのホステスと深い仲になっていたらしいですね。事件が起こった日も、そのホステスの家に入り浸っていたってことです」

「入り浸ってって……、そんなことしたら奥さんに気づかれるんじゃ」

「みたいですね」桐生はあっさりと言う。「去年、浮気がばれて、かなり険悪になっていたらしいです。もう、離婚寸前だったみたいですね」

「離婚寸前……」

秋穂は口元に手を当てて俯く。なぜか分からないが、それが重要な情報であるような気がした。桐生に「ところで、先生」と声をかけられて、秋穂は顔を上げる。

「先生は、本当に石田にアリバイがあると思っているんですか？　石田が『真夜中の解体魔』ではないと信じているんですか？」

どう答えるべきか迷っていると、桐生の表情が引き締まった。

「俺は信じていません。一応、アリバイは調べますし、もし石田が犯人じゃなかったら大スクープでありがたいです。けれど、たぶん『真夜中の解体魔』は石田涼介ですよ」

「どうしてそう言えるんですか？」思わず強い口調になってしまう。

「石田が小学生のとき、母親が手首を切って自殺したのはご存じですよね。そのとき、石田がなにをしたか知ってますか？」

「なにをって……」

「切断された母親の手に頰ずりしながら、大声で泣き続けていたらしいです。義理の父親が帰ってきて、警察に通報するまで何時間もずっとね」

「切断された手首を、何時間も……」

突然、氷点下の世界に放り出されたかのような寒気に襲われ、秋穂は自分の両肩を抱く。

「誰がなんと言おうと、あいつは異常者ですよ。あいつなら、遺体をバラバラに解体して、オブジェにするのも納得だ。だから先生、警戒してくださいよ。あいつの可愛い面の下には、悪魔の顔があるかもしれないんだから」

そんなことない。義理の父親から、そして世間からそうやって差別されたからこそ、彼は世界を拒絶し、自らの殻の中にこもってしまったのだ。そしていま、その殻を割ることができるのは自分しかいない。

その想いこそ、涼介の掌で転がされていることの証《あかし》かもしれないという可能性から、秋穂は必死に目を逸らす。そのとき、桐生が「おっ」と声を上げた。

「どうしました？」

桐生は前方を指さす。そちらに視線を向けた秋穂は息を呑んだ。

きょろきょろとせわしなく辺りを見回しながら、噴水の周りを徘徊《はいかい》している男がいた。年齢は五十代といったところだろうか。引き締まった体を、一目でブランドものと分かるスーツで包み、白髪が交じりグレーに見える頭髪はワックスできっちりと固めてある。

「いかにもやり手って感じのおじさまだねぇ」

楽しげに呟きながら、桐生はわきに置いていたカメラを手に取り、望遠レンズを男に向ける。連続して響くシャッター音を聞きながら、秋穂はゆっくりとベンチから腰を上げた。

「先生……？」

いぶかしげに声をかけてくる桐生を無視して、秋穂は何者かに操られるようにふらふらと男に向かっていく。背後で桐生がなにか言っているが、そんなことはどうでもよかった。だんだんと足の動きが加速していき、男に走り寄る。

「な、なんだ……？」

動揺する男に、秋穂は無言でスマートフォンの画面を向ける。そこには、入院中の涼介の姿が映し出されていた。

薄い街灯の光の中でも、男の顔から一気に血の気が引いたのが見て取れた。間違いない、この男は涼介を知っている。秋穂はスマートフォンを男に突き付ける。

「彼を知っていますね？」

表情筋を複雑に蠕動《ぜんどう》させながら、男は助けを求めるように視線を彷徨わせた。

「九日前の夜、あなたは彼と一緒にいましたね。彼に金を払って、関係を持ちましたね」

震える唇の隙間から、男はか細い悲鳴を漏らす。間違いない、この男こそ『客』だ。

「彼が無実の罪で逮捕されているんです！　どうか一緒に警察に行って、涼介君のアリバイを証言してください。このままだと、連続殺人犯の濡れ衣を着せられて死刑になっちゃうんです。お願いだから、彼を助けてあげてください」

激しい興奮で、もはや自分を制御できなかった。懇願しながら、男の腕を摑む。

「放せ！　何を言っているのか分からない！」

秋穂の手を振り払った男は、身を翻すと早足で逃げ去ろうとする。男を追おうとした瞬間、手首を握られる。振り返ると、鬼のような形相の桐生が立っていた。

「なに考えているんだ！　あんなふうに問い詰めたら、逃げるに決まっているだろうが」

「だって……」

「だってもクソもねえ！　いいから先生はここにいろ。もう面が割れたんだ。あとは俺が尾行して、なんとか身元を突き止めてやる。これ以上、邪魔するんじゃねえ！」

桐生は大きな舌打ちを残すと、逃げ去った『客』を追っていった。二人が人ごみに消えるのを見送りながら、秋穂は立ち尽くす。確かに、自分のせいで『客』の素性を知るのは難しくなっただろう。しかし、その代わりにとてつもなく重要な事実を確認することができた。

「涼介君は、『真夜中の解体魔』じゃない……」

口から漏れた呟きが、冷たい夜風にかき消されていく。しかし、腹の中で炎が灯っているかのように、体は火照っていた。

あの男の反応から、安里雪絵が命を落とし、その遺体が解体されていた時刻に、涼介にアリバイがあるのは間違いない。つまり、彼は婚約者の仇ではなかった。

そのとき、握りしめていたスマートフォンが着信音を鳴らしはじめた。液晶画面を見ると『矢内部長』と表示されている。

部長がなんの用だろう？　首をひねりながら『通話』のアイコンに触れる。

『小松先生、いまどこかな？』

上司のやけに深刻な口調が、興奮を打ち消していく。

「ちょっと用事で外出していますけど……。あの、なにかありましたか？」

『すぐに病院に戻ってきてくれ。石田君が急変した。……危険な状態だ』

明かりが落とされた暗い廊下を駆けていく。矢内から連絡を受けた秋穂は、すぐにタクシーを拾い、臨海第一病院へと戻ってきていた。

息を乱しながら廊下の突き当たりまで進む。なぜか、いつも病室の前に控えていた制服警官の姿もいまはなかった。

どうして？　もう逃げ出す心配がなくなったから？　不安で胸が張り裂けそうになる。このドアの向こうにどんな光景が広がっているというのだろう。秋穂は手を伸ばして取っ手を摑むと、ゆっくりと引き戸を開いた。

蛍光灯から降り注ぐ漂白された光が、薄暗い廊下に慣れた目には眩《まぶ》しかった。部屋の奥に置かれたベッドの周りにはカーテンが引かれ、涼介の姿を確認することはできなかった。

秋穂はおそるおそる進んでいく。雲の上を歩いているかのように足元がおぼつかない。左右に揺れながらベッドのそばまでやって来た秋穂は、カーテンを摑む。

この奥に涼介の亡骸《なきがら》が横たわっているかもしれない。せっかく、彼の無実を確認できたというのに、それを証明する前に彼は命を落としてしまったかもしれない。

秋穂はカーテンを横に引いた。ベッドに涼介が横たわっていた。瞳を閉じた涼介が。

「涼介君……」

秋穂は震える指先で涼介の頬に触れる。陶器のように滑らかな皮膚は温かかった。毛細血管を流れる血液の熱が伝わってきた。

秋穂が目を見開くと同時に、涼介の瞼もゆっくりと開いていった。

「生きてたの!?　大丈夫だったの！」

安堵でその場に崩れそうになる。しかし、涼介は哀しげに秋穂を見つめるだけだった。

涼介の様子がおかしいことに気づいた秋穂はふとベッド柵に視線を移し、小さな声を上げた。そこに下げられていたはずのプラスチック容器がなくなっていた。

秋穂は涼介の体にかかっている毛布をめくると、入院着の襟を両手で摑んで左右に引く。コルセットが外され、はだけた入院着から薄い胸板が覗く。

うめき声が漏れてしまう。ドレーンチューブが抜けていた。胸骨の下、心囊内に差し込んだチューブが刺さっていた部分は、医療用のホチキスで傷が閉じられていた。

「誰がこんな……」

呆然と呟いた瞬間、背後から「私だよ」という声がかかる。振り向くと、険しい表情をした矢内が、美濃部と倉敷の二人の刑事を引きつれて立っていた。

「なんで部長が……。まだ、心嚢内に出血が……」

たどたどしく声を絞り出した秋穂は、美濃部の後ろにもう一人、誰か立っていることに気づく。

「こんばんは、小松センセ」

美濃部を押しのけるようにして前に出たその人物を見た瞬間、激しいめまいに襲われた。

「なんで……、あなたがここに……?」

秋穂は蚊の鳴くような声で訊ねる。荒巻一輝の元妻、横山春江に。

「言ったじゃない。職場に抗議に行くって」目を細めた春江は、勝ち誇るかのように言った。

「だからって、なにもこんなときに……」

「なにがこんなときなんですか?」

美濃部がつかつかと近づいてくる。後ずさった秋穂の腰がベッド柵に当たった。

「倉敷が横山さんを知っていたんですよ。第三の被害者、荒巻一輝さんの元奥さんですから、一度話を聞きに行っていたわけです。そして今日、石田の状態をうかがおうと病院に来たら、受付で騒いでいる横山さんを見つけたってわけです」

騒いでいると言われた春江の眉が寄った。

「いやあ、驚きましたよ。元夫を殺した『真夜中の解体魔』がここに入院していることを嗅ぎつけて、乗り込んできたのかと思いましたから。けれど、よくよく話を聞いてみると、彼女の目的は石田ではなくてあなただった。そこでようやく、あなたが不倫をして、荒巻一輝を横山さんから奪い取ったことを知ったんです」

「不倫をしたのは春江さんです。それで一輝さんは離婚して、そのあと私と交際を……」

「どうでもいいですよ」美濃部はかぶりを振る。「大切なのは、あなたが『真夜中の解体魔』に殺された男の婚約者だったにもかかわらず、それを言わなかったことです」

「それは……、訊かれなかったから……」

　秋穂が弱々しい声で釈明すると、美濃部は「訊かれなかったから？」と睨んできた。

「訊かれなかったら言わなくてもいいと思っているんですか？　自分が担当している患者が、婚約者の仇だってことを」

「違います。涼介君は一輝さんを殺してなんていません。アリバイが……」

「黙りなさい！」

　壁が震えるほどの怒声が響き渡った。秋穂は全身を硬直させる。叫んだのは、美濃部ではなく、顔を紅潮させた矢内だった。

「君の行動は、明らかに医師としての職業倫理から外れている。医師失格だ」

　尊敬する上司から押された医師失格という烙印《らくいん》が胸を抉《えぐ》る。

「私はただ、患者さんを助けようと……」

「なら、なぜドレーンチューブを抜かなかった」

「なぜって、まだ心嚢内で出血が……」氷のように冷たい汗が背中を伝う。

「容器に溜まっていた液体を調べた。ほとんど血液は含まれていなかったので、私がチューブを抜去した。あれは点滴液だな。心嚢内での出血が続いていると見せかけていただろう」

もはや反論の余地など残っていなかった。秋穂は両手をだらりと下げ、俯く。

「なぜ、こんなことをした。なぜ、婚約者の仇を自分の手元に置いておこうとした」

顔を上げるが、矢内の鋭い視線に射貫かれ、舌がこわばってしまう。

「もしかして、君は石田君に復讐するつもりだったんじゃないか」

違う。そう反論したかった。しかし、釈明の言葉は口の中で霧散してしまう。

部長の言う通りだ。私は最初、涼介君を殺そうとした。いや、最初だけじゃない。もし彼が『真夜中の解体魔』だと確信したら、すぐにでも復讐を果たすつもりだった。

秋穂は振り返る。迷子の子犬のような目で、涼介が見つめていた。

彼を助けたかった。家族から、社会から拒絶され、泥水をすするようにして必死に生きてきたこの少年の無実を証明したかった。だが、そのための計画は破綻してしまった。

「秋穂先生……」

助けを求めるように、涼介が名前を呼ぶ。しかし、もはやその声に答えることすらできなかった。目を伏せた秋穂に、矢内が近づいてくる。

「家に帰りなさい。明日以降は出勤しなくていい」

「で、でも、涼介君は……」

「明日の朝一番で警察病院に移送することに決まった。私が許可した」

秋穂を睨みつけると、矢内は腹の底に響く声で言った。

「君はもう、彼の主治医ではない」

第三章　人形たちの輪舞曲《ロンド》

1

　常夜灯の薄い光に浮かび上がる廊下を、両手でトレーを持ってゆっくりと進んでいく。壁の掛け時計を見ると、時刻は午前一時を過ぎたところだった。廊下の突き当たりに近づくと、手持無沙汰な様子でパイプ椅子に腰掛けていた制服警官が顔を上げる。

「ああ、看護師さん。なにかご用ですか？」

「いえ、こんな夜遅くまで見張り大変だなと思いまして」

「仕事ですから。暇なことこの上ないですけどね」警官は肩をすくめる。

「ココアを淹《い》れたんで、よかったらいかがですか？　甘いものを飲むと、疲れが取れますよ」

「いいんですか？　じゃあ、お言葉に甘えて」

　トレーを差し出すと、警官がココアの入った紙コップを手に取り、うまそうにすすり出す。数十秒で飲み干した警官は、「ごちそうさまでした」とトレーにコップを戻した。

「あの、まだなにか？」警官が愛想笑いを浮かべたとき、その体が大きく傾いた。

警官の体を、「大丈夫ですか？」と支える。

「だいじょう……大丈夫。なんでもない……」

呂律が回っていない警官の体を支えながら、空いている手でナース服のポケットから、注射器を取り出し、迷うことなく警官の太腿《ふともも》に突き刺した。

警官が目を見開くが、構うことなくシリンジの中身を大腿直筋《だいたいちょっきん》に注ぎ込んだ。

警官が開こうとした口を、素早く手で覆う。掌の下でくぐもった声が上がった。

「大丈夫です。ちょっとの間、意識を失うだけですから」

耳元で囁くと、警官の目にゆっくりと瞼がかぶさっていった。脱力した警官の体を床に横たえると、素早く引き戸を開いて病室に入り、ベッドに近づいていって声をかける。

「起きて！」

涼介は小さくうめき声を上げて覚醒した。その目がこちらを向いた瞬間、見開かれる。

「秋穂先生!?」

「そうよ。いいからベッドから降りて。もうチューブはないんだから、大丈夫なはず」

「あの、その恰好《かっこう》は……？」

戸惑い顔の涼介に視線を浴びせられ、秋穂は顔をしかめる。

「ナース服よ。怪しまれないように変装したの。そんなことより、さっさと行くわよ」

「行くって、どこにですか？」状況が理解できないのか、涼介は目を泳がせる。

「どこだっていい。とりあえず、この病院から逃げないと」

「逃げる⁉」

「なに驚いているの。このままだと、あと数時間後にはあなたは警察病院に移送されるのよ。そこできっちり尋問を受けたあと、『真夜中の解体魔』として起訴される。それでいいの？」

「よ、よくありません」

「なら、逃げ出さないと。なんとか時間を稼いで、その間にあなたの無実を証明するの」

「本気で、僕を……信じてくれるんですか？」

秋穂は笑みを浮かべた。婚約者を喪ってから一度も浮かべられなかった、心からの笑み。

「ええ、信じる。世界中の誰も信じなくても、私だけは信じてあげる」

秋穂がそっと差し出した手を、涼介は嗚咽をこらえるように口を固く結んで握りしめた。

「時間がない。すぐに出ないと」

涼介は「はい！」と覇気のこもった声を上げて、ベッドから降りた。

二人はそっと引き戸を開ける。力なく床に倒れる警官の姿が見えた。

「この警官、まさか先生が……殺したんですか？」

「人聞きの悪いこと言わないで。ちょっと眠ってもらっただけよ。リスペリドンの水薬を飲ませてぼーっとさせたあと、鎮静剤を筋注して……。ああ、あとで説明してあげる」

早口で言いながら、秋穂は顔だけ出して廊下をうかがう。人影は見えなかった。

「よし、行くよ」

涼介を促した秋穂は、すぐそばにある非常出口のドアノブに手をかける。その瞬間、背後から「なにをしているんですか!?」という声が響く。振り返ると、懐中電灯を持った看護師が、数メートル先の病室から出てきていた。

しまった。そんな所にいたなんて。後悔するが、もはや後の祭りだった。懐中電灯の光が顔に向けられる。視界が真っ白に染まった。

「小松先生!?」

バレた。もはや言い逃れはできない。なら、行くしかない。

「涼介君！」

涼介の手を摑むと、扉を開けて外へと出た。非常用の外階段を秋穂は全力で降りていく。

「待ってください、秋穂先生。胸が痛くて」

涼介が息を乱しながら言う。ドレーンチューブは抜けたとはいえ、肋骨が折れているのだ。振動で響くのだろう。

「我慢しなさい。あのナースはすぐに警備室と警察に連絡をしているはず。急がないと捕まるの。ここで逃げ切れなかったら終わりなのよ！」

必死に鼓舞すると、涼介は端整な顔を歪めながらも「分かりました」と頷く。涼介とともに非常階段を駆け降りた秋穂は、「こっち」と病院の裏手にある駐車場へと向かった。

深夜だけあって空きが目立つ駐車場を駆け抜けながら、リモートキーのボタンを押す。電子音とともに、十数メートル先に停まっているフェアレディZのハザードランプが光った。

「乗って！」

秋穂はドアを開けて運転席に飛び乗る。涼介が助手席に滑り込んだのを確認し、秋穂はイグニッションキーを回す。座席の下から、エンジンの息づかいが伝わってきた。

「シートベルトを！」

言うと同時に秋穂はギアを入れ、フェアレディZを発進させる。そのとき病院から数人の警備員が飛び出し、こちらに走り寄ってくるのが見えた。秋穂はハンドルを切り、車を駐車場の出口へ加速させる。タイヤの悲鳴が聞こえてきた。車体が勢いよく敷地を飛び出て海沿いの大通りを走りはじめると、助手席の涼介がはしゃいだ声を上げる。

「すごかったですね。アクション映画みたいでした。このスポーツカーもかっこいいよ」

「呑気《のんき》なこと言わないで。これで私も完全に犯罪者になっちゃったんだから。病院をクビになるだけならまだしも、下手をしたら医師免許を取り上げられるかもしれないのし」

「……すみません」

横目で涼介を見ると、首をすくめて体を小さくしていた。秋穂は大きく息を吐く。

「謝らなくてもいいわよ。私が自分で決めたことだから」

「……どうして、僕なんかのためにそこまでしてくれるんですか。やっぱり、『真夜中の解体魔』を見つけたいからですか？」

秋穂は自らの胸の内を探る。たしかに、最初は婚約者の復讐のために動いていた。しかし、涼介と過ごしているうちに、少しずつ、自らの想いが変化していくのを感じていた。

「私とあなた、なんか似ている気がしてね」

フロントガラスの向こう側に広がる海岸線を眺めながら、秋穂は呟いた。

婚約者を喪い一人残された女と、心を許した女性を喪った少年。自分と涼介は似ている。いつの間にか涼介の姿に自らの姿を重ねていた。

世界から孤立した者同士が、傷を舐め合っているだけなのかもしれない。けれど、涼介を救うことができれば、悪夢から解放される。そんな気がしていた。

「僕と先生が似ている……、本当にそうなら嬉しいな……」

涼介の呟きが、鼓膜を優しくくすぐった。


「本当にここでいいの？」

暗い地下へと下る階段を、怯えながら秋穂は降りていく。

「大丈夫ですよ。こういう怪しい地下のお店に来るの、はじめてですか」

Tシャツとジーンズ姿で前を進んでいく涼介が振り返り、からかうように訊ねてくる。

「新宿二丁目に来ること自体、はじめてよ」

病院を脱出した秋穂と涼介は、そのまま新橋《しんばし》に向かうと、コインパーキングに車を停めて、近くの公衆トイレで着替えをした。秋穂はそのまま車でビジネスホテルにでも向かい、そこに隠れるつもりだったが、「それだと、間違いなく警察に居場所を気づかれます」と涼介に言われ、仕方なく愛車を放置することにした。GPSで居場所を悟られると涼介に指摘されたので、スマートフォンの電源も落としていた。

その後、もう日付が変わっているというのにもかかわらず、酔ったサラリーマンが多くいる新橋駅の人込みに紛れてタクシーを拾い、新宿駅まで移動したあと、顔を隠すようにしながら徒歩で新宿二丁目までやって来ていた。

「あれ？　二丁目はじめてなんですか？　最近、ゲイバーとか女性に人気ですよ」

「いいから、どこに向かっているの？　絶好の隠れ家があるからって、ついてきたのに」

「すぐに分かりますって。それじゃあ、行きましょう」

涼介は迷うことなく薄暗い地下へと降りていった。

車を降りてからというもの、完全に涼介に主導権を握られている。立場が逆転していた。

仕方ないか。小さなため息をついて秋穂は涼介のあとを追う。母親を喪って以来、涼介は裏の世界で生きてきた。倉敷の話を聞くに、警察の厄介にも何度もなっているようだ。このような修羅場での経験が自分とはけた違いだろう。いまは涼介を頼るしかない。犯罪者となり、大病院の救急医という立場を失った自分は、もはやなんの力もないのだから。

階段を降りると、薄暗い廊下が延びていた。左右にバーやパブ、小料理屋らしき店名が書かれた扉があるが、それらの文字はかすれており、遥《はる》か昔に廃業しているのが見て取れた。

「ここは……？」

不気味な雰囲気に圧倒されながら訊ねると、涼介はいたずらっぽくウインクをした。

「見ての通り、新宿二丁目の外れにある雑居ビルの地下ですよ」

「まさか、ここに隠れるっていうんじゃないでしょうね」

「うーん、それでもいいんですけど、できればベッドぐらい欲しいですよね。さすがにこの体で床に寝るのは避けたいです。さっきから、胸が痛くて」

涼介はシャツに包まれた胸元を押さえる。よく見ると、その額に脂汗が滲んでいた。

「ちょっと、大丈夫？」

反射的に訊ねてから、秋穂は顔をしかめる。なんて馬鹿げた質問をしているんだ。大丈夫なわけがない。いくらドレーンチューブが抜けたからといって、肋骨と胸骨が骨折しているのだ。コルセットで固定していてもかなりの痛みだろう。

「大丈夫ですよ、これくらい」

涼介は明らかに無理をしていると分かる微笑を浮かべると、「あっちです」と廊下の突き当たりを指さす。その扉のそばには、『髭《ひげ》女王の館』と書かれた看板灯が置かれていた。涼介は迷うことなく黒光りする合皮が張られた扉を開く。

「いらっしゃーい！」

やけに野太い声が隙間から飛び出してくる。ワインレッドの間接照明に照らされた、カウンター席だけがある古びたバー。カウンターの中には、固太りした中年の男が深紅のドレスを纏って、タバコをふかしていた。濃い髭を蓄えた顔にはファンデーションが塗られ、分厚い唇には真っ赤な口紅が差されている。

「あら、なんだ涼ちゃんなの。せっかくお客さんだと思ったのに」

「つれないなぁ。僕だってお客さんだよ」

涼介はカウンター席に腰掛けると、「先生もおいでよ」と手招きをする。しかし、唐突に現れた強烈なキャラクターに圧倒され、秋穂は立ち尽くすことしかできなかった。

「あら、涼ちゃんがここに女の子を連れてくるなんて、珍しいわね」

「だって、マスターを見たらみんな逃げちゃうじゃない。怪物に食べられると思ってさ」

男は大きな笑い声を上げると、「なんだと、このガキ?」とおどけて拳を振り上げた。

「先生、こちら、このお店のマスターの紅《くれない》さん。こんななりだけど襲ってきたりしないから」

紅と紹介された男は「よろしくねー」とやけに体をくねらせて言う。

「よ、よろしくお願いします」

まだ状況がつかめないまま秋穂はおずおずとカウンターに近づき、涼介の隣に腰掛ける。

「紅さん、僕、ギムレットね」

紅は「はいはい、了解」と、カウンター内の壁一面に広がっている酒瓶が置かれた棚から、慣れた手つきでジンとライムジュースのボトルを取り出した。

「ちょっと、あなた未成年でしょ」

秋穂が咎《とが》めると、涼介は目を丸くしたあと、苦笑を浮かべた。

「いいじゃないですか。遥かに重大な犯罪の容疑で追われている身なんですから」

そんなこと、他人に聞かれたら……。秋穂は体をこわばらせ、横目で紅をうかがう。しかし、彼はまるでなにも聞こえなかったかのように、鼻歌まじりにシェイカーを振っていた。

「で、あなたはなにを飲む?」

紅が訊ねてくる。秋穂は「え、私は……」と視線を彷徨わせた。

「ここはバーなのよ。お酒を頼まないなんて失礼だと思わない」

「それじゃあ……カンパリオレンジを」

「あら、お子様の味覚ね。はい、涼ちゃん。ギムレット」

紅がカウンターに置いたショートグラスを、涼介は親指と人差し指で摘まんで持ち上げる。やけに様になっているその姿からは、普段の少年の面影が消え、中性的な横顔は男装の麗人といった色気を醸し出していた。

カクテルグラスに濡れた唇をつけた涼介は、アルコール度数の高い透明な液体を一口含むと、幸せそうに目を閉じて味わったあと、喉を鳴らして飲み込んだ。

「ありがと、紅さん。うまいよ」

「当然でしょ。何年、オカマバーのマスターやってると思っているの」

紅は得意げに鼻を鳴らしながら、オレンジをナイフでカットしていく。

「ちょっと洗面所借りるね。汗かいちゃって、体がべとべとしてるんだ」

紅は「はいはい」とフェイスタオルを放る。それを受け取った涼介は、奥にある化粧室へと消えていった。

「あの……」

声をかけたところで秋穂は言葉に詰まる。何から質問すればいいのか分からなかった。

「安心しなって、警察に通報したりしないからさ」

背筋が伸びる。オレンジの果汁を搾りながら、紅が視線を送ってくる。

「涼ちゃんが殺人容疑で追われていることは知っているよ。そのとき、事故を起こして病院に入院したってこともね。この街は、そういう噂が回るのが早いんだ。特に涼ちゃんのことなら、いの一番に私の耳に入ってくる」

「あなたの耳に？　どうしてですか？」

「こんな廃墟みたいな店だけどさ、昔はかなりにぎわっていたんだよ。いまは落ちぶれても、それなりにこの街の『顔』なんだよ。それに、涼ちゃんとは特別な仲だしね」

特別な仲……。昨夜見た『客』の顔が脳裏をよぎる。紅はおどけた仕草で両手を挙げた。

「怖い顔しないで。美人が台無しよ。あなたが想像しているような関係じゃない。真逆よ」

「真逆……？」

「そう。あの子、あんな顔しているから、老若男女、誰でもメロメロになっちゃうでしょ。けど、私は違う。あんなヒョロヒョロの鶏《とり》ガラみたいな子、私の好みじゃないの」

紅は舌なめずりするように、真っ赤な唇を舐める。

「男はもっと野性味がなくっちゃ。なんていうか、こう、固太りして、毛むくじゃらでさ。私のことを壊してくれるぐらい力強くないと燃えないのよ。分かるでしょ」

「はぁ……、なんとなく」毒気を抜かれた秋穂は、曖昧に頷く。

「私は数少ない、涼ちゃんに性欲をまったく抱かない人物ってわけ。つまり、私は他の奴らと違って、涼ちゃんを一人の人間、一人の友人として見ることができる」

涼介をはじめて見たとき、その美しさに動揺したことを思い出し、秋穂は俯いてしまう。

「そんな小さくならなくてもいいのよ。女ならあの子に抱かれたい、もしくは抱きたいって感情がごく自然なことだから。けど、あなたは涼ちゃんの容姿に惑わされたうえで、彼を一人の人間として尊重している。たんに好みじゃなかっただけの私より立派よ」

紅はやけに艶っぽくウインクしてきた。

「紅さんと涼介君は、なんというか、友達……みたいなものなんですか？」

「友達というか、戦友ね」

紅は果汁をシェイカーに注ぐと、リキュールを混ぜて軽やかに振りはじめる。

「いまでこそ、私みたいな存在もある程度認められるようになったけど、以前は人間として扱ってもらえなかった。虐め……というか、もはや虐待を受けてきたの」

秋穂は「虐待……」と呟く。

「そう、虐待。そして、涼ちゃんも親から、学校から、社会から排除され、この社会の底辺へと追いやられ、体を売るしかなくなった。私と涼ちゃんは外見こそ対照的だけど、似通った境遇で生きてきて、戦ってきたのよ」

紅は淡い橙色の液体をシェイカーからグラスに注ぐと、「お待たせ」と差し出してきた。秋穂は会釈すると、グラスに口をつける。芳醇《ほうじゅん》なオレンジの香りとともに、アルコールのわずかな苦みが口の中に広がった。

「美味《おい》しい……」

「言ったでしょ。ここで長い間、店を構えているって。銀座《ぎんざ》のバーテンダーにだって負けない腕を持っているわよ。あなたみたいなお嬢様には、趣味でやっているように見えるかもしれないけど、私みたいな『女』だって、必死に生きているのよ」

お嬢様という言葉に眉根が寄ってしまう。

「ああ、怒んないでよ。ちょっとした愚痴よ。こんな穴倉みたいな場所で生きていると卑屈っぽくなって、表の世界で生きている女がみんな、羨ましく思っちゃうのよ。それに……」

紅は唇に人差し指を当てると、顔を近づけてくる。思わず秋穂はのけぞってしまう。

「あなたも、『お嬢様』を卒業しはじめているみたいだしね。逮捕されたはずの涼ちゃんと一緒に行動している。しかも、涼ちゃんがここに連れてきたということは、たんにあの子にたぶらかされただけの馬鹿な女じゃない。あの子の共犯者っていうところかしら」

喉の奥からオレンジの香りがするうめき声が漏れる。反射的に席を立ちかけた秋穂の両肩に、紅が無造作に手を置いた。漬物石を載せられたかのような圧力に、秋穂の臀部《でんぶ》が椅子に押し付けられた。手にしていたグラスから、カンパリオレンジがわずかに零れる。

「逃げなくて大丈夫。言ったでしょ、警察に通報したりしないって」

「……それは、涼介君の『戦友』だからですか？」

「それもあるけど、それ以上に知っているからね。涼ちゃんが殺人犯のわけがないって」

「……なんでそう言えるんですか？」

「長い付き合いだから分かるわよ。これまでつらい経験をしてきたせいで、偽悪的だし他人に心を開かないけれど、あの子の本質は優しい子よ。人を殺したりできるわけがない」

アルコールのせいなのか、それとも他の理由でなのか、みぞおちの辺りが温かくなっていく。これまで、誰も涼介の無実を信じてくれなかった。自分以外の誰も。

「本当にそう思うんですか？　なにか根拠はあるんですか？」

勢い込んで訊ねる。紅は「すぐに分かるわよ」と口角を上げた。意味が分からず秋穂が小首をかしげていると、化粧室から涼介が出てきた。

「紅さん、ありがとう。すっきりしたよ」

「あら、もう少しゆっくりしていてもよかったのに。せっかくガールズトークを楽しんでいたのに、気がきかないわね」

「先生はともかく、紅さんが『ガール』？」

涼介が顔をしかめると、紅は「ぶっ殺すぞ」と野太い声を上げて拳を振り上げた。

「冗談だってば。そんなに怒んないでよ」

けらけらと笑った涼介は、カウンター席に腰掛けギムレットを舐めだす。

「あんた、ちゃんと代金払いなさいよ。その先生の分まで」

「えー、奢《おご》りじゃないの？」

「大変みたいだから労《いたわ》ってやろうと思ったけど、失礼なこと言われて気が変わった」

「分かったよ。いま手持ちないからつけといて」

唇を尖らす涼介の横顔を秋穂は見つめる。これまで、これほど自然体でリラックスしている涼介を見たことがなかった。紅に対し、完全に心を許している。

胸の奥で嫉妬心が疼《うず》くのをおぼえ、自己嫌悪が襲ってくる。

ジェラシーを抱く資格なんてない。私は彼を『真夜中の解体魔』だと疑い、そして一度は命を奪おうとさえしたのだから。もやもやした気持ちをアルコールで希釈しようと、カンパリオレンジを口に流し込む。なぜか、さっきより苦みが強く感じた。

「さて」ギムレットを飲み干した涼介が、グラスをカウンターに置く。「紅さん、悪いんだけど、ちょっと身を隠したいんだ」

「はいはい、まったくこれから稼ぎ時だっていうのに、店を閉めないといけないじゃない」

「稼ぎ時って、僕以外の客が入っていたのなんて、数えるぐらいしか見たことないけど」

「うるさい、ほっとけ！」

にやにやと笑っている涼介を怒鳴りつけると、紅はわきの壁にかかっている鍵の束を掴み、カウンターから出てくる。

「行くわよ。ほら、あなたもさっさとカクテル飲んで」

促された秋穂は、慌ててカンパリオレンジを飲み干すと、紅、涼介とともに店をあとにする。薄暗い廊下を進み、蛍光灯が点滅する階段を二階まで上がっていく。

二階につくと、壊れかけのソファーだけが置かれたがらんとしたフロアが広がっていた。その奥に延びている廊下の左右に、五つずつ扉が並んでいる。目を凝らすとソファーに二人の女性が座っていた。腰を曲げ、俯いているのですぐには気づかなかった。

「あんたたち、何時だと思っているのよ。さっさと自分の部屋に戻りな」

紅が声を張り上げる。やけに緩慢に顔を上げた二人を見て、秋穂は目を見張る。想像よりも遥かに若い。おそらく十代半ばといったところだろう。しかし、幼さが残る少女たちの表情筋は弛緩《しかん》し、その瞳は眼窩《がんか》にガラス玉が嵌まっているかのように虚ろだった。

「聞こえたでしょ、さっさと自分の部屋に……」

紅が再び指示しようとすると、涼介がさっと手を掲げた。

「ったく、甘いんだから」

ため息をつく紅の大きな背中を軽く叩くと、涼介は少女たちに近づいていく。

「眠れないの？」

声をかけるが、少女たちが答えることはなかった。しかし、涼介を見るその目に、わずかながら感情の光が灯りはじめる。

「分かるよ。夜が怖いんだよね。暗い部屋で一人でいると、怖くて仕方ないんだよね。なにかよくないものがやって来て、襲われるような気がするんだよね」

どこまでも柔らかい涼介の声に、少女たちがおずおずと頷いた。

「あの子たちは……？」秋穂は紅に声をかける。

「家出少女よ。いろんな事情で、家にいられなくなってここに流れ着いた子たち」

「ここにって……」

秋穂が呆然と呟いている間も、涼介は柔らかく少女たちに語り続けていた。彼女たちの目がじわじわと焦点を取り戻していく。

「あの子たちは誰にも助けを求めることができない。だから、歌舞伎町に流れ着くのよ。唯一の持ち物を売って、命を繋ぐため」

「……自分の身体」

秋穂がうめくように言うと、紅は「そう」と気怠そうに頷いた。

「けどね、あんな小娘たちがうまく立ち回れるような場所じゃない。結局は汚い大人に貪られ続け、そしてごみのように捨てられる。場合によっては薬物漬けにされてね」

「福祉はどうなっているんですか？　そういう子たちを守ってくれるシステムは？」

「たしかにそういうシステムもある。けど、全員が守ってもらえるわけじゃない。完全に他人を信じられなくなって、セーフティネットを拒否する子たちは少なくないの」

哀しげに微笑む紅に、秋穂は呆然と立ち尽くすことしかできなかった。

「じゃあ……、そういう子は誰が助けるって言うんですか？」

「表の奴らの指の隙間から漏れてきたなら、もう裏しかないじゃない。つまり、私たちみたいな人間ね。あの子たちと同じように、社会から疎外され続けてここに流れ着いた人間」

紅は大きく両手を広げた。

「つまり、ここはシェルターなのよ。誰にも助けてもらえなかった子たちが身を隠す場所」

「そんなところが……」

「あなたみたいな真面目なお嬢様には想像もつかないかしら？　ここはもともと、小さなビジネスホテルだったのよ。最上階の六階にはレストランの跡まであるのよ。たまり場になるのが嫌で、閉鎖しているけどさ。そして、ずっと前に廃業したここを私が安く買い取って、行く当てのない子たちに最低限の衣食住を提供している。少しは心の傷が癒えて、表の福祉が受け入れられるようになるくらいまでね」

「じゃあ、ここには家出少女がいっぱい住んでいるってことですか？」

「家出少女だけじゃないわよ。ＤＶ夫から逃れたシングルマザー、奴隷みたいな扱いに耐えられなくなった外国人の技能実習生、借金で落とされた風俗店から逃げ出した風俗嬢」

紅は指折り数えていく。

「ここはまさに社会に、人生に絶望した人間の行きつく墓場なのよ。私たちはそれを蘇らせる、いわばネクロマンサーみたいなものね」

秋穂が「私たち？」と聞き返すと、紅はあごをしゃくる。涼介が少女たちの背中を撫でていた。人形のように表情がなかった彼女たちは両手で顔を覆い、肩を震わせていた。

「この『墓場』を管理しているのは私だけど、『生き返らせている』のは涼ちゃんよ。母親を亡くしてから、家族からも社会からも打ち捨てられて一人だけで生きてきた涼ちゃんは、ここの住人の気持ちを理解できる。みんなの絶望を呑み込むことができる」

「絶望を呑み込む……」

少女たちの顔にかすかにだが笑みが浮かんでいくのを、秋穂は見つめ続ける。

「誰よりも絶望を知っているあの子は、他の子の絶望を覆いつくすのよ。あんな綺麗な顔の子が、自分よりもひどい状況を生き抜いてきた。それを知るだけで、ここの住人たちは生きる希望を少しだけ得ることができるの」

紅は「私の顔じゃできない芸当よね」と苦笑する。

「紅さんと涼介君は、無償でこの奉仕活動をしているんですか？」

「無償」紅は鼻を鳴らす。「まさか、無償どころか持ち出しよ」

「持ち出しってことは、お金を出しているってことですか？」

「まあ、私の店は見ての通り閑古鳥が鳴いているから大した金は出せないけどね。ここのメインスポンサーは、涼ちゃんね」

「涼介君がお金を!?」

思わず驚きの声を上げると、紅は唇の前で人差し指を立てた。

「静かに。あの子、それを知られるの嫌がるから。ねえ、お嬢ちゃん。あの子がどうやって稼いでいるか知っているでしょ」

秋穂はためらいがちにあごを引く。

「あの子はただ体を売っているだけじゃない。『客』たちに競わせて貢がせている。男も女も、あの子を自分だけのものにしようとして、金を吸われていく。人によっては破産するくらいね。そうして得た大金を、涼ちゃんはここの運営資金として提供しているの」

安里雪絵をはじめとする様々な相手から金を吸い取っていたという話を聞いたとき、それを何に使っているのか気になった。アメリカで仕事をするための準備だけなら、そこまでの資金は必要ないはずだと思ってはいた。しかし、まさかこんな慈善活動に寄付をしているとは。

「あの子に貢ぎすぎて不幸になった人もいるかもしれない。けど、それでもここにいる子たちほどは、ひどいことにはなっていないはず。あの子にとっては、自分と同じように苦しんでいる相手を助けることこそが、いまの存在理由なのよ」

「でも、彼はアメリカに行って成功したいって……」

「あっちで成功すれば、目も眩《くら》むような大金が手に入る。そうすれば、たくさんの苦しんでいる人を助けられる。それに、貧富の差が激しいアメリカには、この国より遥かに多くの、人生に絶望している人たちがいる。その人たちに寄り添いたい。それが涼ちゃんの望みなの。そんなに心の優しい子が、人殺しのわけがない」

紅の言葉を聞きながら、秋穂は涼介たちを眺める。ひとしきり涙を流した少女たちは涼介に促されながら、廊下の奥の部屋へと戻っていった。

「彼女たち、人形じゃなくなった……」

秋穂が声を漏らすと、紅は唇の端を上げた。

「涼ちゃんのおかげで、社会復帰できる子も増えていった。だから、あなたも大丈夫よ」

「私も？」

秋穂が聞き返すと、紅の顔に微笑が浮かんだ。慈愛に満ちた微笑。

「なにかを喪って苦しんでいるんでしょ。分かるわよ。人生に絶望してきた子ばっかり見てきたんだから。けど、安心して。涼ちゃんの隣にいれば、きっと希望が見つかる。生きる理由をまた取り戻すことができる」

紅の分厚い掌が、秋穂の頭を撫でる。なぜか幼い日の母に撫でられた記憶が蘇った。

「だって、涼ちゃんが私に紹介するくらいの女だもんね。だから、なにに巻き込まれているのか詳しくは聞かないけど、頑張りなさい。応援しているからさ」

紅が手を引くと、部屋の前まで少女たちを送っていった涼介が戻って来た。

「ごめん、先生。待たせちゃって。あっ、紅さん。いま空いている部屋あるんだよね？」

「一番奥の部屋だけ空いてるわよ。はい、これが鍵。ゆっくり休みなさい」

涼介に鍵を渡している紅に、秋穂は「あの、私の部屋は？」と、おずおずと声をかける。

「なに言っているの。ここはホテルじゃないのよ。一部屋しか空いてないって言ったじゃない。二人で使いなさい。それじゃあ、私は店に戻るから」

軽く手を振った紅は、踵を返すと重い足音を響かせて階段を降りていく。残された秋穂は、唖然《あぜん》として立ち尽くす。

「どうしたんですか、先生。行きましょう。あまり、人に見られない方がいいですから」

屈託ない笑顔を見せたあと、廊下の奥へと進んでいく涼介に、秋穂はためらいがちについていく。錠を外し、軋《きし》む扉を開けた涼介は、壁のスイッチを入れる。蛍光灯の漂白された光に、狭い部屋が浮かび上がった。

六畳ほどのスペースにシングルベッドとキッチン、小さなテーブル、そしてテレビが置かれた簡素な部屋。玄関のわきにはユニットバスが備え付けられている。

履いていたスリッパを脱いだ涼介は、ふらふらと吸い寄せられるようにシングルベッドに近づくと、そのまま倒れ込んだ。

「先生。ちょっと横になっていてもいいですか？　疲れちゃって……」

その顔には疲労が色濃く浮かんでいた。隠れ家について緊張の糸が切れ、アドレナリンでごまかしていた心身の負担が一気に噴き出したのだろう。

よく考えれば、瀕死《ひんし》の重傷を負ってから十日ほどしか経っていないのだ。それに、元恋人のバラバラ遺体を目撃し、警察に追われて大事故を起こし、さらには『真夜中の解体魔』として逮捕されるという修羅場を経験している。疲弊して当然だ。

「ちょっと休んだらベッドからどきますんで」涼介の瞼は、すでに落ちかけていた。

「気にしないでしっかり眠りなさい。体力を取り戻さないと。私は床でも眠れるから」

秋穂は常夜灯を残して電灯を落とす。

「悪いですよ……。それじゃあ、僕がずれますから先生もベッドで横になってください」

「あのねぇ、あなたとそういう関係になりたくて助けたわけじゃないの」

「分かってますよ。僕も肋骨が折れているんじゃ、さすがに本格的に女性を悦ばせたりはできません。ただ、……怖くて」

「……怖いって、逮捕されて死刑になることが？」

「もちろん、それもです。けど、それよりもいまは……一人で眠るのが怖いんです」

一人で眠るのが怖い。その言葉に心が揺さぶられる。婚約者を喪ってからの半年、自分も同じだった。ベッドに入って目を閉じると、どこまでも暗闇に一人取り残されたような、底なしの深淵《しんえん》へと吸い込まれていくような感覚に囚われた。そしてあの悪夢の予感をおぼえ、身の置き所のないような恐怖に襲われて過呼吸になるのだ。

……ああ、そうか。この子は私と同じなんだ。絶望という鎖に全身を縛られた囚人。

秋穂はジャケットを脱ぐと、ゆっくりとベッドに近づき、涼介の隣に横たわった。

「……久しぶりだなぁ。この感覚」

もはや、睡魔に負けかけているのか、涼介の呂律は怪しかった。

「なに言っているの、稀代《きたい》の女たらしのくせに」

「そういうんじゃないんです。本当に心を許せる人が隣にいるのは、本当に久しぶりなんです。ママと……雪絵先輩だけだった……」

涼介の声が震える。華奢な肩が小さく震え出した。「なんで雪絵先輩が……」という嗚咽交じりのうめきが、かすかに鼓膜をくすぐった瞬間、秋穂はとっさに涼介の頭部を胸に抱きしめた。一瞬、涼介の体がこわばるが、すぐに筋肉が弛緩していく感触が伝わってくる。

「……ありがとうございます」涙声が胸元から聞こえてくる。

「気にしないで。この部屋が寒いから、ちょっと湯たんぽが欲しかっただけだから」

おどけて言った秋穂は、涼介を抱きしめたまま瞳を閉じる。

視界が闇に覆われる。いつものような恐怖をおぼえることはなかった。婚約者を喪って以来、感じたことのなかった平穏が胸に満ちていく。沈黙に満たされた暗い部屋の中、二人はただ無言で抱き合い続けた。お互いのかすかな吐息が融《と》け合っていく。

どれだけ時間が経っただろう。数分の気もするし、数時間、お互いの体温を感じ合っていた気もする。秋穂は目を閉じたままそっと口を開く。

「涼介君……起きてる……」

「はい……、起きてます」

小さな声が部屋の空気を揺らす。

「なんで、あなたはここにいる子たちを助けているの。ここの運営費、あなたがお金を出しているんでしょ」

かすかに体をこわばらせた涼介は、「紅さん、口軽いんだよなぁ」と呆れ声で言う。

「彼女たちに居場所をあげたくて。彼女たちを……助けてあげたくて」

「あなたは自分だってつらい立場のはず。なのに、どうしてそんなことができるの。稼いだお金を自分のためだけに使えば、あなただけでも幸せになれるはず」

「彼女たちのそばにいることこそ、僕の幸せなんですよ。……僕は別に慈善活動をしているわけじゃない。全部、自分のエゴなんです」

涼介の声に自虐の色が浮かぶ。

「絶望している人に寄り添うことが、あなたの幸せなの？」

「……僕は弟が死んでからずっと、ママのそばに寄り添ってきました。確かにママはつらそうでしたけど、二人の時間はとても幸せな時間でした。……本当に幸せな時間」

涼介の声が乳房からその奥で脈打つ心臓へと、直接伝わっていく気がした。

「けど、あの日……。ママが死んだあの日、僕の中でなにかが弾《はじ》けたんです。体の奥の奥にあるなにかが、砕け散る音が聞こえてきました」

「あなたは母親を救うことができなかった。だから、その代償行為として母親と同じように絶望している女性を救っているということ？」

「代償行為……。たしかにそうなのかもしれませんね。ただ、僕にとってはそれこそが生きる意味なんです。自分が歪んでいるのは分かっています。けれど、僕はこういう生き方しかできないんです。自分をどれだけ傷つけても、彼女たちのそばにいたいんです」

涼介はそこで言葉を切ると、決意のこもった声で言う。

「だから、捕まるわけにはいかない」

「大丈夫よ、あなたは私が守ってあげる」

その代わり、あなたも私を悪夢から救い出して。心の中で囁きながら、涼介を抱きしめる。

抱きしめ返してくれる腕の強さが、その懐かしい感覚が心地よかった。

2

ジュージューという音が聞こえてくる。食欲を誘う香りが鼻先をかすめた。

秋穂は重い瞼を上げる。窓から差し込んでくる麗《うら》らかな朝日が、狭い部屋に光を満たしていた。まぶしさに目を細めながら、秋穂は靄がかかったかのような重い頭を振る。

「おはようございます、秋穂先生」

潑溂《はつらつ》とした声をかけられて秋穂は身をこわばらせる。視線を向けると、小さなキッチンにエプロン姿の涼介が立っていた。

自分が涼介を病院から脱走させ、新宿二丁目の雑居ビルに逃げ込んだことを思い出す。涼介に添い寝をして、少し仮眠を取るだけのつもりだったが、緊張で消耗していたためか熟睡して朝まで眠ってしまったようだ。

「いま、何時？」

まぶしさに目を細めながら訊ねる。涼介は「八時過ぎです」と快活に答えた。

八時……、ということは五時間ぐらい眠ったのか。

「で、あなた、なにしているの？」

「見てのとおり、朝食を作っているんですよ。さっき、紅さんのところから材料おすそ分けしてもらってきました。あと、コーヒーも淹れてきましたから準備しますね」

涼介はポットを手に取り、紙コップにコーヒーを注いだ。芳醇な香りが漂ってくる。

「はい、どうぞ」

秋穂は紙コップを手に取ると、熱いコーヒーをすする。爽やかな酸味と、深い苦みが口の中に広がった。秋穂はほぅと、天井に向かって息を吐く。

「もうすぐ、ベーコンエッグが焼きあがりますから、ちょっと待っていてくださいね」

キッチンに戻っていく涼介の後姿を、秋穂はコーヒーをすすりながら眺めた。

「涼介君、料理できるんだ」

「そりゃ、できますよ。一人暮らしが長かったですからね。それにね、寝た相手と一晩一緒に過ごしたあと朝食を作ってあげると、みんなやけに嵌まってくれるんですよ。なんか、恋人になったような気がするんでしょうね」

「そうやって貢がせていたってわけ。で、私も籠絡しようとしているの？」

「まさか。先生はそういう対象じゃありません。そもそも、先生とは本当に一緒に『眠った』だけですからね。これは、たんなる感謝の証ですよ」

「感謝ってなにに。あなたの無実を信じたこと？　それとも、病院から脱出させたこと？」

コーヒーを飲み終えた秋穂は、紙コップをつぶすと、わきのゴミ箱に投げ捨てる。

「もちろん、それもです。けど、なによりも嬉しかったのは、ママや雪絵先輩を思い出せたことですね。やっぱり先生は僕にとって『特別な人』です」

無邪気なセリフに気恥ずかしさをおぼえた秋穂は、「ちょっと顔を洗ってくる」と、ユニットバスに入る。洗面台に近づくと、洗顔料、クレンジング、化粧水、乳液の小瓶が並べられていた。おそらく、これも涼介が用意したものだろう。

「ここまでされたら、誰でも嵌まるはずだわ」

感心しつつ秋穂は化粧を落とし、顔を洗う。冷たい水が目を覚ましてくれた。

用意されていたタオルで顔を拭いた秋穂は、正面に視線を向ける。鏡のなかで、見慣れた顔の女が微笑んでいた。秋穂はそっと手を伸ばし、自分の口元が映っている鏡の表面に触れる。指先に冷たく、滑らかな感触が伝わってきた。

「あなたが自然に笑っているの、久しぶりに見た気がする」

この半年、鏡を覗き込むたびに顔の筋肉が弛緩し、死んだ魚のような目をした女と視線が合った。しかし、今日の彼女は、わずかながらかつての生気を取り戻している気がした。

警察に追われる身であるにもかかわらず、なぜか晴れ晴れとした気持ちだった。

私はもう、最愛の人との絆であった救急医ではいられないかもしれない。でもその代わり、かつての自分に戻れる予感があった。彼の死を乗り越え、未来へ踏み出すことができる予感。

「そのためには、『真夜中の解体魔』の正体をあばかないと」

鏡の中の女と見つめ合い、力強く頷いた秋穂は、自らの頬を張る。

ユニットバスから出ると、涼介がテーブルに朝食の載った皿を並べていた。

「あ、先生、すっぴんも綺麗ですね」

「あなたって、本当に根っからのジゴロよね」

秋穂は呆れ声で言うと、涼介は「なんのことですか？」と小首をかしげた。

「それより、椅子がないんで申し訳ないんですけど、ベッドに座っての朝食でもいいですか？　パンにバターは塗りますか？」

「大丈夫よ、それくらいなら自分でやるから」

秋穂は皿を手に取ってベッドに座ると、ベーコンエッグにフォークを刺して口に運ぶ。塩気の強いベーコンと、目玉焼きの半熟の黄身が口で混ざり、美味だった。

「美味しいですか？」

自分の皿を持った涼介が隣に座る。お互いの肘がわずかに触れ合った。

「すごく美味しいけどさ、……そんなにくっつかなくてもいいでしょ」

「せっかく二人でいられるんだから、近くにいたいじゃないですか」

子犬のような表情で見つめられ、秋穂は「はいはい」と肩をすくめた。どうやら、昨日助け出したことでかなり懐かれてしまったようだ。母親を亡くし、唯一の理解者だった恋人と別れて以来、涼介は誰にも頼ることなく一人で気丈に生きてきた。そんな彼にとって私は、何年かぶりに現れた素の自分を出せる存在なのかもしれない。

すでに涼介のそばにいても、官能の波に戸惑うことはなくなった。それはきっと、自分の身体をエサにしなくてもそばにいてくれると、涼介が安心したからだろう。

なんとなく、気恥ずかしさをおぼえた秋穂は、わきに置いてあったリモコンでテレビの電源を入れる。ニュース番組が映し出された瞬間、秋穂と涼介は同時にうめき声を漏らした。

『連続殺人事件の容疑者が病院から脱走!!　現在も逃亡中!』

派手なテロップが上方に表示されている画面で、リポーターがマイクを持っていた。その後ろには臨海第一病院が見える。

『本日未明、「真夜中の解体魔事件」の容疑者が、負傷して入院していた病院から逃亡しました。見張りの警察官は昏睡《こんすい》させられた状態で見つかり、警視庁は何者かが逃亡に協力したものと考え、容疑者とその人物の行方を追っています』

自分が犯罪者として追われている。分かってはいたことだが、こうして全国ニュースとして目の当たりにすると、耐えがたい恐怖が湧き上がってきて、震えが止まらなかった。

そうか、涼介君はずっとこんな恐怖に晒されていたのか。隣に座る少年に同情の視線を向けたとき、リポーターが言葉を続けた。

『また、昏睡状態で発見された警察官の拳銃が盗まれていたという情報もあり、付近の住民からは不安の声が……』

「拳銃!?」秋穂の声が裏返る。「どういうこと!?　あなた、拳銃を盗んだの?」

「そんなわけないじゃないですか。倒れている警官に指一本触れていなかったでしょ」

涼介は細かく首を横に振る。言われてみればその通りだ。病室から出てすぐに、非常階段に逃げ込んだ。拳銃を奪うことなんてできるわけがない。

「じゃあ、なんで拳銃が……」

「これが奴らのやり口ですよ。拳銃を盗まれたことにすれば、大量の警官を動員する口実になる。そして僕を逮捕したあと、所持品に拳銃を紛れ込まそうと企《たくら》んでいるんですよ」

いくら何でも、そこまでするだろうか。ばれたら大スキャンダルになる。そもそも、涼介は『真夜中の解体魔』として追われているのだ。拳銃を奪ったなどと捏造《ねつぞう》しなくても、人員を動員することは十分に可能だろう。

だとすると、本当に拳銃が奪われた?　いったい誰が、どうやって?

秋穂が考え込んでいると、涼介がリモコンを手にして、音声を消す。

「どうしたの、涼介君？」

「すみません、こんなことに巻き込んじゃって」涼介は蚊の鳴くような声で謝罪した。

「先生まで警察に追われるようになっちゃった。全部、僕のせいです。僕が我慢すればよかっただけなのに……。もし先生の罪が軽くなるなら、いまからでも僕が出頭して……」

「なに馬鹿なこと言っているの！」

鋭い声で一喝する。顔を上げた涼介は「え？」と目をしばたたいた。

「あなたは冤罪なのよ。私はあなたを助けたことを後悔なんてしていない。無実のあなたを助け、私から大切な人を奪った殺人犯が誰なのか突き止める。そのためなら、どんなことでもする。これは私自身が選択したことなの」

大きく息をついた秋穂は、ふっと表情を緩めた。

「だから、謝らなくていい。婚約者を殺されてから、私は眠るたびに悪夢を見るようになっていた。お腹《なか》の中が腐っていくような感覚をおぼえていた。体は生きているけれど、心は死んでいるような状態だった。けれど、あなたを助けてから、『真夜中の解体魔』の正体をあばくという目標ができてから、腐敗していた心が少しずつ、息を吹き返してきたような気がするの。暗く濁っていた世界に、光が差したような気がしたの」

秋穂は涼介の頰にそっと触れる。陶器のように滑らかな感触。涼介の瞳が潤んでいき、そこから溢れた涙が秋穂の手を濡らした。

涙を流していることに気づいたのか、涼介は慌てて顔を伏せると、目元を乱暴に拭う。

「でも、これから僕たち、どうすればいいんでしょう?」

「大丈夫、あなたのアリバイを証言してもらえれば、全て解決する。あなたが『真夜中の解体魔』でないって証明できて、私も無罪放免になるはず。警察は汚名返上のために、全力で本物の『真夜中の解体魔』を追ってくれるわよ」

「そんなにうまくいきますかね?」涙声のまま、涼介は疑わしげに言う。「そもそも、僕のアリバイを証明なんてできませんよ。あの日、一緒にいた男が誰だか分からないんですから」

「それなら安心して。私は知り合いに依頼して、その男と接触しているの。その人が尾行して、そいつの身元を調べてくれているはず」

「本当ですか!?」

「ええ。あとはどうやって証言させるかだけど、なんとでもなるはず。場合によっては、あなたとの関係を会社や家族にばらすと脅してでも、絶対に証言させる」

そう、きっとうまくいく。秋穂は自分に言い聞かせるかのように言う。桐生が『客』をしっかり尾行できたかも分からないし、脅したところで証言を引き出せる確証はない。しかし、いまはあの『客』こそが最後の希望だった。

「いい時間だし、その記者に電話しましょ。きっと、『客』の身元を教えてくれるはず」

秋穂は皿をテーブルに置くと、代わりに電話の受話器を手に取った。バッグから桐生の名刺を取り出し、電話をかけようとした瞬間、涼介が横から手を伸ばしてフックを押す。

「なにするの!?」

驚いて声を上げると、涼介はテレビ画面を指さした。秋穂の手から受話器が滑り落ちる。

そこに見覚えのある男の顔が映っていた。昨夜、池袋の公園で会った『客』の男。

秋穂は涼介の手からリモコンを奪い取ると、音声を上げていく。

『昨夜零時ごろ、渋谷《しぶや》区のマンションの前で男性が血を流して倒れていると通報がありました。警察が駆け付けたところ、ＩＴ企業の社長である黒崎一太《くろさきいちた》さん五十四歳が胸と腹を複数回刺されており、搬送先の病院で死亡が確認されました。黒崎さんはかつて出資法違反の容疑で逮捕され、執行猶予付きの有罪判決を受けたこともあることから、警察は殺人事件と断定し、何か周辺にトラブルがなかったか……』

あの男が殺された。私と顔を合わせた数時間後に……。

激しいめまいをおぼえる秋穂の隣で、涼介が冷めた声で呟いた。

「これで、僕のアリバイを証明できる人はいなくなりましたね……」

空気が重い……。ベッドに座った秋穂は、横目で隣に座る涼介を見る。

『客』だった男が殺されたことを知ってからすでに、二時間近くが経っていた。

あのニュースを見た瞬間、あまりにも衝撃的で絶望的な出来事に、脳細胞がショートしたかのように思考が真っ白に塗りつぶされた。十数分は呆然と固まったあと、ようやく頭が動きを取り戻しはじめ、涼介に声をかけようとしたとき、全身に震えが走った。

俯いた涼介の瞳に、闇が揺蕩っていた。どこまでも昏い双眸で、無表情に床を見つめる美しい横顔の迫力に圧倒され、舌先まで出かかっていた励ましの言葉が霧散した。

そのまま、肺が押しつぶされているような息苦しさをおぼえながら、秋穂はただ口を固くつぐみ続けていた。一言、もし一言なにか言葉を発すれば、石田涼介という存在が壊れてしまう。美しく、脆《もろ》い硝子《ガラス》細工のように。そんな予感に、動けずにいた。

もう限界だ。このまま黙り込み続けていたら、私の方が先に壊れてしまう。沈黙に耐えられなくなった秋穂が口を開きかけたとき、涼介の体が細かく震え出した。

彼が泣いているのだと思った。慰めなくてはとその華奢な肩に手を伸ばしかける。しかし、指先が彼に触れる瞬間、秋穂は反射的に手を引いた。まるで熱湯に触れたかのように。

「涼介……君……？」

自分がなにを見ているのか、理解できなかった。涼介は笑っていた。心から幸せそうに。

闇を湛えた目を細め、口角を大きく上げるその姿は、こらえきれない愉悦と快楽を孕んでいた。あまりにも整った顔にどこまでも歪んだ妖しい笑みが浮かんでいるその様子は、凄烈なまでに美しく、そして醜かった。

涼介の口から「ひっ」という、しゃっくりのような音が漏れる。すぐにそれは部屋の壁を揺らすほどの哄笑《こうしょう》へと膨れ上がった。目に涙を浮かべ、端整な顔を大きく歪め、自らの両肩を抱きながら甲高い笑い声を上げる涼介の姿は、もはや人間離れしていて、秋穂は未知の怪物と狭い部屋に閉じ込められているかのような錯覚に陥る。

逃げ出したかった。いますぐにこの部屋から脱出したかった。しかし、金縛りにあったかのように体が動かなかった。

「分かっていたんだ！」悲鳴のような声で涼介は叫ぶ。「うまくいくわけなんかないって、最初から分かっていたんだ。いつもこうなんだ。必死になにかに打ち込んでも、命を込めて少しずつ大切なものを作り上げても、最後の最後でばらばらに崩れるんだ！」

涼介は天井を見上げる。その瞳から止《と》め処《ど》なく流れ出す涙が、蛍光灯の光をキラキラと乱反射した。

涼介は「でも……いいんだ」と、恍惚の表情を浮かべる。夢見る少女のような表情。

「時間をかけて……、何年もかけて少しずつ、丹念に積み上げてきたものが壊れるとき、胸の中で音がするから。とっても透き通った、綺麗な音。薄い硝子の容器を割るときみたいな音……。それが聞こえたとき、中に入っていた幸せを……、何年間もその容器の中にため込んだ幸せを一気に浴びることができるから」

まるで泥酔しているかのように呂律が回っていない口調で、涼介は話し続ける。秋穂はその様子に見覚えがあった。救急の現場で、胆嚢炎などで強い痛みを訴えている患者に麻薬性の鎮痛剤を投与したとき。溶けるように痛みが消えていき、その代わりに麻薬による多幸感に包まれた人々に、いまの涼介の様子はそっくりだった。

それも当然なのかもしれない。父親からの虐待、最愛の母の死、社会からの排除、唯一の理解者との別れ、あまりにもつらい人生を送って来た涼介は、心がばらばらに砕け散るような苦痛をうけたとき、大量の脳内麻薬を分泌することで『石田涼介』という人格が崩壊するのを防ぐようになったのかもしれない。

「ママが死んだ日……はじめて聞こえたんです。とっても綺麗な音……」

涼介は目を閉じる。瞼に押し出された涙が、頰を伝っていった。深淵のような瞳が閉じられると同時に、金縛りが解ける。秋穂は涼介の両肩を摑んで、前後に揺さぶる。

「涼介君、しっかりして。まだ終わりじゃない。まだなんとかなる。諦めちゃダメ」

自らの世界に浸っているところを邪魔されたのが不快だったのか、涼介の眉間に深いしわが寄った。

「どうやってですか？　もう、僕のアリバイを証明してくれる人はいないんですよ」

「それは……」

「もういいんですよ。僕は『真夜中の解体魔』として逮捕されて、死刑になる。でも、構いません。きっと吊るされるまでは何年もあるはずだ。それまでの間、僕はあの音が聞こえたときのことを反芻して生きていきます。ママが死んだときのこと、雪絵先輩と別れたときのこと、そして今日のこと……。それが僕みたいなクズにはふさわしい人生なんですよ」

早口で涼介はまくし立てる。

「ああ、そうだ。秋穂先生、警察に僕を売ってもいいですよ。そうすれば、先生は情状酌量されるはずです。病院はクビでしょうけど、起訴は免れるかもしれませんよ。僕にたぶらかされたけど、最後の最後で我に返ったって言えばいいんですよ。そうすれば警察も……」

涼介がそこまで言ったとき、パンッという音が部屋の空気を揺らした。

「いい加減にしなさい！」

涼介の横っ面を思いきり張った秋穂は、腹の底から怒鳴りつける。

「ガキがなにかっこつけているのよ！　警察にあなたを売る？　見損なわないで！」

「で、でも……」頰を押さえて何度もまばたきをくり返す涼介の瞳からは、闇が消えていた。

「でも、じゃない！　なに一人で勝手に諦めてるのよ！　私は絶対に諦めない。まだなにか方法はあるはず。まだ、あなたを助けるための方法が」

秋穂はそっと手を伸ばす。また叩かれると思ったのか、涼介は身をこわばらせる。

「大丈夫、あなたは私が助けてあげる。もう、幸せを入れた容れ物《いれもの》が割れる音なんか聞かなくていい。ただ、あなたは普通の幸せを浴びればいいの」

秋穂は赤い跡が付いた涼介の頰を撫でた。意思の光を取り戻した涼介の瞳から涙が溢れだす。さっきのような、氷のように冷たい涙ではなく、熱い感情が溶け込んだ涙が。

「お母さんが亡くなってから、はじめて『音』を聞いてから、ずっと頑張ってきたんだよね。けどもう大丈夫、……あなたは一人じゃない」

秋穂が優しく抱きしめると、涼介は声を上げて泣き出した。赤ん坊のように誰に憚ることない大きな泣き声。秋穂はその間、涼介の髪を撫で続けた。

数分かけて、胸の奥に溜め込んでいた負の感情を全て吐き出すように泣き続けた涼介の嗚咽が、やがて小さくなっていく。秋穂からそっと体を離した涼介は、何度も洟をすすり、シャツの袖で目元を拭うと、上目遣いに視線を向けてきた。

「……すみません、みっともないところ見せて」気恥ずかしそうに涼介は小声で言う。

「気にしないで。それより、これからどうするべきか考えないと」

「でも……、もうアリバイを証明する方法はないですよ」

「そうとは限らない。一緒にいた人の証言だけじゃなくて、防犯カメラの映像とか、誰かの目撃情報とかでアリバイが証明されることもあるはず。それに、もしアリバイがダメだったとしても、それこそ『真夜中の解体魔』の正体を私たちであばけばいいのよ」

「正体をあばくって、警察が一年以上捜査しても、逮捕できなかった奴ですよ」

「でも、私たちは警察の知らない情報も持っているでしょ。あなたは被害者たちのことを警察よりも遥かに知ってるし、あなたをスケープゴートにした『真夜中の解体魔』がまだどこかで暗躍していることも分かっている。もう一度、事件の詳細を追っていけば、なにか突破口が見つかるかもしれない。だから、諦めずに頑張りましょ。二人で知恵を合わせるの」

秋穂が鼓舞すると、涼介は口元に手を当てて考え込む。数十秒後、涼介は顔を上げた。

「一つ『真夜中の解体魔事件』で気になっていたことがあるんですよ。どうして『真夜中の解体魔』は、解体した被害者の体の一部を持ち帰っているんでしょう」

「それは……、トロフィー代わりなんじゃないの。自分が殺したという証を集めている」

「そう言われてますね。けど、それなら体の一部でも同じ部位にすると思うんですよ。なのに、『真夜中の解体魔』は毎回、違う部分を持ち帰っている。おかしくないですか」

「言われてみれば少しおかしい気はするけど、そもそも連続殺人鬼の考えることなんて完全に理解するのは不可能じゃ……」

「『真夜中の解体魔』は四人も殺したのに、まだ逮捕されていないんですよ。それだけ綿密に計画を立て、証拠を残すことなく冷静に人を殺して、解体しているんです。もしかしたら、体の一部を回収するのにも合理的な理由があるのかも」

「合理的な理由って、具体的には何よ？」

「三人目の被害者が先生の婚約者ってことを知って、分かった気がしたんです。もしかしたら、『真夜中の解体魔』は情報を隠そうとしていたんじゃないでしょうか？」

「情報を隠す？」

「そうです。三人目の被害者である先生の婚約者は、左手の薬指を奪われていました。もしかしたら、その薬指には指輪が嵌まっていたんじゃないですか？　先生との結婚指輪が」

「そうよ」秋穂は小さく頷く。「籍を入れるまで、外ではつけないようにしていたけど、家にいるとき彼は結婚指輪をつけてた。そして、その指輪ごと彼の左手の薬指は奪われた」

「『真夜中の解体魔』は被害者が先生と婚約していたことを隠したかったのかもしれない。指輪だけ盗んでも、後で気づかれるかもしれないから、左手の薬指ごと回収していった」

「なんで、『真夜中の解体魔』が、彼と私の婚約を隠す必要があったの？」

核心に近づいている予感をおぼえ、秋穂は唾を呑み込む。涼介は小さく肩をすくめた。

「そこまでは分かりません」

「それじゃあ、意味ないじゃない」拍子抜けした秋穂の声が大きくなる。

「そんな興奮しないでくださいよ。たしかに第三の事件で指を回収した理由は分かりませんけど、第二の事件なら分かる気がするんです」

「第二の事件の被害者、村元咲子さんが奪われた体の一部は、……子宮」

「そうです。子宮を盗む。そこに大きなヒントがあるんです。子宮が消えて隠せるものって何だと思います」

「隠せるもの……」呟いた秋穂は大きく息を呑む。「まさか、妊娠？」

「そうです、被害者が妊娠していることを隠すために、『真夜中の解体魔』は子宮を盗んだんじゃないでしょうか」

「待ってよ。咲子さんは去年、夫の不倫を知って、もうすぐ離婚する予定だったのよ。それなのに妊娠なんてするわけが……」

「え、そうなんですか？　だとすると話が変わってくるか……」

難しい顔で考え込みはじめた涼介は、はっとした表情を浮かべる。

「だからこそ、なんじゃないでしょうか。夫婦仲が破綻していて、もうすぐ離婚するはずの女性が妊娠していた。だとすると、なにが考えられますか？」

「夫の子じゃないっていうの!?」

「その可能性が高いんじゃないでしょうか。夫に裏切られた女性は、心の支えが欲しくて仕方ないんですよ。だから、他の男が言い寄ったら、それまでなら考えられないほど簡単に落とすことができたりします」

「……なんか、経験ありそうね」

秋穂がすっと目を細めると、涼介はごまかすように「そんなことより」と声を上げた。

「重要なのは被害者が夫以外の子供を妊娠していて、それを隠すために子宮が盗まれた可能性があるということです」

「でも、子宮がなくなっていても、司法解剖でしっかり調べれば被害者が妊娠していたかどうかぐらいは分かるわよ。血液のホルモンの値とかで」

「だとしても、これは子宮内の胎児を調べなければ分からないんじゃないですか」

涼介は言葉を切ると、もったいつけるように一拍置いてから言った。

「胎児の父親が誰なのか」

一瞬意味が分からず呆けたあと、秋穂は目を剝く。

「まさか、『真夜中の解体魔』が……？」

「そう、父親だったんじゃないかと思うんですよ」

口を半開きにしている秋穂の前で、涼介は説明を続ける。

「雪絵先輩のバイト先に通い詰めていた男が『真夜中の解体魔』だとすると、そいつは女性に対して強い執着を持っているはずです。そのために雪絵先輩を守っていた母親を殺したり、自分のものにならないからって……雪絵先輩を殺した可能性が高いんだから」

声を沈ませる涼介のそばで、秋穂は必死に頭を動かす。涼介には伝えていないが、安里雪絵は風俗店に勤めていた。そんな彼女に付きまとっていたという客が『真夜中の解体魔』だったとすると、たしかに女性に対して強い執着を持っていると考えるのが妥当だろう。

「でも、咲子さんが妊娠していたということは、彼女を自分のものにできていたんでしょ。それなら、殺す必要なんてないじゃない」

「妊娠は予定外だったんじゃないですか？　妊娠したことで被害者は、自分が離婚したあと再婚することを『真夜中の解体魔』に求めた。ただ、それは奴にはできないことだった」

「『真夜中の解体魔』は既婚者……」

秋穂の呟きに、涼介は「そう思います」と頷いた。

既婚者の男性で、村元咲子と関係を持ち、安里雪絵に執着して店に通い詰め、そして涼介をスケープゴートに仕立てようとする人物。『真夜中の解体魔』の正体にじわじわと近づいている実感が、心拍数を上げていく。

「あとは!?　あとはなにか手がかりはないの？」

秋穂が勢い込んで訊ねると、涼介は口の前で両手を合わせた。

「どうやって、『真夜中の解体魔』はあの男を見つけたんだろう……」

「なにをぼそぼそ言っているの？　あの男って、誰のこと？」

「『客』ですよ。昨日、殺された会社社長、黒崎とかいう名前の男です。普通に考えれば、あいつを殺したのも『真夜中の解体魔』のはずだ」

秋穂は「あっ」と声を漏らす。証人が殺害され、もうアリバイを立証できないということにショックを受けすぎて、誰が殺したかまで思考が回っていなかった。

「黒崎が証言すれば、僕をスケープゴートにできなくなってしまう。だからこそ、殺さなければならなかった。だとしたら、これはチャンスです」

「チャンス？」秋穂は眉根を寄せる。

「そうです。これまで『真夜中の解体魔』は綿密に計画を立てて、証拠を残すことなく人を殺している。けれど今回は、そんな計画を立てる余裕もなく、緊急避難的に黒崎を殺さざるを得なかった。なら、どこかに綻びがあるはずです」

涼介は難しい顔で腕を組んで考え込んだあと、ぼそりと呟いた。

「……なんで、知っていたんだ？」

「え、なんのこと？」

「黒崎が、僕のアリバイ証人だということですよ。それを知っていたのは先生だけです」

涼介がじっと見つめてくる。

「まさか、私が『真夜中の解体魔』だって疑っているんじゃないでしょうね？」

「なに言っているんですか。そんなわけないでしょ」

涼介は呆れ声で言う。

「そうじゃなくて、どこから『真夜中の解体魔』が情報を得たかが問題なんですよ。病室の会話が盗み聞きされたとかでなければ、先生から漏れたということになります。先生、僕にアリバイがあることを誰かに伝えましたね？」

秋穂は喉を鳴らして唾を呑み込むと、小さくあごを引いた。

「……伝えた。うちに押し掛けてきた桐生っていう雑誌記者に。元探偵だって言っていたから、黒崎を探してもらった」

「その記者が黒崎を見つけ出したんですか!?」

「うん。マッチングアプリで涼介君のアカウントを使っておびき寄せた。私に問い詰められて逃げ出した黒崎を、桐生さんは身元を調べるって尾行していった」

「その数時間後に黒崎は刺し殺された」涼介の声がやけに不吉に部屋の空気を揺らした。

「まさか、桐生さんが……」

「ええ、きっと『真夜中の解体魔』ですよ。僕のアリバイを立証できる人物がいることを知って、そいつを殺したんですよ」

桐生とはじめて会った夜のことを思い出す。路地で誰かに追われ、必死で逃げてマンションのエントランスについたとき、声をかけられた。彼はずっとマンションで待ち構えていたと言っていたが、それが本当だったという確証は何もない。あの男が本当に刑事から情報を得て接触してきたのかも、そもそも本当に記者なのかさえ定かではない。

もしかしたら、あの夜、桐生は私を殺そうとしていたのではないだろうか。しかし、マンションのエントランスに防犯カメラがあることに気づき、思いとどまった。

頭から冷水をかけられたかのような心地になり、秋穂は体を震わせた。

「どうしよう。だとしたら、どうすればいいの？」

縋りつくように秋穂は訊ねる。涼介はこめかみに手を当て、目を閉じた。

「秋穂先生、その記者と連絡は取れますか？」

「名刺を持っているから、電話番号なら分かるけれど……」

「なら、電話をしましょう」

「なに言っているの!? 相手は連続殺人鬼なのよ。危険じゃない」

「……時間がないんです」涼介が低い声で言う。「いま、警察は全力で僕たちの行方を追っています。奴らはすぐにでも僕たちの居場所を見つけるはずです」

鬼気迫る涼介の様子に、秋穂の体に緊張が走る。

「ここが見つかったら、もう逃げ場所はありません。もし逮捕されたら、どれだけその記者が真犯人だって主張しても、警察は無視して僕を犯人に仕立て上げるでしょう。あいつらの面目を丸潰れにしたんですからね。先生だってしっかり起訴されて、場合によっては実刑をくらうはずです。そうなれば、『真夜中の解体魔』の正体をあばくことは不可能になります」

どれだけ自分が追い詰められているのか理解しているつもりだったが、あらためて言葉にされると、危機感がさらに膨れ上がる。

「だから、いまは攻めるべきなんです。まずはその記者に連絡を取って、様子をうかがいましょう。まだ正体がバレていないと思っているなら、隙があるはず。そこを突くんです」

涼介は力強く言う。深呼吸をくり返した秋穂は、「分かった」とテーブルに置かれた古びた電話に手を伸ばす。

「電話してもここの場所、知られたりしないかな」

「相手は警察じゃない。番号非通知にしておけば、ここを知られることはありません」

涼介は拳を握り込む。覚悟を決めた秋穂は受話器を取ると、名刺に記された携帯電話の番号を打ち込んでいった。数回呼び出し音が鳴ったあと、回線が繋がる。声を出そうとするが、緊張で喉がこわばって吐息がもれただけだった。

『もしもし……?』

相手の声が聞こえた瞬間、秋穂は戸惑う。それは弱々しい女性の声だった。

「あの、桐生さんの携帯で間違いないでしょうか」

『はい……、桐生の妻です』

「……奥様ですか。申し訳ありませんが、ご主人に代わって頂けますでしょうか」

電話の向こう側でむせた気配が聞こえてきた。

『主人は……、事故に遭っていま手術中です。かなり……厳しい状況ということです……』

事故⁉　桐生が事故？　なにが起きているのか分からず、秋穂は言葉を失う。見ると、すぐ横で受話器に耳元を寄せている涼介も、口を半開きにしたまま固まっていた。

「手術ということは、いま病院にいらっしゃるんですよね。あの、失礼ですがどちらの病院でしょうか?」

混乱したまま秋穂が訊ねると、陰鬱な声が返ってきた。

『臨海第一病院です』

3

多くの患者が行き交う外来待合を、顔を伏せながら歩いていく。マスクをしているせいか、やけに息苦しく感じた。秋穂はメガネのフレームに手を当て、位置を直す。

正面から白衣姿の中年男性が歩いてくる。顔見知りの医師だった。身を翻して逃げ出したいという衝動を押し殺しながら、秋穂はそのまま歩みを進めていく。医師はこちらに視線を向けることもなくすれ違っていった。

このままじゃ、神経が持たない……。

桐生の妻と話してから約二時間後、秋穂は臨海第一病院の外来待合にいた。

伊達《だて》メガネとマスク、そして涼介がつけてくれた紅の私物だという茶髪の長いウィッグで変装している。それでも、警察に追われている身で、多くの知人がいるこの病院を歩き回るのは心臓に悪かった。いつ気づかれ、通報されてしまうのではないかと気が気でない。

秋穂は俯いたまま早足でエレベーターに乗ると、手術部がある三階に移動する。

エレベーターホールに降りると、『手術部　関係者以外立入禁止』と記された大きな自動扉があった。秋穂は自動扉のそばにある、『ご家族待機室』と書かれた引き戸を開けた。

長椅子がいくつか置かれた十五畳ほどの空間には、数人の男女がいた。皆一様に不安げな表情を浮かべている。ここにいる全員が、現在手術を受けている患者の家族だ。

「……桐生さん」

部屋に充満している重苦しい空気を、秋穂の声が揺らす。奥のソファーに腰掛けていた女性が顔を上げる。年齢は三十代半ばといったところだろうか、茶色く染めた髪をショートにしていた。こちらを見る瞳は虚ろで、表情筋は弛緩しきっている。

「さきほど電話した松田《まつだ》です。いつも桐生さんにはお世話になっています」

秋穂が偽名を名乗ると、彼女は「桐生弓子《ゆみこ》です」と会釈をした。さっきの電話で秋穂はとっさに、自分は桐生と同じ雑誌編集部で働く後輩だと告げていた。

「あの、桐生さんになにが……？」

「今朝、出勤したあとすぐに、自宅近くの道路でトラックにはねられたんです。それで、ここに搬送されて、すぐ緊急手術になりました。夫を診た救急の先生の話では、かなり厳しい状態で、助かるかは分からないって……」

両手で顔を覆う弓子を見つめながら、秋穂は口を固く結ぶ。黒崎が殺された翌日、桐生がトラックにはねられて瀕死の重傷を負っている。これが偶然のはずがない。桐生こそ『真夜中の解体魔』で、もう逃げられないことを悟って自殺しようとしたのか、それとも……。

「弓子さん、事故がどんな状況だったかは聞いていますか?」

「はい……、さっき警察が説明してくれました。歩行者信号が赤だったのに、いきなり夫がトラックの前に飛び出したらしいです」

ぼそぼそと抑揚のない声で弓子は言う。

「赤信号でいきなり飛び出した。間違いないんですか?」

「警察がドライブレコーダーを確認して、それは間違いないはずです。一応、運転手は逮捕されていますけど、警察は自殺じゃないかって……。なにか悩んでいたような様子がなかったか、しつこく聞かれました」

そのときのことを思い出したのか、弓子は唇をへの字に曲げた。

「なにか心当たりはあったんですか?」

「心当たりなんてありません。昨日、十一時過ぎに家に帰ってきてから、夫はいつになく上機嫌でした。なにか仕事がうまくいったとかで、缶ビールを何本も……」

「ま、待ってください!」秋穂は声を上ずらせる。「桐生さんは昨夜、十一時に家に帰ったんですか? それから朝まで、外出していないんですか?」

弓子が「そうですけど?」と答えるのを聞きながら、秋穂は必死に頭を働かせる。

黒崎は零時ごろ刺殺されている。弓子の話が本当なら、桐生は黒崎を殺せない。

桐生は『真夜中の解体魔』ではない。

だとすると、桐生が自殺するのはおかしい。昨夜、桐生が上機嫌だったというのは、おそらく黒崎の身元を摑むことができ、スクープを手に入れられると踏んだからだろう。

しかし、半日の間に黒崎は殺害され、そして桐生は交通事故で瀕死の重傷を負った。

勢いよく顔を上げた秋穂は「弓子さん！」と声を張り上げる。周りの人々が非難の視線を向けてくるが、そんなことを気にする余裕はなかった。

「桐生さんは本当に自分でトラックの前に飛び出したんですか？　誰かに押されたとか、そういう可能性はないいんですか」

「なんでそれを……」充血した弓子の目が大きくなる。

「やっぱりそうなんですね？　誰かに押されてトラックにひかれたかもしれないんですね」

「トラックの運転手が、事故の直前、誰かが主人を道路に押し出した気がするって証言しているらしいんです。ただ、はっきり見たわけではないので、そんな気がするっていうくらいらしくて……。警察は自分の罪を軽くするためのでたらめだろうって……」

やはりそうだ。黒崎と同じように、桐生も襲われたのだ。……『真夜中の解体魔』に。

なんらかの方法で、涼介のアリバイを証明できる人物がいることを知った『真夜中の解体魔』は、アリバイ証人である黒崎と、そのことを知っている桐生の口を塞ごうとした。

なら、どうやって『真夜中の解体魔』は、黒崎のことを知ったというのだろう。涼介にアリバイのあることを知っている人は、ほとんどいなかったはず。

数十秒考え込んだ秋穂の頭の中で、一つの仮説が組みあがっていく。恐ろしい仮説が。

「桐生さん自身が伝えたんだ……」

無意識に口から呟きが零れる。「はい？」と聞き返してくる弓子に「なんでもないです」とごまかしながら、秋穂は思考を巡らせ続ける。

桐生は警察内にいる情報提供者と通じていた。捜査情報を流してもらうということは、その代償として情報を流す必要があったはずだ。

涼介にアリバイがあると知った桐生は、義理立てとしてそれを情報提供者に伝えた。その人物こそ『真夜中の解体魔』だとはつゆ知らず。

アリバイが立証されたら涼介をスケープゴートにできないと考えた『真夜中の解体魔』は、黒崎と桐生、二人の口を封じようとした。

では、情報提供者は誰だったのか。秋穂の脳裏に、いかつい顔に皮肉っぽい笑みを浮かべた中年刑事の姿がよぎった。

美濃部だ。きっとあの男こそ『真夜中の解体魔』だ。捜査一課の刑事なら、捜査からうまくのがれて犯行をくり返すことも可能なはずだ。それに、倉敷の話では、美濃部は常に一人で捜査に当たっているということだった。

あの男こそ安里雪絵のストーカーで、村元咲子の不倫相手だ。そう、咲子は元警官だった。きっと、どこかで美濃部と、上司と部下の関係だった可能性は十分にある。相談に乗った上司が、慰めるふりをして体の関係を持つ。十分にあり得ることだ。

「こんなのひどすぎる……。こんなことが起こるなんて……」

絞り出すような声が秋穂の興奮に水を差す。見ると、弓子が小さく肩を震わせていた。秋穂は慌てて、その丸まった背中を撫でる。

けれど、刑事が連続猟奇殺人鬼なんてあり得るのだろうか。熱を孕んでいた脳がいくらか冷えるにつれ、そんな疑問が湧いてくる。追い詰められた状況を打破しようとして、無理やり事実を繋ぎ合わせて都合の良い真犯人像を作り上げているだけではないだろうか。浜辺に砂で作った城が波で浸食されるように、自信が削り取られていく。

そもそも、もし本当に美濃部が犯人だったとしても、証拠が必要だ。少なくとも、桐生が美濃部と連絡を取っていたという証拠が。

そこまで考えたとき、弓子の足元に男物の鞄《かばん》が置かれていることに気づいた。

「あの、もしかしてその鞄って……」

「これですか。事故に遭ったとき、夫が持っていたものです」

これだ。この中に美濃部との関係を示す何らかの証拠が入っているかもしれない。

不審感を抱かれないよう、秋穂はできるだけ自然に「弓子さん」と声をかける。

「実は、今日が最新号の締切で、桐生さんが資料を編集部に持ってきてくれるはずだったんです。ですから、もしよろしかったら私が鞄を編集部に持っていきましょうか？」

ろう。

「ああ、はい……」

曖昧な返事をすると、弓子は緩慢な動きで鞄を差し出してきた。その姿を目の当たりにして、胸に痛みが走る。普通の状態なら、夫の鞄を簡単に他人に渡したりはしないはずだ。しかし、精神が消耗しきっている彼女には、そんな判断をする余裕すらないのだろう。

内心で謝罪しつつ、鞄を受け取って去ろうとしたとき、秋穂はふとあることに気づく。

「さっき電話が通じたということは、桐生さんのスマホは壊れていなかったんですか？」

弓子は小さく頷くと、自分のバッグの中から黒いスマートフォンを取り出す。その液晶画面はクモの巣のようにひび割れていたが、完全に壊れているわけではなさそうだった。

「あの、パスワードって分かりますか？　ロックを解くこととかできます？」

おずおずと訊ねると、弓子は「なんでですか？」と疑わしげな視線を向けてくる。

「今日向かうはずの取材先の連絡先、桐生さんしか知らないんです。こんなことになってしまったので、キャンセルの連絡を入れないといけないんですが、番号が分からなくて」

弓子は「ああ、なるほど」とスマートフォンを操作し、ロックを解いて渡してくれた。

「ありがとうございます」

ひび割れた画面をせわしなく操作して、電話の発着信履歴を確認した秋穂は、心の中で快哉《かいさい》を上げる。昨夜の午後九時四十三分に、携帯電話らしき番号に電話をかけていた。

秋穂はメモ用紙に素早くその番号を書き留めると、スマートフォンを弓子に渡す。

「それじゃあ、私はこの鞄を編集部まで届けに行きます」

「ああ……、はい……」

焦点を失った目で空中を見つめたまま、小さくぶつぶつと呟くその姿に、秋穂は強い罪悪感をおぼえる。

もし、私が桐生さんに黒崎の身元調査の依頼をしなければ、彼はこんな目に遭わなかったかもしれない。……私が彼を巻き込んだ。強い罪悪感が背中にのしかかってくる。

立ち上がった秋穂は、深々と頭を下げた。

「桐生さんが無事に手術を終え、快復することを心から祈っています」

弓子が返事をすることはなかった。


臨海第一病院をあとにした秋穂は、海岸線の大通りの歩道を小走りに進んでいく。すぐに目的のものが見えてきた。歩道にぽつんと立っている電話ボックス。

電話ボックスに入った秋穂は、バッグからメモ用紙を取り出し、公衆電話の上に置く。

桐生は昨夜、この番号に電話をかけていた。そこで情報提供者に涼介のアリバイのことを伝えた可能性は高い。つまり、これは『真夜中の解体魔』の電話番号……。

この番号に電話をかければ、五人もの人間を殺害し、遺体をバラバラにした連続殺人犯のもとに、婚約者の仇のもとに繋がる。

恐怖、怒り、嫌悪、期待……。様々な感情が胸で渦を巻き、落ち着きつつあった呼吸が加速していく。息苦しさが強くなっていく。受話器に伸ばそうとした指先が細かく震え出す。

また過呼吸発作だ。こんな大切なときに……。

目を閉じてその場に崩れ落ちそうになった瞬間、瞼の裏に二人の男の姿が映し出された。半年前に喪った愛しい婚約者、そしていま庇護すべき社会から拒絶された少年。

秋穂は目を見開くと、自分の頬を思いきり張った。ガラスで囲まれた狭い空間に風船を割ったような音が響き渡った。唇を噛んでじんじんと痺れるような痛みに耐える。溶けるように息苦しさは消えていった。手の震えも止まる。秋穂は受話器を取ると、財布から取り出した百円玉を電話に入れ、メモ用紙の番号を打ち込む。

着信音が聞こえてくる。数回、軽い電子音が響いたあと回線が繋がった。秋穂は耳元につけた受話器を両手で強く握りしめる。

相手が本当に『真夜中の解体魔』なのか確かめる必要がある。秋穂は無言のまま、相手の出方を待つ。しかし、声は聞こえてこなかった。

いまも回線は繋がっている。その証拠に、かすかな息づかいが鼓膜を揺らしていた。

秋穂は息をひそめて聴覚に全神経を集中させる。

十秒……三十秒……一分……。鉛のように重苦しい沈黙に耐える時間が流れていく。触れれば切れそうなほどに張り詰めた空気に、秋穂の神経が限界を迎えようとしたとき、ぼそりと受話器から男の声が聞こえた。

『……桐生か？』

その声を聞いた瞬間、全身に震えが走る。何か言わなくてはと口を開くが、舌がこわばって声が出なかった。数秒後、唐突に回線が切断された。秋穂は息を乱しながら受話器をフックに戻すと、ガラスの壁に背中を預ける。

低くこもった声だったので、電話の相手が誰かまでは分からなかった。しかし、聞こえてきた声は、わずかな動揺を孕んでいた。

トラックにはねられたはずの桐生が電話をかけてきたのだろうかという動揺。

間違いない、いま電話をした相手は黒崎を殺し、桐生をトラックの前に押し出した男だ。

秋穂は電話の上に置いていたメモ用紙をバッグに入れる。

すぐだ、『真夜中の解体魔』の正体がすぐ手の届くところまで近づいている。

あとは、この電話番号が誰の携帯のものかさえ突き止めれば……。そこまで考えたとき、背後で扉を開く音が響いた。振り返った秋穂は目じりが裂けそうなほどに瞳を見開く。そこに、男が立っていた。救急部のユニフォームを着た、壮年の男性が。

「矢内……先生……」上司であり、救急医療の師である男の名を、秋穂は呟く。

矢内は怒りに満ちた瞳で、秋穂を睨みつけた。

「どうして……」

「どうして？　それは私のセリフだ」矢内は苦々しい顔で言う。「救急車を待つため外にいたら、君が病院から小走りに出て行くのを見つけたんだ。ずっと心血注いで育て上げてきた部下だ。変装していても一目で分かったよ。だから、患者は他のドクターに任せて追いかけた。……いったい君はなにをしているんだ」

「それは……」秋穂は言葉に詰まった。

「あの美濃部という刑事から、君が見張りの警官を昏睡させ、『真夜中の解体魔』を逃がしたという報告を受けた。それは本当か？」

矢内が見つめてくる。秋穂は思わず目を伏せ、言い訳するように呟いた。

「涼介君は……『真夜中の解体魔』なんかじゃないんです」

「つまり、石田涼介君を逃がしたことは間違いないんだな」

詰問に答えることができなかった。矢内は大きくため息をつく。

「なんでそんなことをしたのか、まったく理解できない。君はとても優秀な救急医だった。どんなことをしてでも、全力で目の前の患者を救う。私が教えた救急医としての生き方を、誰よりも理解し、実践してくれていた。それなのに、なんで……」

悲痛な矢内の様子に胸が締め付けられる。秋穂は思わず「違います！」と声を上げた。

「違う？　なにが違うというんだ」

矢内が再びまっすぐ見つめてくる。今度はその視線を正面から受け止めることができた。

「私は先生の教えを忘れていません。いえ、その教えをずっと心に刻んでいたからこそ、涼介君を逃がしたんです。彼は私の患者だから」

「犯罪者を逃がすことが、患者のためになるというのか？」

「しっかり治療を受けたあと罪を償う。それこそが本来の形だとは理解しています。ただ、今回はそう単純な話じゃなかったんです」

「単純じゃないというのは、石田君が婚約者の仇だったことを指しているのかな？」

鋭い指摘に、秋穂は両拳を握りしめる。

「たしかに、最初はそうでした。私は救急医としての、医師としての本分を忘れて、彼に復讐しようと思っていました。彼を……殺そうとさえ思ってしまいました。医師失格です」

秋穂の赤裸々な告白を、矢内は厳しい表情で聞く。

「ただ、いまは違います。いまこの世界で、彼を助けられるのは私だけなんです。ここで私が手を引けば、彼は理不尽に命を奪われることになります。主治医として、全力で患者を救う。常識から外れているかもしれませんが、私はいま先生の教えを実践しているんです」

想いを言葉に載せて矢内にぶつける。おそらくこのあと拘束され、警察に突き出されるだろう。しかしその前に、教えをないがしろにしてはいないことを矢内に伝えたかった。

秋穂と矢内は見つめ合う。矢内がすっと手を伸ばしてくる。

捕まる。身をこわばらせる秋穂の肩が軽く叩かれる。まるで、はげますように。

呆然とする秋穂の前で矢内は踵を返すと、電話ボックスから出て行った。

「矢内先生……?」

扉を開けて身を乗り出した秋穂が声をかけると、矢内は背中を向けたまま言う。

「失礼しました。どうやら人違いだったようです。私の弟子は、そんなぱさぱさの茶髪ではありませんし、メガネなんてかけていませんでした」

言葉を失う秋穂に対し、矢内は言葉を続ける。

「弟子がなにをしているのか、私には理解できません。けれど、きっとなにか信念があっての行動だと思います。だから、少しだけ様子を見たいと思います。そして願わくば、再びともに働き、まだ教えられていないことをしっかりと叩きこんで、一人前の救急医として羽ばたかせたいと思っています。もしあなたが、彼女と知り合いなら、そう伝えて頂けますか」

「……はい、伝えます。……絶対に伝えます」

嗚咽を必死に抑え込みながら、秋穂は声を絞り出す。わずかに首だけ振り返った矢内は、ニヒルに唇の端を上げると、「さて、仕事に戻らないと」と歩き出す。

「ありがとうございます！」

秋穂はつむじが見えるほどに頭を下げ、遠ざかっていく背中に心からの礼を言う。

矢内は振り返ることなく、軽く手を挙げた。

4

「美濃部が……。あいつが『真夜中の解体魔』……」

涼介の口元から歯ぎしりの音が響く。臨海第一病院をあとにした秋穂は、そのまま電車を乗り継いで、新宿二丁目の隠れ家に戻ってきていた。

「ちょっと落ち着いて。まだ美濃部が犯人だって決まったわけじゃないんだから」

帰ってきてすぐ秋穂は、紅から借りたパソコンで情報検索にいそしんでいた涼介に、事の次第を説明した。美濃部が『真夜中の解体魔』の可能性が高いということを知った涼介は、顔を真っ赤にして激怒していた。

当然だ。必死に涼介をなだめながら秋穂は考える。大切な女性を殺され、バラバラにされたうえ、濡れ衣を着せられたのだ。そして真犯人が自分を執拗《しつよう》に追っていた刑事かもしれないと知れば、頭に血がのぼるのも当然だ。ただ、いまは怒りに身を委ねている余裕はない。

「涼介君、落ち着いて」

覇気を込めて言うと、怒りの言葉を吐いていた涼介は、はっとした表情を浮かべる。

「時間がないの。まずはどうやってあなたが無実だって証明できるか調べないと」

「……そんなの無理ですよ」不貞腐《ふてくさ》れたように涼介は唇を尖らす。

「無理ってことはないでしょ。桐生さんが電話をかけた相手がきっと『真夜中の解体魔』なのよ。電話番号から相手が誰なのか探れば……」

「無駄ですね」涼介は秋穂のセリフを遮る。「この番号、たぶんプリペイド携帯のものです。前もって料金を払って使うやつで、犯罪とかによく使われています」

「プリペイドだとしても、買うときに身分証明書の確認と登録が必要なはず」

「本来はそうですけど、実際はちょっと金を出せば簡単に自分名義でないプリペイド携帯は買えるんですよ。はした金で名義を貸す奴らがいっぱいいるんです」

「じゃあ、位置情報から割り出すのは？」

「警察でもない僕たちが、他人の携帯の位置情報を調べられるわけないじゃないですか」

「なら、警察に協力を求めるのは……だめだよね」

涼介から冷たい視線を浴び、秋穂の声は尻すぼみに小さくなる。

連続殺人犯とその協力者として追われている自分たちの話を、警察がまともに受け取るわけがない。あっさりと逮捕されるのがおちだろう。

「美濃部が『真夜中の解体魔』だって証明できないと意味ありません。このままじゃ、僕たちは『真夜中の解体魔』の正体を知りながら、逮捕されて冤罪で裁かれることになる。きっと警察も僕たちの居場所に近づいているはずです。どんどん追い詰められている」

陰鬱に涼介が呟く。ずっと腹の底に溜め込んでいた『真夜中の解体魔』への恨みが迸《ほとばし》っているのか、その顔はこれまで見たことないほど険しかった。

「悪いことばかり考えないで。この鞄の中に、決定的な証拠があるかもしれないじゃない」

取り繕うように言った秋穂は、桐生の鞄を開ける。中にはチラシやポケットティッシュ、レシート、文庫本、手帳などが乱雑に押し込まれていた。

ひっくり返して中身をテーブルの上に出した涼介は、奪い取るように手帳を摑み、せわしなく目を通していく。

手帳は涼介君に任せるとして……。秋穂は散乱しているコンビニやファミリーレストランなどのレシートを確認していく。しわが寄っているレシートを伸ばしながら数枚、確認したところで秋穂は「あれ？」と声を上げた。

「なにか見つかりましたか？」

勢い込んで訊ねてくる涼介に、秋穂は一枚のレシートを差し出す。

「これ見て。昨日の午後九時前にＡＴＭでお金をおろしてる。しかも十万円も」

「なんで夜中にそんな金を……？」

難しい顔で考え込む涼介にレシートを渡すと、秋穂はとりあえず鞄の中身を全て出してしまおうと、側面についているジッパーを開けた。そこにＤＶＤが収められていた。

「なんのＤＶＤ……？」

ケースから出したディスクを顔の前に掲げながら秋穂は呟く。タイトルなどは書かれていないので、映画などではなさそうだ。

「このノートパソコン、ＤＶＤも読み込めますよ。確認しましょうよ。早く」

早口の涼介にせかされ、秋穂はノートパソコンにディスクをセットすると、カーソルを操作して再生する。液晶画面に白黒の映像が映し出された。どこかのマンションかホテルのエントランスを斜め上方から映し出したような映像。見ていると、身を寄せ合った男女のカップルが通り過ぎていった。

「これってもしかして、ラブホテルの防犯カメラじゃない？」

首をかしげながら秋穂が呟くが、返事はなかった。不審に思い横目を向けると、涼介が切れ長の目を大きく見開いて固まっていた。

「どうしたの、涼介君⁉　大丈夫？」

慌てて声をかけると、涼介は震える指で画面を指した。

「アリバイ……」

意味が分からず、秋穂が「え？」と聞き返した瞬間、画面に見覚えのある二人組が通った。一人は昨夜、池袋の公園で会った壮年の男、黒崎一太。そしてもう一人は……。

「涼介君!?」

声が裏返る。男に寄り添うようにして歩いている少年。それは間違いなく、涼介だった。

「じゃあこれって……」

画面の上部に小さく表示されている日時を確認する。それは、安里雪絵が殺害された日の、午後六時過ぎだった。

「あの日、僕があの男と行ったホテルです。これは僕のアリバイを証明する映像です」

涼介の震え声を聞きながら、秋穂は思い出す。池袋の公園で待ち伏せをしているとき、黒崎と涼介が入ったホテルがどこだか桐生に告げていたことを。

昨夜、黒崎を尾行してその身元を突き止めた桐生は、そのあとすぐにホテルに向かい、防犯カメラの映像を確認させてもらったのだろう。ＡＴＭでおろした十万円は、外部の人間が防犯カメラの映像を確認し、さらにその一部をＤＶＤに焼いてもらうための賄賂だった。

涼介のアリバイを確かめた桐生は、それを警察内の情報提供者に伝えた。すっぱ抜く前に一応伝えて、相手の面子を保とうとしたのかもしれないが、それが致命的な誤りだった。

その人物こそ『真夜中の解体魔』だったのだから。

バラバラだったパーツが、秋穂の頭の中で組みあがっていく。

アリバイのことを聞いた『真夜中の解体魔』は即座に動き、アリバイ証人である黒崎を殺害したうえで、桐生の口も封じようとした。

「涼介君、これでもう大丈夫よ。これを警察に持っていけば、あなたの無実が証明される。あなたは助かる」

歓喜の声を上げるが、涼介は厳しい顔でゆっくりと首を横に振った。

「だめです。これだけじゃ、美濃部が『真夜中の解体魔』だって証明できません」

「あなたが犯人じゃないってことが分かれば、きっと警察は真犯人をまた探しはじめるはず。そこで私たちの証言を聞けば、きっと美濃部を徹底的に調べてくれるわよ」

「……本当にそう思いますか？」

押し殺した涼介の言葉に、興奮が急速に凪いでいく。

「逮捕した僕が冤罪で、真犯人は捜査一課の刑事だった。そんな日本中からの非難が集中するような結末を、警察が許すと思うんですか」

「許すかって……。それが真実だし……」

「あいつらにとっては面子を保つことが何よりも重要なんです。あいつらは絶対に証拠を握りつぶして、僕を『真夜中の解体魔』に仕立て上げます。ホテルにある防犯カメラの画像を押収したうえで『紛失』する。それくらいのことは簡単にやります。間違いありません」

「じゃ、じゃあどうすればいいの。弁護士とか……」

「それもだめです」涼介が首を横に振る。「いまの僕たちの立場は逃亡中の連続殺人鬼とその共犯者です。まともな弁護士なら相談に行ってもすぐに通報するでしょう」

「そんな……、誰にも頼れないって……」

「だから、僕たちでやるんです。二人で力を合わせて」涼介は手を差し出してきた。「これが最後のチャンスです。秋穂先生、僕に協力してくれますか」

涼介はなにをしようとしているのだろう？　彼の判断に従ってもいいのだろうか？　不安をおぼえながら涼介を見た秋穂は、目を見張った。強い決意を孕んだ表情、精悍なその顔つきからは少年の幼さが消えていた。手を差し出してくる涼介の姿に、愛しい婚約者の姿が重なった。不安が洗い流されていく。

「分かった。二人でやりましょう」秋穂は微笑むと涼介の手を力強く握った。「でも、具体的にはどうやって？」

「これを使うっていうのはどうですかね？　護身用にって紅さんが貸してくれたんですよ」

涼介はテーブルの引き出しを開け、片手に収まるほどの黒い機器を取り出す。

「それって、もしかして……」

「ええ、スタンガンですよ」

涼介は美しい顔に、不敵な笑みを浮かべた。

5

ベンチに腰掛けながら、秋穂は深呼吸をくり返す。少しでも気を抜けばまた過呼吸発作を起こしてしまう。そう確信するほどに全身に緊張が満ちていた。

目だけ動かして辺りを見回す。ベンチとジャングルジム、そしてブランコだけが置かれたこぢんまりとした公園が、街灯の薄い明かりに照らされている。新宿二丁目の外れにある小さな公園で、秋穂は三十分ほど前からベンチに座っていた。

腕時計に視線を落とす。時刻は間もなく零時になるところだった。

歌舞伎町からはかなり距離があるので、人通りは少ない。ときどき、酔ったサラリーマンが公園の前を通るくらいだった。

腕時計の短針と長針が重なる。そのとき、公園の出入り口に人影が差した。

秋穂はばね仕掛けの人形のように立ち上がる。男は大股で近づいてきた。

「そこで止まって!」

悲鳴じみた声で言うと、その男、警視庁捜査一課の刑事である美濃部は、足を止めた。

「ずいぶんな態度だな、先生。あんたから呼び出しておいて」

口角を上げた美濃部の姿は、まるで猛獣が牙を剝いているかのようだった。

一時間ほど前、秋穂は近くにある公衆電話から、美濃部の名刺に記されていた番号に電話をかけた。その時間帯は一人で飲んでいると、倉敷から聞いていたから。

逃亡者からの連絡に驚いたような気配を発したあと、『すぐに石田を連れて自首しろ。さもないと大変なことになるぞ』と脅してくる美濃部に、秋穂は静かに伝えた。

お前がしたことを全て知っている。ばらされたくなければ、一人でこの公園に来い、と。

「仲間の警官は連れてきていないでしょうね」

「ああ、この通り一人だよ」

「拳銃は？」

「おいおい、先生、刑事ドラマの見すぎだ。俺たち刑事はそう簡単に拳銃の携帯許可なんて出ねえんだよ。あんたらが拳銃奪ったかもしれないっていうのに、上の連中はまだ許可を出すか協議中だってよ。呑気なもんだよ」

皮肉っぽく言うと、美濃部はスーツの上着をはだける。

「さて……、それでなんの用事かな」

美濃部の目つきが鋭くなる。そのプレッシャーに、秋穂は思わず一歩後ずさった。

「なんの用かはあなたが一番分かっているでしょ。だからこそ、一人で来た。そうじゃなきゃ、この公園をパトカーが取り囲んで私を逮捕しようとしているはず」

そうだ。一人で来たことこそ、この男が『真夜中の解体魔』である証拠だ。

秋穂は唇を舐めながら、必死に恐怖を押し殺す。

ここでいきなり殺そうとはしないはずだ。自分が『真夜中の解体魔』であることを、他に誰が知っているのか確かめなくてはいけないから。

秋穂が必死に恐怖を押し殺していると、美濃部はくっくっと忍び笑いを漏らす。

「なにがおかしいの!?」

「先生、あんた、自分のことを過大評価しすぎだよ。あんたごとき、大量の警官を動員して逮捕なんてするわけがないだろ。あんたは石田の色気にたぶらかされた馬鹿な女でしかない。俺たちが逮捕したいのは、色狂いの雑魚じゃなく、石田涼介なんだよ」

侮蔑で飽和したセリフに、頬が熱くなる。

「涼介君を捕まえたいなら、私を逮捕して彼の居場所を聞き出そうとするでしょ」

「そう、だからこそ俺は一人で来た」

美濃部は懐からタバコを取り出し、ジッポーのライターで火をつける。

「石田と逃亡しているあんたが俺を呼び出した。なにを企んでいるか知らないが、これは罠である可能性が高い。つまり、俺が本部に情報を上げてここを取り囲んだら、どこかで観察している石田は、あんたを置きざりにして姿を消すに決まっている」

「涼介君はそんな子じゃない！」

「こりゃ重症だ。可哀そうに」

煙を吐き出した美濃部は表情を引き締める。

「で、どうするんですかい？　まさか、世間話をするために呼んだわけじゃないだろ」

「……ついてきてください」

秋穂は美濃部の方へと進んでいく。すれ違う瞬間、襲われるのではないかという恐怖をおぼえたが、美濃部が手を出してくることはなかった。秋穂は背後から足音が追ってくることを確認しながら、路地を進んでいく。

すぐ背後に、婚約者の仇がいる。愛しいあの人を奪った悪魔が……。緊張で麻痺《まひ》していた心が怒りで染まっていく。秋穂は血が滲むほどに固く唇を噛んで、痛みで怒りを希釈する。そうしないと、美濃部に襲いかかってしまいそうだった。

落ち着け、落ち着くんだ。冷静にならないと計画が台無しになる。涼介の無実を証明し、美濃部が『真夜中の解体魔』だと告発するための計画が。

自分に言い聞かせながら十分ほど歩くと、説明もなく連れまわされることに痺れを切らしたのか、背後から「まだかよ」と声をかけられる。

「ここです」

秋穂は年季の入った六階建てのビル、涼介とともに潜んでいた隠れ家の前で足を止める。

「なんだよ、この廃墟みたいな気味悪い場所は。ここに石田の野郎がいるのか？」

秋穂は無言でビルに入り、階段をのぼっていく。ため息をついて、美濃部もついてきた。

「おい、どこまでのぼるんだ。俺は膝が悪いんだよ」

六階に到着した秋穂は、息を弾ませる美濃部に「ここです」と言うと、目の前にある扉のノブを摑み、押して開ける。

「ああ、なんだここは？」

部屋に入った美濃部はいぶかしげに呟く。埃《ほこり》が積もった長テーブルと椅子がいくつも置かれたテニスコートほどの空間。この建物がビジネスホテルとして営業していた頃、レストランとして使われていた場所だった。

「もう使われていないレストランです」

数メートル進んだ秋穂は踵を返して、美濃部に向き直る。

「そんなのは見れば分かる。なんでこんなところに連れてきたかって訊いているんだよ。石田の野郎はここにいるのか？」

ええ、いるわよ。胸の中で呟いた秋穂は、開けた扉の陰を見る。そこでは、涼介が息をひそめてこちらをうかがっていた。

次の瞬間、涼介が扉の陰から飛び出し、腕を掲げて美濃部に襲い掛かる。しかし、美濃部はまったく動じる様子もなく振り返ると、迫って来た涼介の手を無造作に摑み、その巨体からは想像もつかない素早い動きで涼介の足を払った。

細身の体が空中で半回転し、床に叩きつけられる。衝撃で折れている肋骨に激痛が走ったのか、涼介は声にならない悲鳴を上げ、ダンゴムシのように体を丸めた。

「そんな鶏ガラみたいな体で、俺を倒せるとでも思ってたのか。俺は柔道三段だぞ」

丸まっている涼介を足で蹴り、強引に上を向かせた美濃部の眉間にしわが寄る。

「お前……、なにがおかしいんだ」

「あんた、僕に執着しすぎなんだよ」

額に脂汗を浮かべながら微笑む涼介が舌を出した瞬間、美濃部の体が大きく痙攣《けいれん》した。

崩れ落ちる美濃部の姿を見ながら、秋穂は荒い息をつく。

その手には、背後から美濃部の首元に押し付けたスタンガンが握られていた。


涼介がバケツを思いきり振る。冷水がうなだれている美濃部の頭部を直撃した。

美濃部は小さなうめき声を上げると、緩慢に濡れた顔を上げる。目の前に立つ涼介に気づいて飛び掛かるようなそぶりを見せるが、座っていた椅子ごと勢いよく横倒しになる。

「ダメですよ、美濃部さん。足を固定されているんですから、暴れたら危ないですよ」

涼介が笑いながら言うのを聞きながら、秋穂は美濃部の後ろに回って椅子の背を両手で摑み、力を込めて起こす。

「……小松先生、あんた自分が何をしているのか分かってんのか？」

ガムテープで両足を椅子の脚に固定され、両手を後ろ手にまとめられていることを確認しながら、美濃部はうなるように言った。

「ええ、分かっています」

頷きながら秋穂は、少し離れたテーブルに置かれているバッグに視線を向けた。わずかに開いたバッグのジッパーの隙間から、小さなレンズが覗いている。中には、涼介が家電量販店で買ってきたビデオカメラが収められ、この部屋の様子を撮影していた。

美濃部を尋問し、『真夜中の解体魔』であることを認めさせる。その映像を、ホテルの防犯カメラの映像とともに動画配信サイトにアップロードする。それが、涼介の作戦だった。

かなり杜撰《ずさん》な計画だが、ここまで来たらそれに賭けるしかない。自らが『真夜中の解体魔』だと美濃部が告白する動画が世界中の人々に視聴されれば、もはや言い逃れはできない。警察も美濃部こそが真犯人だと認めざるを得ないだろう。

美濃部に罪の告白をさせられるか否か。それに、自分たちの未来がかかっている。そのためには、慎重に尋問を進めなくては。

「なるほどな。完全に石田の共犯者になったってことか。見事な洗脳だ。お前、新興宗教の教祖様にでも転職したらどうだ。体を売るより、そっちの方がずっと儲《もう》かるだろ」

挑発的な言葉に、涼介の顔から潮が引くように表情が消えていく。その姿はまるで彫刻のように冷たく無機質で、秋穂の背中に震えが走った。

「で、どうするんだ。俺を殺してバラすのか？　別に構わねえよ。こんな仕事だ。いつでも死ぬ覚悟はできてる。ただ、いつまでも逃げ切れると思うなよ。俺が殺されても、仲間たちがお前を逮捕する。お前には拘置所で首を吊られる未来しか残っていないんだよ」

憎々しげに語る美濃部に、無表情の涼介が近づいていく。やけに緩慢なその足取りはまるで嬲《なぶ》っているかのようだった。

「もう殺すのか。そりゃそうか、お前にとっては殺人じゃなく、遺体の解体こそが目的なんだからな。なあ、人の体をバラバラにするのはそんなに楽しいか？　元恋人をバラすとき、どんな気持ちだった？　興奮したのか？」

かすかな恐怖を孕んだ口調でまくし立てる美濃部の目の前に近づいた涼介は、握りしめた拳を振り上げた。鈍い音が響き、涼介に頬を力任せに殴られた美濃部の顔が横を向く。

「ふざけるな！　お前が雪絵先輩を……、よくも、先輩を……、彼女が生きているだけで、僕は幸せだったのに……」

嗚咽交じりに叫びながら、涼介は美濃部の襟を摑み、拳を叩き込み続ける。

「待って！　涼介君、待ちなさい！」

秋穂は慌てて涼介を羽交い締めにする。振り向いた涼介の、充血し涙で濡れた双眸には、溢れんばかりの怒りと哀しみが宿っていた。

「なんで止めるんですか。こいつが雪絵先輩を……」

感情が昂《たかぶ》りすぎて言葉が続かないのか、涼介は両手で髪を搔き乱す。さっき、美濃部に投げられ、もともと折れていた肋骨をさらに痛めたはずだ。しかし、大量に分泌されたアドレナリンでそれすらも感じなくなっているのかもしれない。

「気持ちは分かる。私だって、できるなら……殺したい」

口から血の混じった唾液を滴らせる美濃部を見下ろしながら、秋穂は言う。この男が愛しい人との幸せな未来を握りつぶした。そう考えるだけで、身を焦がすような怒りが全身に満ちる。その激情のままに、美濃部の命を握りつぶしてしまいたい。

「でも、まずはこの男が『真夜中の解体魔』だって証明することが先。あなたと私の為にも、そして……四人の犠牲者のためにも」

そう、暴力によって口を割らせても意味はない。しっかりと理詰めで追い詰めて、自分が真犯人だと認めさせなければ。

「でも、でも……、こいつは雪絵先輩を……」涼介は声を絞り出す。

「雪絵さんもきっと、あなたに暴力をふるって欲しいなんて思ってないはず」

涼介の拳に、秋穂はそっと手を添える。固く握り込まれていた指が開いていった。

「ありがとう、分かってくれて」

俯いて肩を震わせる涼介に秋穂が声をかけると、美濃部が血液を床に吐き捨てた。

「俺が『真夜中の解体魔』だぁ？　お前ら、なにを言っているんだ」

「聞いた通りですよ。あなたこそ『真夜中の解体魔』、四人の被害者を殺して解体した連続殺人鬼。もう、分かっているんです」

美濃部は「はぁ？」と唇を歪める。

「あなたは、安里雪絵さんに強い執着を抱いていた。おそらく、雪絵さんが水商売で稼いでいた頃にでも出会ったんでしょう」

雪絵が水商売をはじめる原因を作った涼介が、痛みに耐えるような表情を浮かべる。

「けれど、涼介君と別れてから雪絵さんは水商売をやめた。あなたはそれでもストーカーとして付きまとったけれど、どんな手段を使っても娘を守ろうとする母親が邪魔だった。だから、あなたは邪魔者を消して、雪絵さんにストーキングを続けた」

「俺が安里千代を殺して遺体をバラしたとでも言うのか!?」

額に青筋を立てて怒鳴る美濃部を無視して、秋穂は話を続ける。

「母親の殺害後に彼女が働いている店に通い詰め、なんとか自分のものにしようと思ったけど拒絶されて、店にも出禁になった。それを侮辱と受け止めたあなたは、手に入らないならいっそと雪絵さんも殺し、彼女の元恋人であり、捜査本部でも容疑者の一人に挙げられていた涼介君に罪をなすりつけることを決めた」

「おい……、本気で俺がその二人を殺したと思ってるのか……」美濃部が呆然と言う。

「二人だけじゃありません。村元咲子さんもです。元警官だった彼女とあなたは知り合いだった。夫に愛人がいることを知って精神的に弱っているところに付け込んで、あなたは咲子さんと不倫関係になり、妊娠させた。けど、あなたと新しい家庭を築くつもりだった咲子さんが、遊びのつもりだったあなたには邪魔になった。だから、殺害したうえで子宮を盗み、誰の子供を妊娠していたか分からなくした」

「脳みそ腐っているんじゃねえか？　俺は四人の被害者の誰にも会ったことなんてねえよ。なんで俺が、そいつらを殺す必要があるって言うんだ。馬鹿なこと言うんじゃねえ」

吐き捨てるような美濃部のセリフを聞いた瞬間、目の前が紅《あか》く染まった気がした。必死に腹の底に抑え込んできた怒りの炎が、一気に理性を焼き尽くす。

「私が聞きたいわよ！　なんで一輝さんを殺したの！　あの人が何をしたって言うのよ！」

まるで何者かに操られるかのようだった。秋穂は美濃部の首元に両手を伸ばし、喉仏を押しつぶさんばかりに力を込める。美濃部は体をよじるが、両手足を拘束された状態では、それ以上の抵抗はできなかった。気管を圧《お》し潰され、喘ぐような音が開いた口から漏れだす。

「秋穂先生、……まだです」

涼介が秋穂の肩に触れる。その瞬間、理性がわずかに戻った。秋穂は手を引き、後ずさる。

止められなければ、殺してしまうところだった。

顔の前に掲げた両手が大きく震えはじめる。また、殺しかけた。人を救うための技術を学び続けたこの手で、命を奪おうとしてしまった。

自らに恐怖する秋穂に、涼介は静かに言う。

「殺すとしたら、こいつが『真夜中の解体魔』だと証明してからです。そうでしょ」

「なにボケたこと抜かしているんだ。『真夜中の解体魔』はお前だ。間違いねえ。俺たちは元恋人の死体の前に立つお前を見たんだぞ」

激しく咳き込みながら美濃部が言う。

「でも、涼介君が殺したり、遺体を解体している現場を目撃したわけじゃない」

胸に吹き荒れる感情の嵐を必死に抑え込みながら、秋穂は指摘する。

「それはそうだが……」

「涼介君は罠に嵌められたんですよ。『真夜中の解体魔』は雪絵さんを殺害して、遺体をバラバラにしたあと、涼介君を呼び出した。そして、雪絵さんの遺体を見た涼介君が呆然と固まっているところに乗り込んで、スケープゴートに仕立て上げたんです」

秋穂は言葉を切ると、セットしてあるビデオカメラが音声を拾えるよう、声を張る。

「現場に踏み込んだ刑事はあなたでしたね、美濃部さん。あまりにも偶然が過ぎませんか」

「……あれは、匿名の通報があったんだ」

「匿名の通報⁉」秋穂はわざとらしく驚いてみせる。「涼介君を執念深く追いかけていたあなたに、偶然誰からか分からない通報があって、現場に駆け付けたって言うんですか？」

「本当なんだから仕方ねえだろ。なんと言おうが、そこにいる石田涼介こそ『真夜中の解体魔』だ。こいつは元恋人を殺して、バラバラにしたんだ」

「いいえ、違います」秋穂はゆっくりと首を横に振った。「涼介君は雪絵さんを殺していません。彼にはアリバイがあります」

「……アリバイ？」

いぶかしげに美濃部が聞き返す。秋穂は「そうです」と頷くと、近くのテーブルに置いていたノートパソコンを手に取り、美濃部に画面を見せながら映像を再生する。

ロビーに涼介と黒崎が連れ立って歩いてきたところで、秋穂は映像を停止した。

「日付と時間を見てください。ちょうど、雪絵さんが殺害された辺りの時間です。涼介君はここから数時間、ホテルでこの男と一緒にいたんです。確実なアリバイです」

はじめて美濃部の顔に動揺が走った。ここぞとばかりに秋穂は畳みかける。

「被害者を殺害するだけならまだしも、遺体をバラバラに解体するのは何時間もかかります。涼介君は犯人じゃありません」

「そんなの合成かなんかで作った映像かもしれないだろ。それに、ホテルに入ってすぐに裏口から出て行ったかもしれない。その男が証言でもしない限り、アリバイは成立しない」

「それは無理ですよ。……あなたが殺したんですから」

「なに……、言ってるんだ……？」美濃部の声がかすれる。

分かってるくせに。秋穂はパソコンを操作して、ニュースサイトのウィンドウを表示させる。そこには『深夜に何が？　ＩＴ社長の悲劇』という陳腐な文句が躍っていた。

「この男は、昨夜零時ごろ刺殺されたＩＴ会社の社長です。涼介君のアリバイを証言できる唯一の人物を、あなたが口封じしたんです」

口を半開きにする美濃部を尻目に、秋穂は言葉を続ける。

「この男だけじゃありません。桐生という記者が今朝、トラックにはねられて重体になっています。彼は昨夜、この社長の身元を調べたうえで、ホテルと交渉してこのアリバイ映像を手に入れています。あなたは、涼介君のアリバイがあることを知っている桐生さんが邪魔で、背中を押して車道に押し出したんです」

「待て、なんで俺がそんなことできるって言うんだ。その記者が石田のアリバイについて調べたのは昨日の夜なんだろ。そいつが情報を持っているって、俺に分かるわけがないだろ」

美濃部の態度には、焦りが滲んでいた。手ごたえをおぼえた秋穂は、静かに言う。

「いいえ、分かったんです。桐生さん自ら、涼介君のアリバイをあなたに教えたから」

「意味が分からない。なんでその記者が、俺に情報を流すって言うんだ」

「簡単ですよ。桐生さんがあなたの情報屋だったからです」

「俺の情報屋？」

「あなたは捜査本部の情報を桐生さんに提供し、対価として桐生さんに必要な調査を頼んだりしていた。その関係を壊したくなかったから桐生さんは涼介君のアリバイのスクープをすっぱ抜く前に、あなたに一報を入れた。けれど、その気遣いが首を絞めることになる」

美濃部に考える隙を与えぬように、秋穂は一気にまくし立てる。

「もしアリバイが証明されたら涼介君に罪をなすりつけられないと考えたあなたは、アリバイ証人である黒崎と桐生さんを殺そうとした。それが事件の真相です」

説明を終えた秋穂は美濃部の様子をうかがう。鼻の付け根にしわを寄せ、口を開いたその姿は、図星を突かれて動揺しているようにも、ただ戸惑っているようにも見えた。

「先生……」美濃部は弱々しくかぶりを振る。「あんたは何か決定的な勘違いをしている。俺は桐生なんて奴を知らないし、当然、『真夜中の解体魔』でもない」

秋穂は奥歯を噛む。これくらいで自白するわけがないことぐらい分かっている。決定的な証拠を突きつけなければ。

「桐生さんを知らない。いまそう言いましたね」

「言ったが、それがどうした」

全身に警戒心を張《みなぎ》らせつつ答える美濃部の眼前に、秋穂はメモ用紙を突き付ける。

「昨日の夜十時前、桐生さんはここに書かれている番号に電話をかけています。その電話で、涼介君のアリバイについて伝えたはずです。つまり、この番号の携帯電話を持っている人物こそが、『真夜中の解体魔』です」

秋穂はわきにあるテーブルに置かれている電話の受話器を取る。

「この番号にかけて、あなたの持っている携帯電話が鳴ったら、言い逃れはできません。あなたが真犯人だという何よりの証拠です」

覇気のこもった言葉を美濃部にぶつけた秋穂は、メモ用紙の番号を打ち込んでいく。最後の番号のボタンを押した秋穂は、息を止める。とうとう、決着のときだ。

受話器から呼び出し音が聞こえてきた。しかし、着信音が響くことはなかった。

秋穂は目を見開くと、耳を澄ます。しかし、やはり着信音はおろか、携帯が震えるバイブ音すらまったく聞こえなかった。受話器を顔の横にあてたまま、秋穂は涼介に視線を向ける。彼のその端整な顔には、強い失望が浮かんでいた。

「これで満足か？　名探偵ごっこは終わりか？」

冷めた美濃部の声が、計画の破綻を告げる。

「だ、だからってあなたが『真夜中の解体魔』でないと証明されたわけじゃない。念のため、証拠になるプリペイド携帯はどこかに置いてきたのかも……」

そこまで言った瞬間、秋穂の体が大きく震えた。いつの間にか、受話器から響いていた呼び出し音が消えていた。かわりに、かすかな呼吸音が鼓膜をくすぐる。

秋穂は小さな悲鳴を上げると、反射的に受話器を放りだし、後ずさった。

「どうしたんですか!?」

涼介が駆け寄ってくる。秋穂は震える指で床に落ちている受話器を指した。

「誰かが……出た……」

「誰かって、誰なんですか!?」

「わ、分からない。『真夜中の解体魔』の電話のはずなのに、誰も取れるわけがないのに……。ここに真犯人がいるはずなのに……」

混乱の渦に巻き込まれつつ、秋穂は両手で頭を抱える。

「とりあえず、俺が『真夜中の解体魔』だっていう妄想は終わったな。だったら、さっさとこのガムテープを外せ」

「あなたの疑いが晴れたわけじゃない。誰かにプリペイド携帯を預けて、出るように……」

「あんたによりゃ、その携帯は決定的な証拠なんだろ。それを他人になんか渡すとでも？」

反論の余地もない指摘に、秋穂は髪を掻き乱す。隣では、涼介が口をへの字に歪めていた。

「それにな、アリバイ証人だっていう男が刺されたのは、日付が変わる頃だろ。俺はその時間、行きつけの呑み屋にいた。そこの店員に聞けばすぐに分かる。何なら、レシート見せてやろうか。会計した時間もプリントされているはずだ」

「レシートだけで、本当にあなたがそこにいたって証明できるわけじゃない！」

上ずった声で秋穂は叫ぶ。美濃部は「はいはい」と唇の端を上げた。

いつの間にか、完全に立場が逆転している。このままじゃだめだ。誰がなんと言おうが、この男が『真夜中の解体魔』に違いないのだ。なんとかそれを証明しないと。

奥歯を食いしばった秋穂ははっと息を吞むと、バッグからスマートフォンを取り出し、一日ぶりに電源を入れて美濃部の写真を撮りはじめる。

「今度はなんの真似だよ」

顔をしかめる美濃部を無視して、秋穂は画面を指でなぞっていく。必要な操作を終えた秋穂は、両手で持ったスマートフォンを凝視する。すぐに、軽快な着信音が響き渡った。

『もしもし、なんなのよこんな深夜に』

雪絵の同僚の風俗嬢であるセイラの、不機嫌な声が聞こえてくる。数日前、風俗店に聞き込みに行った際、連絡先を交換していた。

「ごめんなさい。どうしても訊きたいことがあって。いま送った写真、見てくれた？」

『見たわよ。なんなの、この縛られているおっさん。あなた、こういう趣味があったの？』

「この男が、雪絵さん……ウミさんに付きまとっていたストーカーでしょ？　何度もウミさんを指名して、トラブルを起こして出禁になった男」

『ああ、ストーカー？』露骨に面倒くさそうなセイラの声が聞こえてくる。『違うよ、全然違う。そんな男じゃないよ』

足元が崩れ、空中に投げ出されたような心地になる。

「間違い……ないの……？　だって、ストーカーの顔ははっきり見ていないって……」

『それでもさ、大体の年齢ぐらい分かるじゃん。そんなガタイの良いおっさんじゃなかったよ。もっと若くて、ヒョロヒョロした感じ。まったくの別人』

「そう……、ありがとう……」

まだセイラがなにか言っているが、もはや耳に入って来なかった。回線を切った秋穂は両手をだらりと下げる。

間違いだった。美濃部は『真夜中の解体魔』ではなかった。

もはや、涼介の無実を証明する方法はない。ここが知られてしまった以上、逃げ続けることもできないだろう。そう遠くない未来、自分たちは逮捕される。

「秋穂先生……」

おずおずと涼介が声をかけてくる。秋穂は力なく首を振った。

「ごめん、涼介君。間違ってた。……失敗しちゃった」

なんて馬鹿なことをしたのだろう。涼介を病院から連れ出したりしなければ、自分だけでも自由に動くことができ、時間をかけて彼の無実を証明できたかもしれないのに。

逃げ出したことで、涼介に対する嫌疑はさらに強固なものになるだろう。助けるつもりが、逆に彼を追い込む結果になってしまった。強い後悔が心を腐食させていく。

「こいつが、雪絵先輩を殺した犯人じゃなかったんですね。……こいつを殺しても、雪絵先輩の仇を討ったことにはならないんですね」

　哀しみを湛えた瞳で涼介が見つめてくる。耐えられず、秋穂は目を逸らしてしまう。

「ごめんなさい。本当にごめんなさい。全部私のせい。私のせいであなたを……」

「気にしないでください」

　涼介は微笑を浮かべた。宗教画に描かれた天使のような、優美な微笑。

「先生がいなければ、僕はきっとあの日、救急処置室で死んでいました。僕の命を助けてくれて、そして僕のために必死になってくれた。それだけで嬉しいんです。これまでの人生で、僕のためにここまでしてくれた人はいませんでした。ママと雪絵先輩、あと一人、僕のことを本気で心配してくれた男性くらいでした」

　きっと紅のことだろう。秋穂は涙が溢れる目元を片手で覆いながら、何度も繰り返し頷く。

「先生は四人目の僕の大切な人、特別な人です。最後の最後に、先生に出会えてよかった。僕がいなくなっても、どうか僕のことを忘れないでください」

　涼介がそっと体に両手を回してくれる。

「僕も先生のことをずっと忘れません。死ぬまで、先生のことをずっと想い続けます」

　秋穂は涼介の肩に顔を当てた。柔らかいシャツの生地に涙が吸い込まれていく。

「おいおい、いつまでくさいメロドラマを見せられるんだよ」

　二人だけの時間をだみ声で遮られ、我に返った秋穂は涼介から体を離す。十歳以上年下の少年に縋りついて泣いたことに、いまさらながらに羞恥心が湧き上がってくる。

「俺が『真夜中の解体魔』だなんて、妄想だったと分かったろ。さっさとこの拘束を解け」

秋穂は迷う。もはや美濃部が『真夜中の解体魔』でないことは確実だ。しかし、拘束を解けば自分たちはいとも簡単に制圧され逮捕されるだろう。ただ、美濃部をこのまま放置して逃げても、きっと一日もしないうちに警察に発見されるはずだ。

「出頭しろ。これ以上、捜査本部に人員を割かせるんじゃない。まだまだ仕事があるんだからな。ＩＴ社長と記者の事件を調べたり、ホテルの防犯カメラをチェックしたりな」

耳を疑った秋穂が目を見開くと、美濃部は大きくため息をついた。

「勘違いするなよ。俺はまだ、そのガキが『真夜中の解体魔』だと思っている。けどな、こっちだって冤罪なんて起こしたくないんだよ。俺が捕まえたいのは、四人もの人間を殺《や》って、遺体をバラした鬼畜なんだからな」

美濃部は表情を引き締め、じっと秋穂を見つめてくる。

「だから、本当にそのガキにアリバイがあるか、俺が責任をもって徹底的に調べてやる。もちろん、ＩＴ社長と記者の件もだ。安心しろ。俺たちが本気になれば、誰がその記者と連絡を取っていたのかぐらい、すぐに割り出せる。だから、もし無実ならもう逃げるな」

大人しく出頭するか、それとも逃げ出すか、どちらが正解なのだろう。この刑事は本当に、涼介のアリバイを、桐生たちの事件を調べてくれるのだろうか。判断ができず熱を持つ額を押さえていると、手首を摑まれた。

「先生、逃げましょう」秋穂の手を取った涼介が、身を翻して出口に向かおうとする。

「待って。よく考えないと」

「考える？　なにをですか？　何度も言ったでしょ、刑事なんか信用できるわけがないって。僕たちを逮捕したら、アリバイのことも、記者たちのことも完全に握りつぶして、僕を『真夜中の解体魔』に仕立て上げるに決まっています」

「でも、もう隠れ家はない。それなら、美濃部さんに賭けた方がいいんじゃ……」

「少しでも時間が稼げればいいんです。その間に、僕は『真夜中の解体魔』を見つけて、雪絵先輩の仇を討つんだ」

興奮する涼介をどうなだめればいいか苦慮している秋穂の鼻先に、かすかに何かが焦げるような臭いが漂ってくる。その源を探して視線を彷徨わせた秋穂は目を剝く。

美濃部が苦痛に顔を歪め、額から脂汗を流していた。後ろ手に両手首を固定しているガムテープが燃え上がっている。

美濃部の手の中で炎を上げているジッポーを見て、秋穂は状況を理解する。気づかれないようにズボンのポケットからライターを取り出した美濃部は、それでガムテープを燃やして拘束を解こうとしている。

硬直する秋穂のそばで、涼介が床を蹴った。一直線に美濃部に飛び掛かろうとしたその華奢な体が、壁にぶつかったかのように弾き飛ばされる。

「だから言っただろ。そんな鶏ガラみたいな体で俺に挑もうなんて無謀だって」

拘束から逃れた両手で涼介を無造作に押し倒した美濃部は、「ちくしょう、痛《いて》え」と焼け爛《ただ》れた手首に視線を落としたあと、荒い息をつきながら足のガムテープを外していく。

両手足の拘束を解いた美濃部がゆっくりと立ち上がる。もはや肋骨のダメージが限界に達したのか、横たわってうめき続ける涼介の腕を、美濃部が背中に捻《ひね》り上げた。肩関節を極《き》められ、涼介のうめきが大きくなる。

彼を助けないと。秋穂が震える手をテーブルに置かれたスタンガンに伸ばした瞬間、「やめろ!」という怒声が空気を震わせた。涼介を制圧したまま、美濃部が睨みつけてくる。

「先生、不意打ちならともかく、警戒されている状態で俺を倒せるとでも思っているのか。悪いが手首が痛くて、うまく手加減できそうにねえ。ここの床は、柔道場の畳と違って硬い。頭から投げられたらどうなるか、医者なら分かるだろ」

手負いの獣のような美濃部の目つきが、たんなるはったりでないことを告げる。

「……言ったでしょ、……先生」

床に頬を押し付けられながら、涼介が切れ切れに声を絞り出した。

「こいつらを……信用しちゃいけないって」

腰を引いた秋穂は、両手でスタンガンを構える。

「もう一度だけ警告する。先生、やめておけ。ここでもめたら、こいつが冤罪だと証明するのに骨が折れる」

秋穂は「……え？」と呆けた声を漏らすと、スタンガンを持った手をだらりと下げる。

涼介も唖然とした表情で美濃部を見上げていた。

「おい、なんて顔しているんだよ。俺がでまかせ言ってたとでも思っているのか。なわけねえだろ。すぐにお前のアリバイを徹底的に調べ上げてやる」

「本当ですね。本当に調べてくれるんですね」秋穂が必死に言う。

「男に二言はねえよ。警察手帳に誓ってもいいぜ。だから先生、その物騒なものを放せ」

秋穂は手にしていたスタンガンに視線を落とすと、それを放り捨てた。黒光りする金属の塊は、重い音を立てて床に落下する。

「よし、お前らを逮捕したら、アリバイの件を捜査本部に報告する。あとは俺に任せな」

美濃部はズボンのポケットからスマートフォンを取り出して、片手で操作をする。おそらく、応援を呼んでいるのだろう。

「ありがとうございます。……本当にありがとうございます」

　秋穂が深々と頭を下げると、美濃部は皮肉っぽく唇を歪めた。

「ったく、調子のいい。俺を失神させたり、絞め殺しかけたくせによ」

「それは……」

「まあ、いい。あんたのおかげで、本当の『真夜中の解体魔』を見つけられるかもしれないんだからな。それに免じてチャラにしてやるよ」

　美濃部はシニカルに言いながら、口角を上げた。触れれば切れそうなほどに張り詰めていた空気が弛緩していく。涼介も不満げながら、抵抗するそぶりを見せなかった。

　出入り口の扉が開いていく。振り返った美濃部が声を上げた。

「おう、早かったな。で、他の応援は……」

　次の瞬間、鼓膜に痛みをおぼえるほどの破裂音が響き渡った。尻もちをついた美濃部のシャツの腹部に、赤い染みが広がっていくのを見ながら、秋穂は立ち尽くす。

「あなたが悪いんですよ、美濃部さん。こいつのアリバイを調べるなんて言い出すから」

　銃口からかすかに煙が立ちのぼる拳銃を手にしながら、深川署の刑事である倉敷は、氷のように冷たい声で言った。

6

「倉敷、てめえ……なんで……」

　撃たれた腹を押さえながら、美濃部が声を絞り出す。

「なんで？　あなたの指示じゃないですか。石田たちと接触するから、応援を呼んで近くで待機しておけって。まあ、実際は俺一人でビルの外にいたんですけどね。これを聞きながら」

　人工音声のような平板な声でしゃべりながら、倉敷は小さな携帯電話を振る。秋穂は息を呑むと、受話器が外れたままの電話に視線を向けた。

「そうですよ、小松先生。あなたが受話器を戻さないから、ずっと回線が繋がっていたんです。おかげで逐一、皆さんの会話が聞こえました」

「じゃあ、あなたが桐生さんの……」

「ええ、俺の情報屋でした。なかなか優秀だから使っていたんですが、スクープに対する執着が強すぎましたね。事件に首を突っ込みすぎたあなたを牽制《けんせい》するために送り込んだのに、まさか丸め込まれて石田のアリバイを調べ上げるなんて」

「だから、黒崎と桐生さんにあんなことを……」

　秋穂が声を震わせると、倉敷は肩をすくめた。

「あの二人がいなければ、まだ何とか石田が『真夜中の解体魔』ってことにできると思ったんですよ。しかし、あなたが警官を昏睡させてまで石田を助けるなんてね。あの夜、あなたを始末しておくべきだった。桐生を通じて脅した反応を見ようとしたのが間違いだった」

路地で追われた記憶が蘇る。やはりあのとき、命を狙われていたのだ。腹の底が冷える。

「まあ、あなたが眠らせた警官から、この拳銃を奪うことができたっていう思いがけない収穫もありましたけどね」

倉敷は秋穂に拳銃を向けた。漆黒がわだかまるその銃口に、視線が吸い寄せられていく。

「雪絵さんに執着して、彼女と母親を殺したのね。なんでそんなひどいことを」

荒い息の隙間を縫って糾弾すると、倉敷は忍び笑いを漏らす。

「なにがおかしいの！」

「たしかに、俺はあの店に通い詰めて、あの女を指名し続けていたよ。俺とあいつは特別な絆で繋がっていたんだ」

倉敷は目を細めて秋穂を見つめる。

「気づいていないかもしれないけど、実はあんたもそうだったんだぜ、先生」

全身に蛇が這っているような不快感が走り、鳥肌が立つ。この男は、私のことも歪んだ欲情の対象として見ていたというのだろうか。もしこの男に殺されていたら、私も体をバラバラに切り刻まれていたのだろうか。その光景を想像してしまい、激しい吐き気に襲われる。

「村元咲子さんの不倫相手もあなただったのね」

嘔気に耐えながら訊ねると、倉敷の表情筋が複雑に蠕動した。

「不倫なんかじゃない。彼女と俺は愛し合っていた。深く繋がっていたんだ」

なら、なんで殺したのよ。問い詰めようとするが、気を抜けば胃の中身が逆流してきそうで、口を開けなかった。

「彼女とは警察学校時代の同期だった。ずっと俺は彼女のそばにいたんだ。あの男に浮気されてすぐに、彼女は俺に助けを求めてきた。俺たちはようやく、お互いがかけがえのない存在だって気づいたんだ。俺にとって、彼女は全てだった。生きる理由そのものだった」

熱に浮かされるように愛を語る倉敷の姿はあまりにも醜悪で、秋穂は目を逸らす。

愛しているから殺したというのだろうか。愛していたから、その体を切り刻んだというのだろうか。なら……。

「なら、どうして一輝さんを殺したの!?　なんで私からあの人を奪ったのよ！」

胸に収めきれない激情が、絶叫となって口から迸った。突然、倉敷の顔から表情が消え去る。能面と向き合っているような心地になり、秋穂の口から急速に水分が消えていった。

「先生、あんた、なにも分かってないんだな。なんで俺が、こんなことをしたのか。なんで安里雪絵の遺体を切り刻んだのか」

人工音声のような固く冷えた口調で倉敷が言う。

「分かってないって、なにが！」

蠟人形《ろうにんぎょう》と見紛うまでに、ありとあらゆる感情の色が消え去った倉敷の姿に気圧されつつ、秋穂は声を張り上げる。

「あんたには同情してたんだ。だから、チャンスをやった。復讐するチャンスをな。お前が石田を殺しておけば、みんなが幸せになれたっていうのに」

この男は、私に涼介君を殺させようとしていた。そうして、全てをうやむやにするつもりだった。だから、涼介君こそ『真夜中の解体魔』に違いないと、何度も吹き込んできた。

この男は私を操り人形にしようとしていた。

奥歯を軋ませる秋穂の前で、倉敷は「さて、石田」と視線を移動させる。そちらを見ると、いつの間にか涼介が片膝立ちになっていた。二度も美濃部に投げられたダメージは明らかで、その足はぶるぶると震えている。そのそばでは、美濃部が腹を押さえて丸まっていた。呼吸はしているようだが、出血量はかなり多い。汚れた床に血が広がっていた。

「そろそろ、俺たちの関係にピリオドを打とうか。いま考えれば、お前に目をつけたのが間違いだった。お前を更生させようとあんなに親身になってやったっていうのに……」

親身になったからスケープゴートを引き受けるべきだったということだろうか。あまりにも身勝手な言い分にめまいがしてくる。

「本当なら、お前こそが『真夜中の解体魔』だと証明し、何年も拘置所で怯えて過ごさせたあとに吊るすつもりだったが、計画は小松先生のせいでおじゃんだ。でもな、別に構わないんだよ。いや、逆にこれで良かった。俺自身の手でお前をぶっ殺せるんだからな。俺の人生をめちゃくちゃにしたお前さえ殺せれば……それでいい」

譫言《うわごと》のような倉敷の言葉はもはや支離滅裂で、正気を失っている。

嬲るようにゆっくりと涼介に近づいた倉敷は、銃口を涼介の額に当てる。

涼介は静かに瞼を閉じた。その顔に、殉教者の覚悟がよぎる。

撃鉄が起こされ、引き金が絞られていく。次の瞬間、倉敷の体が激しく痙攣した。

「涼介君、逃げて！」

足音を殺して死角から忍びより、スタンガンの電極を倉敷の右腕に当てた秋穂が、声を張り上げる。涼介は「先生!?」と目を見開いた。

「早く逃げて！　お願いだから！」

社会から排斥され続けたこの少年を守る。それこそが、愛する人の死を乗り越える唯一の方法だ。そのためには……たとえ命を捨てても構わない。

婚約者の優しい笑みが脳裏をかすめる。倉敷の手から落ちた拳銃が床で重い音を立てた。しかし、スーツの生地の上から電極を当てたせいか、彼が崩れ落ちることはなかった。

「このアマが！」

力任せに振った倉敷の拳が、秋穂の頰に叩きこまれる。一瞬、視界が真っ白に染まり、続いて体の左側に衝撃が走った。

「秋穂先生！　起きて！」

涼介の声が聞こえる。闇に落ちかけた意識を、歯を食いしばって繋ぎとめた秋穂は、眼球を必死に動かして状況を確認する。景色が真横に傾いていた。頭蓋の中に、殴られた際の衝撃音がいまも反響している。遠くの床にスタンガンが転がっていた。

自分が殴り倒されたことに気づいた秋穂は、立ち上がろうとする。しかし、体を起こしかけた瞬間、視界が大きく回転した。秋穂は両手を床につき、四つん這いになる。

手足に力が入らない。脳震盪《のうしんとう》を起こしている。立ち上がれるようになるまでは、少なくとも数十秒はかかる。救急医として何千人もの外傷患者を診てきた経験が、自らに診断を下す。

鬼のような形相で近づいてきた倉敷が、大きく足を後ろに振り上げた。

蹴られる。あれだけ振りかぶった足が頭部を直撃したら致命傷になる。顔面を守ろうとするが、両手を離すと同時に姿勢を保てなくなり、つぶれるようにその場に突っ伏した。

引きさった弓の弦を放したかのように、勢いよく革靴のつま先が迫ってくる。とっさに秋穂は両目を固く閉じた。予想した衝撃が襲ってくることはなかった。かわりに、くぐもったうめき声が鼓膜を揺らした。おずおずと瞼を上げた秋穂は息を呑む。目の前に、華奢な背中が見えた。身を挺《てい》して秋穂の楯《たて》となった涼介の背中。

「涼介君！」

涼介の肋骨は、事故と美濃部に投げられたことで大きなダメージを負っている。もし、さっきの蹴りが胸部を直撃していたら、命にかかわる。

「大丈夫です。肩に当たりましたから」

振り向いた涼介はその美しい顔に、一見して無理をしていると分かる笑みを浮かべながら、倉敷の足に抱きつく。

「なんで、私を……。私が、あなたを助けないといけないのに……」

秋穂が言葉を詰まらせると、倉敷の足にしがみついたまま涼介は目を細めた。

「もう、大切な人がいなくなるのは嫌なんです。ママも、雪絵先輩もいなくなった。だから、先生だけは無事でいて欲しいんです」

愛しい婚約者を思い出させる、力強い言葉。胸の奥に熱いものがこみあげてくる。

「離せ！」

倉敷は無造作に足を振って涼介を振り払うと、倒れたその体に馬乗りになって何度も拳を打ち込む。拳頭が涼介の顔面に打ち込まれるたびに、肉がひしゃげる音が響いた。

「やめて！　もうやめて！」

わずかに手足の力が戻ってきた秋穂は、這うようにして二人に近づくと、涼介に覆いかぶさる。美しかった顔は血にまみれて腫れ上がり、見る影もなくなっていた。

「邪魔だ、先生。……あんたに用はない」

倉敷は秋穂の髪を摑んで、涼介から引き離した。

「もう、全部どうでもいい……。このガキさえ殺せればもうどうでもいいんだ。彼女がいない世界で生きる意味なんてない……。そう、意味なんてない……。こいつを殺してやる」

憑かれたかのように呟く倉敷の姿を見て、秋穂は総毛立つ。充血した双眸から止め処なく涙が溢れている。その姿は、顔に空いた穴から血液が流れだしているかのようだった。

「なあ、石田。お前を殺して俺も死んでやるよ。お前の頭がザクロみたいに砕ける光景を見ながら、笑って死んでやる」

ひっひっと、しゃっくりのような笑い声を上げながら、倉敷は涼介のシャツの襟を摑み、強引に立ち上がらせる。気絶しているのか、涼介はまったく抵抗しなかった。

脱力した涼介の体を引きずって部屋の隅に移動した倉敷は、ガラス窓を大きく開けた。何をしようとしているか気づいた秋穂は、「だめ!」と叫びながら這っていく。

「これで、全部終わる……。彼女の元に行ける……」

恍惚の笑みを浮かべた倉敷は、涼介の体を窓の外に押し出そうとする。

「やめて！　お願いだから！」

まだ力が入らない手で秋穂が必死にしがみつくが、倉敷はそれに気づかないかのように、哄笑を上げながら涼介を突き落とそうとする。

涼介の体が窓枠に押し付けられる。脱力した上半身が窓の外に投げ出された。落ちる。そう思ったとき、かすかな金属音が鼓膜を揺らした。

「先生、伏せろ！」

背後から聞こえてきた声に、秋穂は反射的に身を伏せる。耳をつんざく破裂音が、続けざまに響き渡った。

倉敷の胸と腹に血飛沫《ちしぶき》が弾けるのを啞然として眺めた秋穂は、ゆっくりと振り返る。

シャツを血で赤く染めた美濃部が、上半身を起こしていた。その手には、銃口から煙を上げる拳銃が握られている。

「俺が逮捕して死刑にしてやるつもりだったが、裁くのは閻魔《えんま》様に任せるよ。『真夜中の解体魔』さん」

美濃部が銃口から上がる煙に息を吹きかける。銃弾を喰《く》らった倉敷はふらふらと後退し、その太腿が窓枠に当たった。倉敷の体が窓の外に向かって次第に傾いていくのを、秋穂は座り込んだまま眺めている。

呑み込まれていくように、倉敷の体が窓の外に消えた。同時に涼介の体も勢いよく外に向かって引きずられていく。秋穂はとっさに涼介の体にしがみついた。

奥歯を食いしばり、全身に力を込めながら窓の外を見た秋穂は、頬を引きつらせる。涼介のシャツを両手で握りしめたまま、倉敷が左右に揺れていた。

「離して！」

必死に涼介の体を支えながら、秋穂が叫ぶ。その声で意識を取り戻したのか、涼介が瞼を上げた。その目が大きく見開かれる。

「お前もだ。お前も俺と一緒に地獄へ堕《お》ちろ」

呪詛を唱えるように呟く倉敷の血で汚れた顔は、笑っているようにも泣いているようにも見え、餓鬼が涼介を地獄へ引きずりこもうとしているかのようだった。

涼介がゆっくりと、握りしめた拳を振り上げる。

「一人で堕ちろ。……『真夜中の解体魔』」

力任せに振り下ろされた拳が、倉敷の鼻っ柱をとらえる。倉敷の手がシャツから離れる。

重力に引かれ、倉敷の体が落下していく。卵が割れるような音が響いた。四肢がありえない方向へと曲がった倉敷の体の周りに、薔薇《ばら》の蕾が開くように血が広がっていく。

力を使い果たしたのか、転落しそうになる涼介をなんとか室内に戻した秋穂は、その場に崩れ落ちた。仰向《あおむ》けに倒れた涼介は、穏やかな表情で天井を見上げながら呟いた。

「仇、取りましたよ、……雪絵先輩」

殴られて大きく腫れた瞼の下から一筋の涙が零れるのを見た秋穂は、はっと顔を上げると、慌てて美濃部の元に向かった。

「倉敷は……、『真夜中の解体魔』はどうなった？」腹を押さえた美濃部が声を絞り出す。

「死にました。あなたのおかげです」

「そうか……」

美濃部の顔に安堵の色が浮かぶ。秋穂は血で濡れたシャツをまくり、銃創を確認する。

「なあ、先生。……言付けを頼まれてくれないか。家内と娘に伝えたいことがあるんだ」

「伝えたいことがあるなら、自分で言ってください。私は救急医なの。私の前でそう簡単に死ねると思ったら大間違いですからね」

叱りつけるように言うと、美濃部は驚いたような表情を浮かべたあと、「了解だよ、先生」とおどけて言った。

銃弾は抜けている。肝臓などの重要臓器も避けているだろう。この程度の出血ということは、大血管も傷ついていない。出血さえ抑えれば、十分に救命できる。

素早く診断を下した秋穂は、ポケットから取り出したハンカチで傷口を強く押さえる。

美濃部が小さく悲鳴を上げた。

「我慢して。圧迫止血しないといけないから。涼介君！」

鋭く呼ぶと、涼介が「は、はい」と身を起こす。

「すぐに救急車を呼んで！　それが終わったら、警察も」

「あ、えっと、分かりました」

涼介が慌てて電話を取りに行くのを見ながら、秋穂は細く息を吐く。

これで終わったんだ。これで、一輝さんの仇を討つことができた。

瞼を閉じる。いつもは鮮明に見える婚約者の姿が、いまはなぜかかすかにぼやけていた。数分かけて通報を終えた涼介が近づいてきて、美濃部の顔を覗き込む。

「秋穂先生、救急車と警察、すぐに来るそうです。この刑事、助かるんですか？」

「なんだよ……。俺が助かっちゃ不満か？」

美濃部はふっと鼻を鳴らす。

「まあ、そりゃそうだよな。お前を『真夜中の解体魔』だと思って、つけ狙っていたんだから。……悪かった。心から謝罪する」

涼介はなにを言われたか理解できないといった様子で、腫れた目でまばたきをする。

「お前が『真夜中の解体魔』じゃなかったこと、冤罪だったことは俺が責任をもって証言してやる。だから、安心しろ。……お前は自由だ」

目を見開いた涼介は、秋穂の顔を見る。秋穂は微笑んで小さく頷いた。

唇をへの字に歪めた涼介は跪き、秋穂の肩に額を当てる。小さな嗚咽を漏らす涼介のわずかにウェーブした髪が、頬に当たりくすぐったかった。

「ありがとう、……秋穂先生。本当にありがとう……」

切れ切れの涼介の言葉を聞いた瞬間、体の中でガラスの砕けるような音が響いた。
体が浮き上がったかのような心地になる。
ああ、私は解放されたんだ。あの悪夢から。
「……さようなら、一輝さん」
鼻の奥につーんとした痛みをおぼえながら、秋穂は窓の外に視線を送る。
涙で滲む視界の中で、夜空に浮かぶ満月がきらきらと輝いて見えた。

エピローグ

「傷の具合はいかがですか？」

ティーカップをソーサーに戻しながら、秋穂が訊ねる。

「先生に潰されかけた喉のことですか？」

向かいの席でアイスコーヒーをすすっていた美濃部が、皮肉っぽく言った。

「……撃たれた傷に決まっているじゃないですか」

「そんな怒らないでくださいよ。軽い冗談じゃないですか。せっかく美人なのに、そんな愛嬌がないと嫁の貰い手がないですよ」

和解したというのにこのようなセクハラ発言が出てくるということは、根本的にデリカシーというものが欠けているんだろう。秋穂は「余計なお世話です」と唇を歪めた。

「おかげさまで、傷の方は順調に治っています。まもなく、捜査にも戻れそうです。先生のおかげでなんとか二階級特進は免れましたよ。感謝しています」

つむじが見えるほどに美濃部が頭を下げる。ずっと敵対していたこの男にあらたまって礼を言われると、どうにも気恥ずかしい。「頭上げてくださいよ」と言いながら秋穂は視線を逸らした。

　ガラス窓の外に見えるワンフロア下の広々としたロビーでは、スーツケースを引いた観光客やビジネスマンが大量に行き来している。

　倉敷の死によって『真夜中の解体魔事件』に幕が下りてから三ヶ月後、秋穂と美濃部は成田《なりた》空港のカフェにいた。

「さて、それじゃあさっそくですが事件についての報告に入りましょうか。手短に済ましちゃいましょう。彼はもうあの件について聞きたくないようですから」

　美濃部が顔を上げる。秋穂は搭乗手続きの列に並ぶ華奢な背中を見て、目を細めた。

「きっと、もう振り返りたくないんですよ。暗い過去を乗り越えて、輝かしい未来に今日、踏み出すんですから」

　美濃部は「そうですね」と相槌を打ってから話しはじめる。

「事件後、あらためて捜査を行った結果、捜査本部は倉敷こそが『真夜中の解体魔』であると認め、被疑者死亡で送検しました。それにより捜査本部は解散、事件は正式に終了しました。それはご存じですね」

　秋穂は「はい」と重々しく頷いた。

　あの日、倉敷が窓から落ちたあと、重傷を負っていた涼介と美濃部はすぐに病院に救急搬送された。秋穂は駆け付けた警察官に逮捕されたが、その後、手術により一命をとりとめた美濃部の証言と、撮影していたビデオカメラの映像により、見張りの警察官を襲ったことも不問にされ釈放されていた。

すでに矢内の許可のもと、臨海第一病院の救急部に復帰し、日夜救急業務に当たっている。

「では、追加の捜査により分かったことについてお知らせします。まず、村元咲子の周辺に聞き込みをしたところ、倉敷と頻繁に会っていたことが確認されました。また、親友の女性に詳しく聞き込みをかけたところ、咲子から、『警察学校の同期と惹かれ合い、その人物の子供を妊娠した』と相談を受けていたことが分かりました」

「もっと前に、その証言を聞き出せなかったんですか？」

聞き出せていたら、もっと早く倉敷が捜査線上にあがってきた可能性もあったはずだ。

「いやあ、面目ない」美濃部は後頭部を掻く。「実はその女性の聞き込みをしたのは倉敷だったんですよ。それと、横山春江の話を聞いたのもね」

「つまり、真犯人が重要証言を握りつぶしていたということですね。美濃部さんがちゃんとペアで動いていれば、そんなことにならなかったんじゃないですか」

美濃部は叱られた子供のように首をすくめた。その姿に毒気が抜かれた秋穂はため息をつく。

「でも、倉敷は独身だったんですよね。しかも、最期のときの発言を聞くと、彼女にものすごく執着していた。なら、彼女を殺す必要なかったじゃないですか。彼女が離婚後、普通に再婚すればよかっただけでしょ」

「そこは捜査本部でも疑問視されたようです。まあ、最終的には二つの仮説で強引にお茶を濁したらしいですけどね」

「二つの仮説？」

秋穂が首をかしげると、美濃部は人差し指を立てた。

「一つは、咲子と身を固めるつもりはなかったということですね。一人と添い遂げるのではなく、多くの女を落とそうとしていた。げんにあいつは、安里雪絵にも同様に執着していたようですし」

「雪絵さんをストーキングしていたことは確認できたんですか？」

美濃部は「ええ」とあごを引く。

「店のキャストたちや黒服にも確認しました。安里雪絵を指名して通い詰めていたのは倉敷で間違いありませんでした。出禁になったとき、ケツ持ちのヤクザを呼ばなかったのも、あいつが警官だったからだということです」

「ということは間違いないですね。でも……」

違和感に眉根が寄ってしまう。

「あの夜、倉敷が口にした咲子さんに対する想いは、そんな軽いものではなかった気がしたんですよ。本気で愛していたような気がするんですよね。それを、他の女の子と遊びたいから殺して、しかもバラバラにするなんて、あまりにも常軌を逸しています」

「そう。その『常軌を逸している』というのが、もう一つの仮説です。捜査本部も、そちらの可能性が高いと考えています」

「どういう意味ですか？」

「つまり、本気で愛していたからこそ、あんなことをしたということですよ」

「愛していたからって……」秋穂は言葉を失う。

「あの男は、人を殺して解体することに興奮をおぼえていた可能性が高いってことですよ。おそらくは、性的興奮をね」

おぞましい話に、秋穂の腕に鳥肌が立った。

「最初は安里雪絵の母親という、自分の歪んだ恋路の邪魔をする人物を殺して解体することで欲求を発散した。しかし、やがて胸に秘めた怪物を制御できなくなって暴走し、とうとう自分が想いを寄せる女性を手にかけずにはいられなくなった」

あまりにも異常な仮説。しかし、あの夜、血走った目から止め処なく涙を流しながら、なにかに憑かれたかのように咲子に対する想いを語った倉敷の姿を思い出すと、それが正しいような気がしてくる。

「ほかに報告はありますか？」緊張しつつ、秋穂は訊ねる。

「ああ、重要なことを忘れていた。実は、安里雪絵は殺されてはいませんでした」

期待したものではなかったが、あまりにも予想外の情報に秋穂は「はぁ？」と呆けた声を上げる。

「司法解剖したところ、頸部を圧迫されたことによって脳への血液が遮断されたことが死因と判明しました。ただ、首に残っていた索条痕は何者かに首を絞められたものではなく、首を吊った際につくものと判断されました」

美濃部は太い首筋に指を沿わせる。

「絞め殺されたときと首を吊ったときでは、角度が全然違うんですよ。頸部を切断されていたので、すぐには分かりませんでしたけど」

「ま、待ってください」秋穂の声が甲高くなる。「つまり、雪絵さんは自殺だったってことですか？」

「はい、そうです。クローゼットから首を吊るのに使われたであろうロープが発見されました。天井の梁《はり》にそれを引っ掛けて首を吊ったんでしょうね。ロープからは安里雪絵の皮膚細胞も認められています。彼女が自殺したのは間違いありません」

同僚だった風俗嬢の話では、雪絵は精神的にかなり不安定で、リストカットをくり返していた。たしかに、自殺をしてもおかしいわけではない。けれど……。

「けれど、倉敷は……」

「倉敷がやったのは遺体の解体だけです。日常的に安里雪絵のマンションまでストーキングしていた倉敷はあの夜、部屋を覗くかなんかして彼女が首を吊っていることに気づいた。本当なら自分で殺したかったが、仕方がないので遺体を解体だけして欲望を発散させたうえで、石田を呼んでスケープゴートに仕立てようとした。俺に匿名で通報してきたのも、倉敷だったのでしょう。ちなみに倉敷の自宅からは、解体に使ったと思われる電動のこぎり等の道具が発見されています。それが奴が『真夜中の解体魔』だという決定的な証拠となりました」

　喋りすぎて口が乾いたのか、美濃部はストローに口をつける。アイスコーヒーがすすられる音を聞きながら、秋穂はこめかみに手を当てる。

　たしかに道理は通っているような気がする。しかし、なぜか落ち着かなかった。靴を左右反対に履いているような不快な感覚をおぼえる。

「ただ、ちょっと奇妙なのは、解体に使われたと思われる道具は、事件の数日前に安里雪絵の自宅に送られたものなんですよ」

「え、どういうことですか？　誰がそんなことを？」

「はっきりとは分かっていませんが、おそらくは倉敷でしょう。前もって、解体するための道具を被害者宅に送り込んでおいた」

「え、それっておかしいじゃないですか。そんなもの送られてきたら、普通は気持ち悪くて家に置いていたりしませんよ」

「まあ、そうなんですが、倉敷が安里雪絵の遺体をバラバラにしたのは間違いないので……。被疑者死亡での送検なので、あまり詳しく捜査する必要はないと判断されたようです」

　歯切れ悪く言う美濃部を前に、秋穂はこめかみに手を当てる。

　なにか見落としている気がする。しかし、それがなんなのか見当もつかない。

秋穂の思考は、美濃部の「さて」という声で遮られる。

「それでは、先生が最も知りたいことについてお話ししましょう。先生の婚約者、荒巻一輝さんと倉敷の関係についてです。よろしいですか」

心臓が大きく拍動した。秋穂は疑問をいったん棚上げにして、「お願いします」と拳を握りしめた。

「結論から言いますと、いくら調べても、荒巻さんと倉敷の間に接点は見つかりませんでした」

「じゃあ、やっぱり……」

「はい、安里雪絵を手に入れるのに邪魔な母親を殺したように、あなたを手に入れるために婚約者を殺した可能性が高いです。左手の薬指が持ち去られたのも、それを示唆しています」

私が原因で一輝さんは殺された。心が黒く染まっていく。

「でも、私が倉敷に会ったのは多分、二、三回で……」

「ストーカーってやつは、一度目が合っただけの相手を運命の人だと思って付け狙ったりします。それだけ会えば十分ですよ。それに、もしかしたらあなたが気づいていないだけで、倉敷はずっとあなたを監視していたのかもしれない」

「気持ち悪いこと言わないでください」

秋穂が顔を横に振ると、美濃部が「ああ、失敬」と両手を合わせた。

ティーカップの紅茶を一口含む。ダージリンティーの爽やかな香りが、いくらか気持ちを落ち着かせてくれた。秋穂は大きく息を吐くと、ネックレスにつけている結婚指輪に触れる。

「それで、頼んでいたことはどうなりましたか」

「……申し訳ありません。荒巻さんの左手薬指、そして嵌めていたはずの結婚指輪は発見できませんでした」

「そうですか……」

覚悟はしていたので、それほど失望はしなかった。ただ、胸に穴があいたような寂しさをおぼえる。

「できれば、形見だけでもと思ったんですが……。不甲斐《ふがい》ないです」

「いえ、いいんです。これも、一輝さんからのメッセージかもしれません。過去に囚われないで、未来へ踏み出せって」

秋穂はライトが輝く天井を見上げる。あの夜以来、悪夢を見ることはなくなった。ただ同時に、記憶の中の婚約者の顔が日に日にぼやけてくる感覚をおぼえていた。

彼のことを忘れることはない。けれど、いつまでも過去を引きずっていては、彼に心配をかけてしまう。

だから、前を向いて歩こう。愛しい人との大切な思い出を、胸の奥にしまって。

「未来へ踏み出す、か。まさに、今日のあいつと同じですね。お二人はいいコンビだ。

ほら、噂をすれば」

美濃部があごをしゃくる。振り返ると、カフェに息を呑むような美少年が入ってきていた。すれ違ったウェイトレスが振り返ってその姿を追い、トレーに載せていたコップから水が零れる。

「搭乗手続きは終わった？　涼介君」

「スチュワーデスさんに色々教えてもらって何とかなりました。けど、飛行機なんてはじめてなんで、緊張したし、複雑で疲れました」

涼介はため息をつく。

「あそこで働いているのはグランドスタッフ。それに、もうスチュワーデスじゃなくて、キャビンアテンダントって呼ぶの。覚えておきなさい」

なにを言われているのか分からないのか、涼介がまばたきをくり返していると、美濃部が笑い声を上げた。

「本当にいいコンビだな。さて先生、これから旅立つ若人を見送りにいってやりなよ」

「あんたは見送ってくれないの？」

涼介は皮肉っぽく、薄い唇の端を上げる。今日は、涼介がアメリカへと旅立つ日だった。

殺人犯の疑いが晴れた涼介は、入院とリハビリを終えて退院すると、すぐに留学の準備をはじめた。ロサンゼルスの演劇学校への入学の手続きは、秋穂も色々と手伝った。

「俺みたいなむさいおっさんに追いかけられるのはこりごりだろ。見送りは、美人のお姉さん一人で十分だ」

涼介は「そりゃそうだ」と肩をすくめる。美濃部は虫でも追い払うように手を振る。

「餞別《せんべつ》としてここは奢ってやるから、さっさと行きな」

「言われなくても。じゃあ、先生。行きましょう」

涼介に促された秋穂は、戸惑いながら立ち上がる。激しく敵対した二人だが、最後の最後で協力し、『真夜中の解体魔』を斃《たお》した。その二人の別れが、こんな調子でよいのだろうか。

涼介がわきを通るとき、美濃部が軽く手を挙げた。

「頑張れよ」

「あんたもな」

涼介はふっと微笑んで、美濃部の手を叩く。小気味いい音が響くのを聞きながら、秋穂は表情を緩めると、涼介とともにカフェを出て、保安検査場の前までやって来る。

「それじゃあ、ここでお別れだね」

秋穂は笑おうとするが、なぜか鼻の奥にツーンとした痛みをおぼえた。

「日本に帰ってくるときには、絶対連絡してよね」

「ごめんなさい、先生。僕はもう、日本に帰ってくるつもりはないんです」

涼介は哀しげに目を細めた。

「過去を完全に捨てて、一からやり直すつもりなんで」

「そっか……。それがいいかもね」

涼介にとって、この国での出来事はあまりにもつらすぎた。もう全てを忘れてしまいたいのかもしれない。

「でも、ママ、雪絵先輩、そして……先生のことだけは忘れません」

虚をつかれ、秋穂は「えっ」と声を漏らす。涼介は瞳を閉じた。

「三人のことをおぼえてさえいるなら、こうやって目を閉じたら先生たちの顔が瞼の裏に浮かんでくるなら、僕はどこにいても頑張れる。そんな気がするんです」

「涼介君……」

胸が熱くなり、秋穂は言葉に詰まる。涼介は目を開けると、ポケットから小さな封筒を取り出した。

「これ、受け取ってください。手紙が入っています」

封筒を手渡された秋穂がそれを開けようとすると、涼介は「あっ、待って」と慌てて言う。

「読むのは、あとにしてくださいよ。さすがに目の前で読まれたら照れくさいです」

秋穂は「あ、ごめん」とジャケットのポケットに封筒をしまった。

「それじゃあ、本当にこれでお別れですね」

はにかみながら差し出された手を、秋穂は握りしめる。

「涼介君、あなたに会えてよかった。あの日、事故に遭ったあなたが偶然うちの病院に搬送されてきたからこそ、私は大切な人の仇を討つことができた」

「先生、偶然なんかじゃないですよ」

手を握ったまま、涼介は首を横に振る。

「運命だったってこと？　だめよ、もうジゴロはやめたんだから、そんなくさいこと言っちゃ」

「先生、実は一つ隠していたことがあるんです。僕、あの夜の前にも先生に一度、会っているんですよ」

「え？　私に？」秋穂は小首をかしげる。

「ええ、そうです。中学生の頃、半グレのメンバーの彼女に手を出して、袋叩きにされて死にかけたことがありました。そのとき僕、先生に会っているんです」

「死にかけの中学生……」

呟いた瞬間、頭の中で記憶が弾けた。秋穂は息を呑む。

研修医時代、血まみれで搬送されてきた緊張性気胸の少年。はじめて一人で患者の命を救い、そして救急医を目指すきっかけになった出来事。のちに婚約者となる男性と、はじめて絆を感じた出来事。

「まさか、あの子が……」

秋穂は声を絞り出すと、涼介は笑みを浮かべた。心から幸せそうに。

「思い出してくれましたか。そう、僕はあのときの中学生だったんですよ。あのとき、先生は『絶対に助けてあげる』って言って、本当に僕を救ってくれました。それが、とっても嬉しかった。あそこまで僕のために必死になってくれる人はそれまで、ママしかいなかったから。僕にとって、先生は雪絵先輩より先に現れた『特別な人』だったんです」

じゃあ、雪絵さんの部屋から逃げ出した涼介君が、臨海第一病院に搬送されたのは偶然じゃない？　まさか、わざとうちの病院の近くで転倒して、搬送された？　そうすれば、私が診察すると思って。

いや、そんなわけない。秋穂は軽くかぶりを振る。彼を以前診たのは、大学病院だ。私が臨海第一病院で働いていることを彼が知っているわけがない。

……いや、そうだろうか？　頭をかすめた想像に、秋穂は寒気をおぼえる。

もしかしたら、涼介君は私があの日、臨海第一病院の救急部で夜勤をしていると知っていたのではないだろうか。『特別な人』である私のことを、隅々まで調べ上げていたから。

「その表情です」

涼介に声をかけられ、秋穂は「な、なに？」と体を震わせる。

「その表情、ママそっくりです。『涼ちゃん、お願いだから本当のことを教えて』って言ってきたママに。……本当に綺麗でした」

「本当の……こと……？」秋穂はその言葉をくり返す。

「だから、僕は答えたんです。本当のことを。そのときのママ。本当に美しかった。僕はこれを見るために生まれてきたんだ。この瞬間のために生まれてきたんだ。子供心にそう思いました」

恍惚の表情で涼介が呟く。しかし、すぐにその顔は哀しげに歪んだ。

「けど、次の日、ママはいなくなっちゃいました。いつも優しく僕を撫でてくれた手を切り落として」

自殺した母親を発見した涼介は、義理の父が帰ってくるまで、切り落とされた手に頰ずりして泣き続けていた。桐生から聞いた話を思い出しながら、秋穂は息を乱して思考を巡らせる。

本当のこととはなんなんだ？　母親の死に、それが関係しているというのだろうか。

そのとき涼介の父親のセリフが耳に蘇った。

——涼介は弟を、俺の息子を殺したんだ。

裸で氷点下の世界に放り出されたような心地になり、膝が笑い出す。

違う。そんなわけがない。私の勘違いだ。秋穂が必死に自らに言い聞かせていると、涼介は「あっ」となにか思い出したかのように声を上げた。

「そういえば僕、どうして『真夜中の解体魔』が雪絵先輩のお母さんの足首を持ち去ったのか、分かった気がしたんです」

「なんで、いまそんな話を……」

かすれ声で言うが、涼介は構わず話を続けた。

「僕と別れるかどうかで雪絵先輩とお母さんが自宅でもめたときの話です。雪絵先輩が飲んでいた熱いコーヒーが入ったカップが倒れ、お母さんの右足にかかったらしいです。それで驚いて雪絵先輩は我に返ったんです」

明るい口調で涼介は続ける。

「つまり、その足の火傷《やけど》のあとは、雪絵先輩とお母さんの絆でもあったんです。きっと、『真夜中の解体魔』はその絆を奪って、雪絵先輩を絶望させたかったんですよ」

たしかに、私も一輝さんとの絆を奪われた。二人で過ごす未来の約束である結婚指輪と、それを嵌めていた左手の薬指を。

「なんで、絶望なんて……、倉敷は雪絵さんを手に入れたかっただけのはず……」

口から漏れた声は、自分でもおかしく感じるほどに震えていた。

「そんなの決まっているじゃないですか。『真夜中の解体魔』は絶望した顔を見たかったんですよ。魂が腐り落ちそうなほどに絶望した人間は綺麗じゃないですか。……この世のなによりも綺麗」

涼介は懐かしそうに空中を眺める。

「ママはもともとすごく綺麗だったけど、弟が死んでからはさらに綺麗になった。どんどん痩せて白くなって、どんどん目から光が消えていって、すごく綺麗な人形みたいだった。そして、『本当のこと』を知ったとき、ママの魂が砕けて僕だけの人形になったんです。大切な僕だけの人形」

幸せそうに微笑んだままの涼介の瞳から涙の雫が零れ、陶器のように滑らかな頬を伝った。

「でも、僕の人形はすぐに壊れちゃった。だから新しい人形が欲しかった。ずっとずっと欲しかった」

目元をシャツの袖でぬぐった涼介の視線が、秋穂を捉える。秋穂はとっさに、摑んでいた手を離した。

「倉敷がそんなことのために、人を殺して、遺体の一部を奪っていたっていうの？」

「ええ、『真夜中の解体魔』はきっと、僕と同じ気持ちだったと思うんです。自分が創り出した自分だけの人形をずっと愛《め》でていたい。そう思ったんじゃないでしょうか」

「そんなおぞましいことを、本当に倉敷が考えていたっていうの？」

「さあ、どうなんでしょう。倉敷は何を考えていたんでしょうね。まあ、いまとなってはどうでもいいことですよね。『真夜中の解体魔』は消えたんですから」

涼介は小さく肩をすくめると、軽い口調で言う。毒気を抜かれて目をしばたたく秋穂を、涼介は優しく抱きしめた。

「それじゃあ、先生。名残惜しいけど、ここでお別れです。どうかお元気で。先生が日本で元気でいてくれる。それだけで僕は頑張れます。先生は僕の最後に残った『特別な人』なんですから」

体を離した涼介は屈託ない笑みを浮かべる。

「う、うん。涼介君も元気で」

どこか拍子抜けしつつ秋穂が答えると、涼介は名残惜しそうに身を翻し、保安検査場の列に並ぶ。その背中を眺めながら、秋穂は鼻の頭を掻いた。

最後にかける言葉を頭の中で何度もシミュレートしていたのだが、涼介が変なことを言い出したせいで、タイミングを逃してしまった。

まあいい。今生の別れというわけではないだろう。その気になれば私がアメリカに会いに行けばいいだけだ。

「特別な人……か……」

無意識に呟いてしまう。なぜその言葉が気になったのか考えたとき、以前、涼介が口にしたセリフが頭をよぎる。

――倉敷さんは僕にとって『特別な刑事』なんです。

倉敷も、涼介君の『特別な人』だった？　だとしたら、母親を亡くして以降の彼にとっての『特別な人』は雪絵さん、倉敷、そして私。その三人の共通点は……。

……『真夜中の解体魔』に大切な人を奪われ、絆を奪われていること。

全身の血液が逆流したような心地になる。

いや、なにを考えているんだ。倉敷こそが『真夜中の解体魔』だったのは間違いない。

あの男自身が告白したのだから。

「ううん……、告白なんてしていない……」

記憶を反芻した秋穂の口からかすれ声が漏れる。あの夜、倉敷が告白したことは、村元咲子と関係があったこと、安里雪絵と会っていたこと、そして雪絵の遺体を解体したことだけだ。

安里雪絵が自殺だった。そして、彼女の家に解体に使う道具が用意されていた。まるで、雪絵が自分の遺体を切断させようとしていたかのように。

稲妻に打たれたかのような衝撃が脳天を貫く。気を抜けば、その場に崩れ落ちてしまいそうだった。

雪絵は涼介によって不幸のどん底に落ちたと言っていた。それは、彼と交際したことにより借金を背負ったからだと理解していた。けれど、違ったのかもしれない。

何よりも大切な母親を、涼介に殺されたから。

息が乱れてくる。この三ヶ月起きていなかった過呼吸発作の前兆。秋穂は必死に呼吸を鎮めつつ、頭を働かせはじめる。

「倉敷は雪絵さんと私に接触していた。それは獲物としてではなく、『真夜中の解体魔』に大切な人を奪われた仲間だったから？」

村元咲子と不倫関係にあった倉敷は、涼介が『特別な人』の大切な相手を殺しているのではないかと疑った。けれど、それを捜査本部に伝えるわけにはいかなかった。咲子との関係がバレれば、自分が捜査から外されるだろうから。だから彼は一人で涼介を追っていた。

第三の事件の後、倉敷が私を食事に誘ったのは、私に執着していたからではなく、自分と同じように大切な人を奪われた者として、仲間に引き入れたかったから。

けれど話を聞かず、それから実家に帰った私に、捜査本部で捜査に当たっている倉敷はコンタクトを取れなくなった。電話などで話せることではないから。けれど、雪絵に対しては違った。彼女を指名することで、倉敷は雪絵と十分に時間をかけて話すことができ、そして二人は一つの結論に達した。

石田涼介こそ、『真夜中の解体魔』だと。

激しい嘔気とともに、食道を熱いものが駆け上がってくる。秋穂は両手で口元を押さえた。ダージリンティーと混ざった胃液が、口の中を満たす。

不快感を押し殺しながらそれを飲み下すと、秋穂は歯を食いしばって脳を動かし続ける。自らの想像が間違いだという根拠を探すために。しかし、考えれば考えるほどに、まるでパズルのピースが嵌まっていくように、真実が見えていく。

元恋人に母親を殺されたこと、もし自分が涼介にかかわらなければ、母が死ぬことなどなかったことを確信した雪絵は、さらに精神的に不安定となっていった。倉敷も雪絵もなんとか涼介こそが『真夜中の解体魔』だと証明しようとしたが、その証拠を見つけることができず、そして涼介はアメリカへと逃亡しようとしていた。

だから、安里雪絵は行動に出た。

自らをバラバラにする道具を準備し、そして倉敷に連絡を取って指示を出したうえで、首を吊って自ら命を絶った。その後、駆け付けた倉敷は、彼女の覚悟をかって指示通りの行動をとった。

雪絵の遺体を解体し、涼介を罠にかけるという行動を。

刑事として捜査にかかわっている倉敷なら、『真夜中の解体魔』の犯行現場を完全に再現することもできるはずだ。数時間かけて雪絵の遺体をバラバラにした倉敷は、雪絵が用意していた手紙で涼介を呼び出したうえ、美濃部に匿名で通報をし、そしてともに現場に踏み込んだ。

たんに涼介を殺すだけでは満足できなかったのだろう。彼が『真夜中の解体魔』、連続殺人鬼であることを全国に晒さなくては気が済まなかった。

私に涼介が『真夜中の解体魔』だと強調したり、捜査情報を流したのは、そうすれば私が彼を殺すと思ったから。同じ大切な者を奪われた仲間として、私に復讐のチャンスを与えようとしていた。けれど、私が思いのほか真相に近づきつつあったので、桐生を使って私に調査をしないよう圧力をかけた。しかし逆に、アリバイの件まで気づかれてしまい、黒崎と桐生の口を封じざるを得なくなった。

おそらく、雪絵の遺体を解体した数時間で、彼も正気を失っていたのだろう。涼介を地獄に落とすためだけに生きる、復讐の鬼と化していた。だからこそ、アリバイについて知っている二人を殺し、仲間である美濃部を撃つ、そして涼介とともに命を落とすことにも躊躇がなかった。

「そんなこと、あるわけない……」

秋穂は激しく頭を振る。全部、妄想だ。全て無理やりこじつけただけの空論でしかない。

顔を上げた秋穂の視界に、保安検査場のゲートをくぐろうとしている涼介の後姿が飛び込んできた。

止めるべきだろうか。けれど、なんの根拠もない仮説で、涼介の門出を邪魔するなんて……。

そこまで考えた秋穂は、はっと息を吞むと、ジャケットのポケットから封筒を取り出す。

涼介から渡された手紙、そこになにか手がかりがあるかもしれない。

封筒を開いた秋穂は、鼻の付け根にしわを寄せる。中に手紙は入っていなかった。しかし、底になにかが見える。

封筒を逆さにして振った秋穂の掌に小さな金属が落下した。

それは、指輪だった。内側に『Kazuki & Akiho』と彫られている、プラチナの結婚指輪。

悪夢がはじまったあの日に奪われた、愛する人との大切な絆。

視界が真っ赤に染まる。全身の血が沸騰する。

気づくと秋穂は床を蹴り、叫びながら保安検査場のゲートに走っていた。

並んでいる客たちを押しのけ、「お客様、待ってください！」というグランドスタッフの声を無視して、強引にゲートをくぐろうとする。すぐ目の前まで近づいた涼介の背中に手を伸ばしかけた瞬間、足を払われ、秋穂はその場に倒れ込んだ。

「確保！　応援を呼んで！」

屈強な空港警備員が、秋穂を押さえ込みながら言う。

「離して！　あいつを！　あの悪魔を止めないと！」

懸命に身をよじっていると、先で足を止めた涼介が、ゆっくりと振り返り視線を向けてきた。

芸術品のごとき艶《あで》やかな顔には、無邪気で残忍な笑みが浮かんでいた。

虫の羽を一枚一枚剝いでいく少年のような笑み。

「さようなら、僕の愛しいお人形さん」

どこまでも幸せそうに囁いた涼介は、踵を返すとゆっくりと搭乗ゲートへと向かっていく。

秋穂の悲痛な絶叫が、出発ロビーに響き渡った。

本書は、二〇二一年十二月、書き下ろし単行本として集英社より刊行されました。
本文デザイン／坂野公一（welle design）
本文イラスト／遠田志帆

集英社文庫　目録（日本文学）

谷川俊太郎　谷川俊太郎詩選集 4
谷川俊太郎　私の胸は小さすぎる　恋愛詩ベスト96
谷川俊太郎　いつかどこかで　子どもの詩ベスト147
谷川俊太郎　からだに従う　ベストエッセイ集
谷崎潤一郎　谷崎潤一郎犯罪小説集
谷崎潤一郎　谷崎潤一郎マゾヒズム小説集
谷崎潤一郎　谷崎潤一郎フェティシズム小説集
谷崎由依　鏡のなかのアジア
谷崎由依　遠の眠りの
谷村志穂　なんて遠い海
谷村志穂　シュークリアの海
谷村志穂・飛田和緒　ごちそう山《さん》
谷村志穂　ベリーショート
谷村志穂　妖精愛
谷村志穂　カンバセーション！
谷村志穂　白の月
谷村志穂　恋のいろ
谷村志穂　愛のいろ
谷村志穂　3センチヒールの靴
谷村志穂　空しか、見えない
谷村志穂　ききりんご紀行
種村直樹　東京ステーションホテル物語
田村麻美　ブスのマーケティング戦略
知念実希人　真夜中のマリオネット
千野隆司　鉞ばばあと孫娘貸金始末
千野隆司　札差市三郎の女房
千野隆司　まがいもの　鉞ばばあと孫娘貸金始末
千早茜　魚《いお》神《がみ》
千早茜　おとぎのかけら　新釈西洋童話集
千早茜　あやかし草子
千早茜　人形たちの白昼夢
千早茜　わるい食べもの
千早茜　透明な夜の香り
千早茜　しつこく わるい食べもの
蝶々　小悪魔な女になる方法
蝶々・伊東明　恋セオリー39　男をトリコにする
蝶々　小悪魔A《アンサー》♥　恋する女子たち、悩まず愛そう
蝶々　上級小悪魔になる方法
蝶々　恋の神さまBOOK
陳舜臣　日本人と中国人
陳舜臣　耶《や》律《りつ》楚《そ》材《ざい》(上)(下)
陳舜臣　チンギス・ハーンの一族1　草原の覇者
陳舜臣　チンギス・ハーンの一族2　中原を征く
陳舜臣　チンギス・ハーンの一族3　滄海への道
陳舜臣　チンギス・ハーンの一族4　斜陽万里
陳舜臣　曼陀羅の山　七福神の散歩道
塚本青史　呉越舷《げん》舷《げん》
柘植久慶　21世紀サバイバル・バイブル

集英社文庫　目録（日本文学）

辻　仁成　ピアニシモ
辻　仁成　旅人の木
辻　仁成　函館物語
辻　仁成　ガラスの天井
辻　仁成　ニュートンの林檎（上）（下）
辻　仁成　千年旅人
辻　仁成　嫉妬の香り
辻　仁成　99才まで生きたあかんぼう
辻　仁成　右岸（上）（下）
辻　仁成　白仏
辻　仁成　日付変更線（上）（下）
辻　仁成　父　Mon Père
辻　仁成　十年後の恋
辻原　登　許されざる者（上）（下）
辻原　登　東京大学で世界文学を学ぶ
辻原　登　韃靼の馬（上）（下）

辻原　登　冬の旅
津島佑子　ジャッカ・ドフニ　海の記憶の物語（上）（下）
辻村深月　オーダーメイド殺人クラブ
堤　堯　昭和の三傑　憲法九条は「救国のトリック」だった
津原泰水　蘆屋家の崩壊
津原泰水　少年トレチア
津村記久子　ワーカーズ・ダイジェスト
津村記久子
深澤真紀　ダメをみがく　〝女子〟の呪いを解く方法
爪切男　クラスメイトの女子、全員好きでした
津本　陽　月とよしきり
津本　陽　龍馬一　青雲篇
津本　陽　龍馬二　脱藩篇
津本　陽　龍馬三　海軍篇
津本　陽　龍馬四　薩長篇
津本　陽　龍馬五　流星篇
津本　陽　幕末維新傑作選　最後の武士道

津本　陽　巨眼の男　西郷隆盛1～4
津本　陽　深《じん》重《じゅう》の海
津本　陽　下天は夢か一～四
津本　陽　まぼろしの維新　西郷隆盛、最期の十年
手塚治虫　手塚治虫の旧約聖書物語①　天地創造
手塚治虫　手塚治虫の旧約聖書物語②　十戒
手塚治虫　手塚治虫の旧約聖書物語③　イエスの誕生
寺地はるな　大人は泣かないと思っていた
寺地はるな　水を縫う
天童荒太　あふれた愛
戸井十月　チェ・ゲバラの遥かな旅
戸井十月　ゲバラ最期の時
藤堂志津子　かそけき音の
藤堂志津子　昔の恋人
藤堂志津子　秋の猫
藤堂志津子　夜のかけら

集英社文庫

真夜中《まよなか》のマリオネット

2024年6月25日　第1刷　　定価はカバーに表示してあります。

著　者　知念実希人《ちねんみきと》

発行者　樋口尚也

発行所　株式会社 集英社
東京都千代田区一ツ橋2-5-10　〒101-8050
電話　【編集部】03-3230-6095
【読者係】03-3230-6080
【販売部】03-3230-6393(書店専用)

印　刷　大日本印刷株式会社

製　本　大日本印刷株式会社

フォーマットデザイン　アリヤマデザインストア　　マークデザイン　居山浩二

ISBN978-4-08-744659-3 C0193